唐代蓬莱诗歌辑录

刘振伟　王莎莎◇编著

齊魯書社

图书在版编目（CIP）数据

唐代蓬莱诗歌辑录/刘振伟，王莎莎编著.--济南：齐鲁书社，2021.3
ISBN 978-7-5333-4442-9

Ⅰ.①唐… Ⅱ.①刘… ②王… Ⅲ.①唐诗—诗歌研究②唐诗—诗集 Ⅳ.①I207.227.42②I222.74

中国版本图书馆CIP数据核字(2021)第051406号

责任编辑：王亚茹
装帧设计：刘羽珂

唐代蓬莱诗歌辑录
TANGDAI PENGLAI SHIGE JILU
刘振伟　王莎莎　编著

主管单位	山东出版传媒股份有限公司
出版发行	齊魯書社
社　　址	济南市英雄山路189号
邮　　编	250002
网　　址	www.qlss.com.cn
电子邮箱	qilupress@126.com
营销中心	（0531）82098521　82098519　82098517
印　　刷	日照日报印务中心
开　　本	880mm×1230mm　1/32
印　　张	11
插　　页	2
字　　数	300千
版　　次	2021年3月第1版
印　　次	2021年3月第1次印刷
印　　数	1—1000
标准书号	ISBN 978-7-5333-4442-9
定　　价	58.00元

前　言

从不同的角度切入唐诗，都会是精彩的旅行，我们总能看到不同的风景。

《全唐诗》中关于“蓬莱”的诗歌约六百首，占留存下来的唐诗数量的百分之一强，不算多，却也不少。而“蓬莱”意象能够如此反复地出现在唐人的诗作中，并且贯穿唐代诗歌创作的各个时期，与其他意象相比，绝对算得上是出场频率高、密度大的“硬核”了。

唐诗里的“蓬莱”，是一种集合意象。

一则“蓬莱”是意象集群。“蓬莱”与“瀛洲”“方丈”“蓬瀛”“鳌洲”“蓬岛”“蓬壶”“蓬山”“蓬丘”“蓬阙”“蓬阆”“瀛壶”“方壶”“三神山”“三山”“三岛”“三壶”“三岭”等语词或互喻互指，或以此代彼，相互勾连而形成以“蓬莱”为核心的强大的“互文”意象集群。它们彼此阐释，彼此生发，不断扩大“蓬莱”的意义领域，将“蓬莱”变成一个生长的话语系统。

二则“蓬莱”是意义聚合体。“蓬莱”作为仙境的代名词，其所指其实是模糊的，也就是说，仙境本身和仙境中存在的一切事物，都可用“蓬莱”及相关意象进行指涉。它既可以指向“圣山”“圣地”等一系列想象性的、抽象的、整体的仙境乐园空间，也可以指向这些空间内具体的人、事、物，比如建筑、仙禽、仙药……而“蓬莱”与“瀛洲”“方丈”“蓬瀛”等语词之间的互文链，使得有关指代更加飘忽不定，从而形成庞大的意义聚合体。

到了唐代，这个意义聚合体的场域进一步扩大。“蓬莱”原有意义被继续使用和巩固，而新的意义场域则不断地增加。人们已经不满足于仅仅将“蓬莱”视为“理想中的存在”或“仙家特产”了，他们开始按照自己的理解来建造想象中的宫阙，甚至直接将自家建筑命名为“蓬莱”，唐代的大明宫有一段时间便被改名为“蓬莱宫”。由此扩展开去，王公贵族的府邸、方外之人的居处、大自然令人心怡的美景便都可称为“蓬莱”了。与之相应的是，很多人事，比如登科中第或在朝为官这等俗事，本与仙家无涉，但是由于在世人眼里，这等于是过上了一种与众不同的“幸福生活”，与登仙无异，于是，在旁人的羡慕与自我的陶醉里，这种生活也被称为“蓬莱”了。文学馆、秘书省、翰林院这等读书人青睐之地，被目为“蓬莱”就更不在话下了。在这种比附下，越来越多的世俗领域跨境跨界，如人间得到满足或者得不到满足的男欢女爱，也开始用“蓬莱”来形容了。总之，“蓬莱”在“仙境”这样一个本体之下，在人间出现了复杂的“模仿”其存在的“喻像”集团，既指向人间真实的事物、事件，又指向人内心中求仙、自由、对某种生活的向往、对现实的失望而营构的理想地图，以及人内心深处隐秘而热切的欲望，成为唐人表达婉转曲折、幽微精深的精神世界，以及“在世间”复杂难言的生存体验较为集中的意象。

三则“蓬莱”是时空叠合体。“蓬莱”作为古老的神话意象，其内核本身包含了中华民族最为原始、最为本真的心灵投射。神话中蕴含着古老的愿望与理想，比如长生，比如自由，比如快乐逍遥的生活，比如摆脱现实的困窘，比如神通广大、衣食无忧……神话中的自如本是人间不自如的反向，描述的更多的是想象而非现实。然而神话想象恰恰因为欲望投射而成为世人准确的“心灵诊断”，它凝聚着时间深处人类诸多的意识与无意识，总在有意无意间说出存在的真相，因而，它穿越所有的时代，如一面多棱镜，笼罩所有人的意向。处于不同境遇中的个体，在接触到神话这面镜子之后做出不同的反应，反射出不同的面向。在唐人的诗歌里，关于“蓬莱”的神话想象空间、从远古走来的历史空间、唐人自身生存的现实空间，以及由生存而引发的满意或者不满意的心理空间，神话时空、历史时空、唐朝时空，各种心灵的呐喊，各种生存的诉求，各种人生的表达，各种情感的抒发，通过“蓬莱”勾连互通，交错叠合，构成让人眼花缭乱的风景，美不胜收。

至少在唐代，“蓬莱”是非常活跃的文化元素，这与唐代道教的活跃密切相关，但更为重要的是，它和人类隐秘的内在追求和集体心理息息相关。即使到了现在，对健康的追求，对长寿的渴望，对美好生活的向往，也依然是我们的理想和愿望。也正因为如此，“蓬莱”是个极为强大的文化符号，直到今天，也有着强大的生命力与号召力。我们应该做的，便是赋予其新的时代意义，让其在新时代里焕发出新的神采与光芒。

也许是在不惑之年才来到烟台的缘故，我对这里的文化总是有着一种婴儿般的好奇。烟台有着丰富的地域文化资源，但如何做深入的挖掘与弘扬是一个时代的课题，所以我一直想试试看，能否在个人能力范围内，做一些与弘扬烟台地域文化相关的事。

王君莎莎是我来烟台带的第二个硕士生，入学以来，尊师重道，努力刻苦。她曾就毕业论文选题一事与我商量。结合专业以及毕业所需，我们共同拟定了《唐代“蓬莱”诗歌研究》这一选题。当然，在写作的整个过程中，她做了苦力，贡献巨大，大部分活都是由她完成的。这本书，可以说，既是她学业成果的一个展示，也是我本人夙愿的一次实施。于她，这是一个结果；于我，这算是一个开端。

本书以清人彭定求等校点《全唐诗》（中华书局 1980 年版）为诗歌底本，参照陈贻焮主编《增订注释全唐诗》（文化艺术出版社 2001 年版）、刘学锴撰《唐诗选注评鉴》（中州古籍出版社 2019 年版）、孙建军等主编《全唐诗选注》（线装书局 2002 年版），以及其他别集对“蓬莱”意象进行辑录与简要注释，并按其含义将所辑录的诗歌分为六编，对其中的生僻字做了注音，既可帮助读者阅读、鉴赏蓬莱诗歌，又可为学者研究唐代蓬莱诗歌提供材料。

另外，本书所选作品，大都保持原貌，但对少量作品的序做了处理，具体如下：白居易《长恨歌》一诗前有序，为陈鸿所作《长恨歌传》，因其内容与诗多有重复，故不录；上官昭容《游长宁公主流杯池二十五首》、李白《游泰山六首》、皮日休《七爱诗》与陆龟蒙《自遣诗三十首》等均为组诗，因只录其中几首，序亦不录。特此说明。

限于精力和水平，本书难免存在疏漏，真诚希望各位读者能够不吝赐教。

刘振伟

2020 年 5 月

目录

第一编　仙境

第二编　皇家机构

一、宫廷藏书与著作之处

三、翰林院

第三编　皇家宫苑

一、大明宫

第五编 山东蓬莱地区

第六编 其他

第一编·仙境

春日望海

李世民

披襟眺沧海，凭轼玩春芳。积流横地纪[①]，疏派引天潢[②]。仙气凝三岭[③]，和风扇八荒[④]。拂潮云布色，穿浪日舒光。照岸花分彩，迷云雁断行。怀卑[⑤]运深广，持满[⑥]守灵长。有形非易测，无源讵[⑦]可量。洪涛经变野[⑧]，翠岛屡成桑。之罘[⑨]思汉帝，碣石想秦皇。霓裳非本意，端拱且图王。

【注释】

①地纪：指整个大地。②天潢：天河。③三岭：指传说中的海上三神山蓬莱、方丈、瀛洲，泛指仙境。④八荒：八方荒远之地。⑤怀卑：指海位低下。⑥持满：盛满。⑦讵：岂，难道。⑧变野：大海变为桑田。⑨之罘：指芝罘山，今多称芝罘岛，在山东烟台。

咏　风

李世民

萧条起关塞，摇扬下蓬瀛[①]。拂林花乱彩，响谷鸟分声。披云罗影散，泛水织文生。劳歌大风曲，威加四海清。

【注释】

①蓬瀛：蓬莱、瀛洲二神山的合称，常用来泛指仙境。

秋日二首（其二）

李世民

爽气澄兰沼，秋风动桂林。露凝千片玉，菊散一丛金。日岫高低影，云空点缀阴。蓬瀛不可望，泉石且娱心。

送玄同真人李抱朴谒灊山[①]仙祠

李隆基

城阙天中近，蓬瀛海上遥。归期千载鹤，春至一来朝。采药逢三秀[②]，餐霞[③]卧九霄。参同[④]如有旨，金鼎待君烧。

【注释】

①灊（qián）山：亦称“潜山”“天柱山”，在今安徽潜山境内。道家所谓三十六洞天之一。②三秀：灵芝草的别名。禾类、草类开花称秀，灵芝草一年开花三次，故名。③餐霞：餐食日霞，为道家的一种修炼术。④参同：相合为一。此指道家炼丹修仙之术。

游长宁公主流杯池二十五首（其一）

上官昭容

逐仙赏，展幽情。逾昆阆[①]，迈蓬瀛。

【注释】

①昆阆：指阆苑，在昆仑山，传说中神仙居住的地方。

游长宁公主流杯池二十五首（其七）

上官昭容

莫论圆峤，休说方壶[①]。何如鲁馆，即是仙都。

【注释】

①圆峤、方壶：皆是传说中的仙山。

游长宁公主流杯池二十五首（其十九）

上官昭容

暂游仁智所，萧然松桂情。寄言栖遁客[①]，勿复访蓬瀛。

【注释】

①栖遁客：指隐士。

游长宁公主流杯池二十五首（其二十四）

上官昭容

参差碧岫耸莲花，潺湲[1]绿水莹金沙。何须远访三山[2]路，人今已到九仙家。

【注释】

①潺湲：形容水流动的声音。②三山：指传说中的海上三神山蓬莱、方丈、瀛洲。

题金华宫[1]

蜀太后徐氏

再到金华顶，玄都[2]访道回。云披分景象，黛锁显楼台。雨涤前山净，风吹去路开。翠屏夹流水，何必羡蓬莱。

【注释】

①金华宫：在今四川青城山上，为道教官观。②玄都：道观名，在今四川青城山上。

五言春日侍宴望海应诏[1]

长孙无忌

灵夔[2]振穷发，淑景丽青阳[3]。千乘隐雷转，万骑俨[4]腾骧。目极三山崄，流睇百川长。仙湖遥蔼蔼[5]，蜃气远苍苍。下物深逾广，引浊清讵伤。带雾含天碧，浮霞映日光。楼台自接影，云岛间相望。春波飞碣石，晓浪拂扶桑[6]。喧声骋游□，旅浴恣翾翔[7]。群鸥心久狎，如何□稻粱？

【注释】

①本诗据《翰林学士集》补遗。②夔：古代传说中一种像龙的独脚怪兽。③青阳：春天。④俨：整齐的样子。⑤蔼蔼：同“霭霭”，云雾密集的样子。⑥扶桑：神话中海外的大树，传说太阳从这里出来。⑦翾（xuān）翔：飞翔。

五言春日侍宴望海应诏[1]

岑文本

五材[2]□水德，千流会谷王[3]。委输[4]绵厚载，朝宗极大荒。浮天纳星汉，浴日吐扶桑。奔涛疑叠岛，惊浪似浮航。云撤青丘[5]见，雾卷碧流长。金台焕霞景，银阙[6]藻春光。九夷骄巨壑，五辂[7]出辽阳。朝神泛弘舸[8]，鞭石[9]济飞梁。曜戈威海□，振楫落星芒。幸厕歌旅□，极望恧[10]成章。

【注释】

①本诗据《翰林学士集》补遗。②五材：五行。③谷王：指海。④委输：水流汇聚。⑤青丘：指长洲，传说中神仙居住地，在南海辰巳之地。⑥金台、银阙：传说三神山皆以黄金、白银为宫阙，乃仙人所居。⑦五辂（lù）：古代帝王乘坐的五种车子，即玉辂、金辂、象辂、革辂、木辂。⑧弘舸：大船。⑨鞭石：宋李昉《太平广记·神一》载，传说秦始皇造石桥，欲过海观日出处。当时有神人能驱石下海，石去不速，神人辄鞭之，皆流血。⑩恧（nǜ）：惭愧。

游清都观寻沈道士得清字

许敬宗

幽人蹈箕颍[1]，方士访蓬瀛。岂若逢真气，齐契体无名。既诠众妙理，聊畅远游情。纵心驰贝阙[2]，怡神想玉京。或命余杭酒[3]，时听洛滨笙。风衢通阆苑，星使下层城[4]。蕙帐晨飙动，芝房夕露清。方叶[5]栖迟趣，于此听钟声。

【注释】

①箕颍：箕山和颍水。相传尧时，贤者许由曾隐居箕山之下、颍水之阳。后用来指代隐居。②贝阙：以贝为饰的宫阙，传说中河伯所居之处。③余杭酒：相传麻姑与王远饮于蔡经家，天厨之酒尽，王远以千钱向余杭姥沽酒，得一油囊酒，五斗许。④层城：仙人居处。⑤叶（xié）：和洽，相合。

古意六首（其六）

王　绩

彩凤欲将归[1]，提罗出郊访[2]。罗张大泽已，凤入重云扬。朝栖昆阆木，夕饮蓬壶[3]涨。问凤那远飞，贤君坐相望。凤言荷[4]深德，微禽安足尚。但使雏卵全，无令矰缴[5]放。皇臣力牧[6]举，帝乐箫韶[7]畅。自有来巢时，明年阿阁上。

【注释】

①归：归隐。②罗：捕鸟的网。访：求。③蓬壶：指蓬莱，古代传说中的海上仙山。④荷：承受。⑤矰（zēng）缴（zhuó）：古代射鸟用的系有丝绳的短箭。⑥力牧：传说为黄帝的辅臣。⑦箫韶：传说中舜时的音乐，也指美妙的仙乐。

独　坐

王　绩

问君樽酒外，独坐更何须。有客谈名理[1]，无人索地租。三男婚令族[2]，五女嫁贤夫。百年随分[3]了，未羡陟[4]方壶。

【注释】

①名理：辨名析理之学，是魏晋清谈的内容之一。②令族：名门世

族。③随分：安分，守本分。④陟：登高。

游仙四首（其二）

王 绩

上月[1]芝兰径，中岩紫翠房[2]。金壶新练乳[3]，玉釜始煎香[4]。六局黄公[5]术，三门赤帝[6]方。吹沙聊作鸟，动石试为羊[7]。缑氏[8]还程促，瀛洲会日长。谁知北岩下，延首咏霓裳。

【注释】

①上月：月上之时。②中岩：半山腰。紫翠房：指炼丹房。③金壶练乳：汉刘向《列仙传·邛疏》载，“邛疏者，周封史也，能行气炼形，煮石髓而服之，谓之石钟乳”。练，通“炼”。④玉釜煎香：汉东方朔《十洲记》载，西海聚窟洲有返魂树，伐其木根心，于玉釜中煮，取汁，更微火煎，浓缩成丸，名曰惊精香，或名返生香、却死香。死者闻其香气可复活。⑤黄公：汉刘歆《西京杂记》卷三载，“有东海人黄公，少时为术，能制蛇御虎，佩赤金刀，以绛缯束发，立兴云雾，坐成山河”。⑥三门赤帝：宋张君房《云笈七签》卷二五载，“荧惑星有三门，门内有三赤帝，其一帝辄备一门，以奉属于中央赤皇君也”。⑦动石为羊：晋葛洪《神仙传·皇初平》载，皇初平牧羊，后得道成仙。其兄初起入山寻之，问初平：“羊皆何在?”初平曰：“羊近在山东。”初起往视之，只看见一些白石。初平叱曰：“羊起!”于是白石皆变为羊，有数万头。⑧缑（gōu）氏：山名，在今河南偃师南。《太平广记·女仙十五》云：“河南缑氏，乃王母修道之故山也。”

于时春也慨然有江湖之思寄赠柳九陇[1]

卢照邻

提琴一万里，负书三十年。晨攀偃蹇[2]树，暮宿清泠泉。

翔禽鸣我侧，旅兽过我前。无人且无事，独酌还独眠。遥闻彭泽宰[③]，高弄武城弦[④]。形骸寄文墨，意气托神仙。我有壶中要[⑤]，题为物外篇。将以贻好道，道远莫致旃[⑥]。相思劳日夜，相望阻风烟。坐惜春华晚，徒令客思悬。水去东南地，气凝西北天。关山悲蜀道，花鸟忆秦川。天子何时问，公卿本亦怜。自哀还自乐，归薮[⑦]复归田。海屋[⑧]银为栋，云车电作鞭。倘遇鸾将鹤，谁论貂与蝉。莱洲[⑨]频度浅，桃实[⑩]几成圆。寄言飞凫舄[⑪]，岁晏[⑫]同联翩。

【注释】

①柳九陇：指柳太易，曾任九陇（今四川彭州）县令。②偃蹇：高耸。③彭泽宰：指彭泽令陶渊明，此处以其代指柳九陇。④武城弦：借指礼乐教化。《论语·阳货》云："子之武城，闻弦歌之声。"朱熹注："时子游为武城宰，以礼乐为教，故邑人皆弦歌也。"⑤壶中要：指学道的要领。⑥旃（zhān）："之焉"的合音。⑦归薮：归于山泽，指隐居。⑧海屋：指传说中的海上仙宫。⑨莱洲：指蓬莱。⑩桃实：指西王母的仙桃。⑪飞凫舄（xì）：会飞的仙履，喻指仙术。《后汉书·方术传上》载，王乔为叶县令，有神术，每月朔望，常自县诣台朝。"临至，辄有双凫从东南飞来。于是候凫至，举罗张之，但得一只舄焉……则四年中所赐尚书官属履也。"凫，野鸭。⑫岁晏：岁暮，一年将尽的时候。

奉和幸上阳宫[①]侍宴应制

宗楚客

紫庭金凤阙，丹禁玉鸡川[②]。似立蓬瀛上，疑游昆阆前。鸟将歌合转，花共锦争鲜。湛露飞尧酒，熏风入舜弦。水光摇落日，树色带晴烟。向夕回雕辇，佳气满岩泉。

【注释】

①上阳宫：唐宫名，在东都洛阳禁苑内，唐高宗时建。②玉鸡川：原指洛水。传说汉高祖刘邦母在洛水游玩，有玉鸡衔赤珠，刘邦母吞珠而生邦，故称洛水为玉鸡川。后代指皇城之护城河。

奉和幸安乐公主山庄应制

宗楚客

玉楼银榜枕严城，翠盖[①]红旗列禁营。日映层岩图画色，风摇杂树管弦声。水边重阁含飞动，云里孤峰类削成。幸睹八龙[②]游阆苑，无劳万里访蓬瀛。

【注释】

①翠盖：饰以翠羽的车盖。②八龙：东汉荀淑有子八人，皆有名望，时人谓之“八龙”。后用以称赞别人家的子弟。

感遇十二首（其五）

张九龄

吴越数千里，梦寐今夕见。形骸非我亲，衾枕即乡县[①]。化蝶犹不识，川鱼安可羡？海上有仙山，归期觉神变。

【注释】

①衾枕：被子和枕头，代指梦。乡县：指家乡。

林亭咏

张九龄

穿筑非求丽，幽闲欲寄情。偶怀[①]因壤石，真意在蓬瀛。苔益山文古，池添竹气清。从兹果萧散[②]，无事亦无营[③]。

【注释】

①偶怀：犹适意。②萧散：闲散舒适。③营：求。

和刘侍郎入隆唐观[①]

杨　炯

福地阴阳合，仙都日月开。山川临四险，城树隐三台[②]。伏槛排云出，飞轩[③]绕涧回。参差凌倒影[④]，潇洒轶[⑤]浮埃。百果珠为实，群峰锦作苔。悬萝暗疑雾，瀑布响成雷。方士烧丹液，真人泛玉杯。还如问桃水[⑥]，更似得蓬莱。汉帝求仙日，相如作赋才[⑦]。自然金石奏，何必上天台[⑧]？

【注释】

①刘侍郎：疑指刘守悌，唐高宗时曾任刑部侍郎。隆唐观：位于今河南登封北逍遥谷中。高宗时建，后因避讳唐玄宗李隆基而改名崇唐观。②三台：古时天子有灵台、时台、囿台，合称三台。③飞轩：廊宇。④倒影：亦作“倒景”，道家指天上最高处。⑤轶：超越。⑥问：访问。桃水：指桃花源，世外桃源。⑦“汉帝”二句：《史记·司马相如列传》载，司马相如见汉武帝好仙道，作《大人赋》以献，“天子大说，飘飘有凌云之气，似游天地之间意”。⑧“自然”二句：《晋书·孙绰传》载，“（绰）尝作《天台山赋》，辞致甚工，初成，以示友人范荣期，云：‘卿试掷地，当作金石声也。’”天台，即天台山，在今浙江天台县北。

三阳宫[①]侍宴应制得幽字

宋之问

离宫[②]秘苑胜瀛洲，别有仙人洞壑幽。岩边树色含风冷，石上泉声带雨秋。鸟向歌筵来度曲，云依帐殿结为楼。微臣昔忝方明[③]御，今日还陪八骏游。

【注释】

①三阳宫：在今河南登封石淙山上，为武则天时修建的行宫。②离宫：供皇帝出巡时居住的行宫。③方明：黄帝之臣。

发端州初入西江

宋之问

问我将何去，清晨溯越溪①。翠微悬宿雨，丹壑饮晴霓。树影捎云密，藤阴覆水低。潮回出浦驶，洲转望乡迷。人意长怀北，江行日向西。破颜看鹊喜，拭泪听猿啼。骨肉初分爱，亲朋忽解携②。路遥魂欲断，身辱理能齐。畴日三山意，于兹万绪暌③。金陵④有仙馆，即事寻丹梯⑤。

【注释】

①越溪：此指西江。②解携：分手，离别。③暌：乖违。④金陵：金坛之陵，指茅山，在今江苏句容东南。⑤丹梯：指寻仙访道之路。

奉和登骊山高顶寓目应制

崔　湜

名山何壮哉，玄览一徘徊。御路穿林转，旌门①倚石开。烟霞肘后发，河塞掌中来。不学蓬壶远，经年犹未回。

【注释】

①旌门：古代帝王出行，张帷幕为行宫，宫前树旌旗为门，故称旌门。

怀　仙并序

王　勃

客有自幽山①来者，起予以林壑之事，而烟霞在焉。思解缨绂②，永咏山水，神与道超，迹为形滞，故书其事焉。

鹤岑[3]有奇径，麟洲富仙家。紫泉[4]漱珠液，玄岩列丹葩[5]。常希披尘网[6]，眇然[7]登云车。鸾情极霄汉，凤想疲烟霞。道存蓬瀛近，意惬朝市赊[8]。无为坐[9]惆怅，虚此江上华。

【注释】

①幽山：深山。②缨绂（fú）：冠带和印绶，代指官位。③鹤岑：指修仙者所居的山。④紫泉：指神仙饮用的泉水。⑤丹葩：红花。⑥披尘网：形容冲破世俗名利的束缚。⑦眇然：高远貌。⑧朝市：泛指名利场。赊：远。⑨无为：不要。坐：空，徒然。

寻道观其观即昌利观[1]，张天师居也

王 勃

芝廛[2]光分野，蓬阙盛规模[3]。碧坛清桂阈[4]，丹洞肃松枢。玉笈[5]三山记，金箱五岳图。苍虬不可得，空望白云衢[6]。

【注释】

①昌利观：在今四川金堂县昌利山。②芝廛（chán）：道观的美称。③蓬阙：神仙居住的地方，此处指昌利观。规模：气概，气象。④阈：门槛儿，泛指界限或范围。⑤玉笈：玉饰的书箱。⑥白云衢：指通往仙境之路。衢，道路。

海

李 峤

习坎疏丹壑[1]，朝宗合紫微。三山巨鳌涌，万里大鹏飞。楼[2]写春云色，珠含明月辉。会因添雾露，方逐众川归。

【注释】

①习坎：《周易·坎卦》载，“《象》曰：‘习坎，重险也。’”疏丹壑：传说大禹治水，凿山辟沟，疏导百川。②楼：指海市蜃楼。

奉和幸安乐公主山庄应制

韦元旦

银河南渚[①]帝城隅，帝辇平明出九衢[②]。刻凤蟠螭[③]凌桂邸，穿池叠石写[④]蓬壶。琼箫暂下钧天乐[⑤]，绮缀长悬明月珠。仙榜承恩争既醉[⑥]，方知朝野更欢娱。

【注释】

①银河南渚：织女居处，此处用以指代安乐公主山庄。②九衢：指京师道路。③刻凤蟠螭（chī）：指皇帝车驾，其上刻有龙凤图案。④写：模拟。⑤钧天乐：指天上的音乐，仙乐。⑥既醉：指《诗经·大雅》篇名。《毛诗序》言："《既醉》，大平也。醉酒饱德，人有士君子之行焉。"

奉和初春幸太平公主南庄应制

邵　升

沁园佳丽夺[①]蓬瀛，翠壁红泉绕上京[②]。二圣[③]忽从鸾殿幸，双仙[④]正下凤楼迎。花含步辇空间出，树杂帷宫[⑤]画里行。无路乘槎窥汉渚，徒知访卜就君平[⑥]。

【注释】

①沁园：东汉明帝为其女沁水公主专门修建的庄园，后用来指公主园林。夺：胜过，压倒。②上京：指长安（今陕西西安）。③二圣：指唐中宗与韦后。④双仙：指武攸暨、太平公主夫妻。⑤帷宫：古代帝王出行，张帷幕为行宫。⑥"无路"二句：晋张华《博物志》卷一〇载，传说天河与海通，有居海渚者，年年八月见有浮槎去来。遂乘槎而去，至天河，遇织女和牵牛人。此人问牵牛人这是何处，答曰："君还至蜀郡访严君平则知之。"后至蜀，问君平，答曰："某年月日有客星犯牵牛宿。"这一时间正是此人到天河时。槎（chá），木筏。

代女道士王灵妃赠道士李荣

骆宾王

玄都五府[①]风尘绝，碧海三山波浪深。桃实千年非易待，桑田一变已难寻。别有仙居对三市[②]，金阙银宫相向起。台前镜影伴仙娥，楼上箫声随凤史。凤楼迢递绝尘埃，莺时物色正裴回。灵芝紫检[③]参差长，仙桂丹花重叠开。双童绰约时游陟，三鸟[④]联翩报消息。尽言真侣出遨游，传道风光无限极。轻花委砌惹裾香，残月窥窗觇幌[⑤]色。个时无数并妖妍，个里无穷总可怜。别有众中称黜帝[⑥]，天上人间少流例。洛滨仙驾启遥源，淮浦灵津符远筮[⑦]。自言少小慕幽玄，只言容易得神仙。佩中邀勒经时序，箫里寻思复几年。寻思许事真情变，二人容华识少选。漫道烧丹止七飞，空传化石曾三转。寄语天上弄机人，寄语河边值查客[⑧]。乍可匆匆共百年，谁使遥遥期七夕。想知人意自相寻，果得深心共一心。一心一意无穷已，投漆投胶非足拟。只将羞涩当风流，持此相怜保终始。相怜相念倍相亲，一生一代一双人。不把丹心比玄石，惟将浊水况清尘。只言柱下留期信[⑨]，好欲将心学松蕣[⑩]。不能京兆画蛾眉，翻向成都骋骀引[⑪]。青牛紫气度灵关，尺素赩鳞[⑫]去不还。连苔上砌无穷绿，修竹临坛几处斑。此时空床难独守，此日别离那可久。梅花如雪柳如丝，年去年来不自持。初言别在寒偏在，何悟春来春更思。春时物色无端绪，双枕孤眠谁分许。分念娇莺一种啼，生憎燕子千般语。朝云旭日照青楼，迟晖丽色满皇州。落花泛泛浮灵沼，垂柳长长拂御沟。御沟大道多奇赏，侠客妖容递来往。宝骑连花铁作钱，香轮骛水珠为网。香轮宝骑竞繁华，可怜今夜宿倡家。鹦鹉杯[⑬]中浮竹叶，凤凰琴里落梅花[⑭]。许辈多情偏送款，为问春花几时满。千回鸟信说众诸，百过莺啼说长短。长短众诸判不寻，千回百过浪[⑮]关心。何曾举意西邻玉[⑯]，未肯留情南陌金。南陌西邻咸自保，还辔[17]归期须及早。为想三春狭斜路，莫辞九折[18]邛关道。假令白里似长安，须使青牛学剑端。蘋风入驭[19]来应易，竹杖成龙去不难。龙飙[20]去去无消息，鸾镜朝朝减容色。君心不记下山人，妾欲空期上林翼。上林三月鸿欲稀，华表千年鹤未归。不分[21]淹留桑路待，只应直取桂轮[22]飞。

【注释】

①五府：指传说中的仙人官署。②三市：此处指长安的街市。③紫检：指灵芝的紫色菌盖。④三鸟：指西王母身边的三只青鸟。⑤觇（chān）：窥视。幌：帷幔。⑥黜帝：犹谪仙，指被“天帝”所黜，谪生人间。⑦“淮浦”句：《晋书·王导传》云，“初，（王）导渡淮，使郭璞筮之，卦成，璞曰：‘吉，无不利。淮水绝，王氏灭。’其后子孙繁衍，竟如璞言”。⑧查客：槎客，指乘槎泛天河之人。查，通“槎”。⑨“只言”句：《庄子·盗跖》云，“尾生与女子期于梁下，女子不来，水至不去，抱梁柱而死”。⑩蕣（shùn）：木槿花，此花朝开暮落。⑪“翻向”句：《史记·司马相如列传》载，司马相如拜中郎将，建节出使西夷，“至蜀，蜀太守以下郊迎，县令负弩矢先驱，蜀人以为宠”。驺引，指古代贵官出行时，在前引马开道的骑卒。⑫赩（xì）鳞：赤色的鳞片，指鲤鱼。代指信函。⑬鹦鹉杯：用鹦鹉螺制成的酒杯。⑭凤凰琴：泛指宝琴。落梅花：指《梅花落》，古曲名。⑮浪：徒然。⑯西邻玉：宋玉。⑰还辔：调转马头。⑱九折：指九折坂，在今四川邛崃山。此处借指曲折险峻的道路。⑲入驭：御风而行。⑳龙飙：乘坐龙所驾之车的仙者，此处指道士李荣。㉑不分（fèn）：不愿。㉒桂轮：月亮。

仙鹤篇

武三思

白鹤乘空何处飞，青田紫盖本相依。缑山七月虽长去，辽水千年会忆归。缑山杳杳翔寥廓，辽水累累叹城郭。经随羽客步丹丘，曾逐仙人游碧落。迢迢碧落断氛埃，霞堂云阁几重开。欲寻东海黄金灶①，仍向西山白玉台②。九皋独唳③方清切，五里惊群俄断绝。月下分行似度云，风前扬影疑回雪。风前月下路漫漫，水宿云翔去几般。宛转能倾吴国市④，裴回巧拂汉皇坛⑤。琴中作曲从来易，鼓里传声有甚难。夜夜恒飞银汉曲，朝朝常饮玉池澜。别有闻箫出紫烟，还如化履上青天。霜毛忽控三神⑥下，玉羽俄看二客旋。燕雀终迷横海志，蜉蝣岂识在阴年。莫言一举轻千里，为与三山送九仙。

【注释】

①黄金灶：指黄金阙，黄金筑成的宫阙，相传为仙人居所。②西山白玉台：指昆仑山瑶台。③九皋独唳：指鹤鸣。《诗经·小雅·鹤鸣》云："鹤鸣于九皋，声闻于野。"九皋，曲折深远的沼泽。④"宛转"句：东汉赵晔《吴越春秋·阖闾内传》载，吴王阖闾之女亡，阖闾痛之，葬于国西阊门。"乃舞白鹤于吴市中，令万民随而观之，还使男女与鹤俱入羡门，因发机以掩之。"⑤汉皇坛：指望鹄台，在汉未央宫内，为汉武帝所建。⑥三神：指天神、地神、山岳之神。

奉和幸安乐公主山庄应制

刘　宪

主家别墅帝城隈，无劳海上觅蓬莱。沓①石悬流平地起，危楼曲阁半天开。庭莎作荐②舞行出，浦树相将歌棹③回。此日风光与形胜，只言作伴圣词④来。

【注释】

①沓：重叠。②庭莎：庭中的莎草。荐：草垫子。③相将：相与，相共。歌棹（zhào）：行船时唱歌。④圣词：指天子的辞章。

送道士[①]入天台

薛　曜

洛阳陌上多离别，蓬莱山下足波潮。碧海桑田何处在？笙歌一听一遥遥。

【注释】

①道士：指司马承祯。

嵩岳闻笙

刘希夷

月出嵩山东，月明山益空。山人爱清景，散发卧秋风。风止夜何清，独夜草虫鸣。仙人不可见，乘月近吹笙。绛唇吸灵气，玉指调真声。真声是何曲，三山鸾鹤情。昔去落尘俗，愿言闻此曲。今来卧嵩岑，何幸承幽音。神仙乐吾事，笙歌铭夙心[①]。

【注释】

①夙心：平素的心愿。

与东方左史虬修竹篇并书

陈子昂

东方公足下：文章道弊，五百年矣。汉魏风骨，晋宋莫传，然而文献有可征者。仆尝暇时观齐梁间诗，彩丽竞繁，而兴寄都绝，每以永叹。思古人，常恐逦迤颓靡，风雅不作，以耿耿也。一昨于解三处，见明公《咏孤桐篇》，骨气端翔，音情顿挫，光英朗练，有金石声。遂用洗心饰视，发挥幽郁。不图正始之音，复睹于兹，可使建安作者，相视而笑。解君云："张茂先、何敬祖，东方生与其比肩。"仆亦以为知言也。故感叹雅制，作《修竹诗》

一首，当有知音以传示之。

龙种[1]生南岳，孤翠郁亭亭。峰岭上崇崒[2]，烟雨下微冥[3]。夜闻鼯鼠[4]叫，昼聒泉壑声。春风正淡荡，白露已清泠。哀响激金奏，密色滋玉英。岁寒霜雪苦，含彩独青青。岂不厌凝冽[5]，羞比春木荣。春木有荣歇，此节无凋零。始愿与金石，终古保坚贞。不意伶伦[6]子，吹之学凤鸣。遂偶云和[7]瑟，张乐奏天庭。妙曲方千变，箫韶亦九成。信蒙雕斫美，常愿事仙灵。驱驰翠虬[8]驾，伊郁[9]紫鸾笙。结交嬴台女，吟弄升天行[10]。携手登白日，远游戏赤城。低昂玄鹤舞[11]，断续彩云生。永随众仙逝，三山游玉京。

【注释】

①龙种：竹名。②崇崒（zú）：高峻貌。③微冥：昏暗貌。④鼯（wú）鼠：也称“飞鼠”，昼伏夜出。前后肢间有薄膜，能借此滑翔，吃植物的皮、果实和昆虫等。⑤厌：饱受。凝冽：严寒。⑥伶伦：相传为黄帝时的乐官。⑦云和：其含义尚有争议，主要有三。一为山名，古人取其所产之材以制作琴瑟；二为地名；三为琴瑟、琵琶等弦乐器的统称。⑧翠虬：青龙。⑨伊郁：忧愤郁结。⑩升天行：乐府《杂曲歌辞》名，言游仙之事。⑪玄鹤舞：《韩非子·十过》载，师旷鼓琴，“一奏之，有玄鹤二八道南方来，集于郎门之垝；再奏之，而列；三奏之，延颈而鸣，舒翼而舞，音中宫商之声，声闻于天”。后用来形容弹琴者技艺超群。

山水粉图[1]

陈子昂

山图之白云兮，若巫山之高丘。纷群翠之鸿溶[2]，又似蓬瀛海水之周流。信夫人之好道，爱云山以幽求[3]。

【注释】

①粉图：以粉作图，粉壁上的图画。②群翠：指众山峰。鸿溶：高

耸。③幽求：搜求寻访。

春台引寒食集毕录事宅作

陈子昂

感阳春兮生碧草之油油。怀宇宙以伤远，登高台而写[①]忧。迟[②]美人兮不见，恐青岁之遂遒[③]。从毕公以酣饮，寄林塘而一留。采芳荪[④]于北渚，忆桂树于南州。何云木之美丽，而池馆之崇幽。星台[⑤]秀士，月旦诸子。嘉青鸟之辰[⑥]，迎火龙之始。挟宝书与瑶瑟，芳蕙华而兰靡[⑦]。乃掩白蘋[⑧]，藉[⑨]绿芷。酒既醉，乐未已。击青钟[⑩]，歌渌水[⑪]。怨青春之萎绝，赠瑶台之旖旎。愿一见而道意，结众芳之绸缪。曷余情之荡漾，瞩青云以增愁。怅三山之飞鹤，忆海上之白鸥。重曰[⑫]：群仙去兮青春颓，岁华歇兮黄鸟哀。富贵荣乐几时兮，朱宫碧堂生青苔，白云兮归来。

【注释】

①写：去。②迟：等待。③遒：迫近。④芳荪：香草名。⑤星台：指三台星，代指朝廷。⑥青鸟之辰：指春天。⑦靡：美好。⑧掩：覆。白蘋：水草名，也叫“田字草”“四叶菜”。⑨藉：以草铺地而坐。⑩青钟：五钟之一。《管子·五行》载，传说黄帝“作立五声，以政五钟”，一曰青钟，二曰赤钟，三曰黄钟，四曰景钟，五曰黑钟。⑪渌水：古曲名。⑫重曰：犹言再也，始见于《楚辞·远游》。王逸注：“愤懑未尽，复陈辞也。”

入峭峡安居溪伐木溪源幽邃林岭相映有奇致焉

陈子昂

肃徒歌伐木，骛楫漾轻舟。靡迤[①]随回水，潺湲溯浅流。烟沙分两岸，露岛夹双洲。古树连云密，交峰入浪浮。岩潭相映媚，溪谷屡环周。路迥[2]光逾逼，山深兴转幽。麇[3]鼯寒思晚，猿鸟暮声秋。誓息兰台策，将从桂树游。因书谢亲爱[4]，千岁觅蓬丘[5]。

【注释】

①靡迤：曲折连绵貌。②迥：远。③麇（jūn）：獐子。④谢：告诉。亲爱：亲友。⑤蓬丘：海中仙山蓬莱。

入海二首（其二）

张　说

海上三神山，逍遥集众仙。灵心岂不同，变化无常全。龙伯如人类，一钓两鳌连[1]。金台此沦没，玉真[2]时播迁。问子劳何事，江上泣经年。隰中生红草[3]，所美非美然。

【注释】

①"龙伯"二句：《列子·汤问》载，"龙伯之国有大人，举足不盈数步而暨五山之所，一钓而连六鳌……至伏羲、神农时，其国人犹数十丈"。②玉真：仙人。③隰（xí）：低湿的地方。红草：指荭草，一年生草本植物。生于泽中，高达丈余，茎大而赤，花红色或白色，果实黑色。

相州山池作

张　说

尝怀谢公[1]咏，山水陶嘉月。及此年事衰，徒看众花发。观鱼乐何在，听鸟情都歇。星汉流不停，蓬莱去难越。邺[2]中秋麦秀，淇[3]上春云没。日见尘物空，如何静心阙。

【注释】

①谢公：指谢灵运。②邺：邺城，唐属相州，在今河北临漳。③淇：淇水。

道家四首奉敕撰（其一）

张　说

金坛启曙闱[1]，真气肃微微[2]。落月衔仙窦[3]，初霞拂羽衣。香随龙节[4]下，云逐凤箫飞。暂住蓬莱戏，千年始一归[5]。

【注释】

①金坛：道教供奉神仙的坛。闱：宫闱。②微微：幽静貌。③仙窦：仙洞。④龙节：龙形符节，后泛指使臣所持之节。⑤“千年”句：化用丁令威典。晋陶潜《搜神后记》载，辽东人丁令威学道于灵虚山，后化鹤归家，时人不识，举弓欲射之。丁乃歌曰：“有鸟有鸟丁令威，去家千年今始归。城郭如故人民非，何不学仙冢垒垒?”

九日进茱萸山诗五首（其四）

张　说

九日重阳数，三秋万实成。时来谒轩后[1]，罢去坐蓬瀛。

【注释】

①轩后：指黄帝轩辕氏。

玄元观[1]寻李先生不遇

魏知古

羽客[2]今何在，空寻伊洛[3]间。忽闻归苦县[4]，复想入函关。未作千年别，犹应七日还。神仙不可见，寂寞返蓬山。

【注释】

①玄元观：指老子庙，在今河南洛阳。②羽客：对道士的美称。③伊洛：伊水与洛水。④苦县：在今河南鹿邑东。《史记·老子韩非列传》云老子为楚国苦县厉乡曲仁里人。

幸白鹿观应制

李　乂

制跸乘骊阜①，回舆指凤京②。南山四皓③谒，西岳两童迎。云幄④临悬圃，霞杯荐赤城。神明近兹地，何必往蓬瀛。

【注释】

①制跸：帝王出行时沿途停留暂住。乘：登。骊阜：骊山。②凤京：指都城长安。③南山：终南山。四皓：指秦末隐居商山（在今陕西商洛东南）的东园公、甪里先生、绮里季、夏黄公四位老人，人称“商山四皓”。④云幄：帷幕如云，形容其多。

奉和幸长安故城未央宫应制

李　乂

凤辇乘春陌，龙山①访故台。北宫②才尽处，南斗独昭回。肆览飞宸札③，称觞引御杯。已观蓬海变④，谁厌柏梁灾⑤。代挹孙通礼⑥，朝称贾谊才。忝侪⑦文雅地，先后各时来。

【注释】

①龙山：指龙首山，在长安北，萧何曾在此建未央宫。②北宫：汉宫名，位于长安，汉高祖时建，武帝增修之，为汉帝祭祀神君之处。③宸札：帝王的手札。④蓬海变：意为沧海桑田。⑤柏梁灾：汉武帝元鼎二年（前 115）建柏梁台，太初元年（前 104）遭灾而毁。后常用其咏叹宫室兴废。⑥孙通礼：指叔孙通制定的礼仪。⑦侪（chái）：辈，类。

兴庆池侍宴应制

马怀素

积水逶迤绕直城①，含虚皎镜有余清。图云曲榭连缇幕②，映日中塘间彩旌。赏洽③犹闻箫管沸，欢留更睹木兰④轻。无劳海上寻仙客，即此蓬莱在帝京。

【注释】

①直城：汉京都长安城门名，为西出南头第二门。②缇幕：橘红色的帷幕。③洽：广博，周遍。④木兰：指木兰舟。

黄鹤

沈佺期

黄鹤佐丹凤，不能群白鹇①。拂云游四海，弄影到三山。遥忆君轩②上，来下天池间。明珠世不重，知有报恩环。

【注释】

①白鹇（xián）：鸟名，也叫“白雉”，常生活在高山竹林间。②轩：古代一种有帷幕而前顶较高的车。

哭道士刘无得

沈佺期

闻有玄都客，成仙不易祈。蓬莱向清浅，桃杏欲芳菲。缩地黄泉出，升天白日飞。少微星①夜落，高掌露朝晞②。吐甲龙应出③，衔符鸟自归④。国人思负局⑤，天子惜被衣⑥。花月留丹洞，琴笙阁翠微。嗟来子桑扈⑦，尔独返于几。

【注释】

①少微星：一名“处士星”，喻指隐士、处士。②高掌：指汉武帝所造仙人承露盘。晞：干，干燥。③“吐甲”句：《宋书·符瑞志上》载，周公旦与周成王观于河、洛，沉璧。礼毕，有“青龙临坛，衔玄甲之图，坐之而去”。④“衔符”句：晋干宝《搜神记》卷一载，濮阳人吴猛有神术，“尝见大风，书符掷屋上，有青鸟衔去，风即止”。⑤负局：人名，他常背磨镜箱，在吴市磨镜，还为人治病，后归蓬莱山。⑥被衣：传说为尧

时隐士。⑦子桑扈：指子桑户，春秋时隐士。

海上作

宋务光

旷哉潮汐池，大矣乾坤力。浩浩去无际，沄沄①深不测。崩腾翕②众流，泱漭③环中国。鳞介错殊品，氛霞饶诡色。天波混莫分，岛树遥难识。汉主探灵怪，秦王恣游陟。搜奇大壑④东，竦望成山⑤北。方术徒相误，蓬莱安可得。吾君⑥略仙道，至化孚⑦淳默。惊浪晏穷溟⑧，飞航通绝域。马韩⑨底厥贡，龙伯修其职。粤我遘休明⑩，匪躬⑪期正直。敢输鹰隼执，以间豺狼忒⑫。海路行已殚⑬，輶轩未皇⑭息。劳歌玄月⑮暮，旅睇沧浪极。魏阙渺云端，驰心附归冀。

【注释】

①沄沄：水流汹涌貌。②翕：聚，合。③泱漭：广大貌。④大壑：大海。⑤成山：又名“荣成山”，在今山东荣成东北。⑥吾君：指唐中宗。⑦至化：至高的教化。孚：使人信服。⑧穷溟：远海。⑨马韩：古国名，三韩之一，故地在今韩国境内。⑩遘（gòu）：相遇。休明：美好清明的盛世。⑪匪躬：忠心耿耿，不顾自身。⑫忒：差错。⑬殚：尽。⑭輶（yóu）轩：古代使臣乘坐的一种轻车。皇：通“遑”，闲暇。⑮劳歌：劳作者之歌。玄月：夏历九月。

安乐公主移入新宅侍宴应制同用开字

赵彦昭

云物中京①晓，天人外馆②开。飞桥象河汉，悬榜③学蓬莱。北阙④临仙槛，南山送寿杯。一窥轮奂⑤毕，惭恧栋梁材。

【注释】

①中京：指长安。②外馆：指公主出嫁后在宫外的宅地。③榜：匾

额。④北阙：皇宫北面的门楼，为臣子等候朝见或上书奏事之处。⑤轮奂：形容房屋高大众多。

早　朝

王　维

柳暗百花明，春深五凤城①。城乌睥睨②晓，宫井辘轳声。方朔金门③侍，班姬④玉辇迎。仍闻遣方士，东海访蓬瀛。

【注释】

①五凤城：指京城。②睥睨：城墙上的矮墙。③方朔：东方朔。金门：金马门，汉代宫门名，门旁有铜马。④班姬：班婕妤。

赠焦道士

王　维

海上游三岛①，淮南预八公②。坐知千里外③，跳向一壶中。缩地朝珠阙④，行天使玉童。饮人聊割酒，送客乍分风⑤。天老能行气⑥，吾师不养空⑦。谢君徒雀跃，无可问鸿濛⑧。

【注释】

①三岛：海上三神山蓬莱、方丈、瀛洲。②“淮南”句：《神仙传·淮南王》载，淮南王刘安“好神仙之道，海内方士从其游者多矣”。于是有八公者，皆“容状衰老，枯槁伛偻”，诣门求见。王师事之，八公授王仙术，遂相与白日升天而去。③“坐知”句：晋葛洪《抱朴子·金丹》载，“服黄丹一刀圭，即便长生不老矣。及坐见千里之外，吉凶皆知，如在目前也”。④珠阙：宫阙之美称。⑤分风：神仙把风分为两个方向。⑥天老：相传为黄帝辅臣。行气：指道家的养生之术。⑦养空：修养空虚灵性。⑧“谢君”二句：《庄子·在宥》载，云将东游，适遇鸿蒙（鸿濛）。云将曰：“今我愿合六气之精以育群生，为之奈何？”鸿蒙拊脾雀跃掉头曰：“吾弗知！吾弗知！”云将不得问。

题沈东美员外山池

綦毋潜

仙郎[①]偏好道，凿沼象瀛洲。鱼乐随情性，船行任去留。秦人辨鸡犬，尧日识巢由[②]。归客衡门[③]外，仍怜返景[④]幽。

【注释】

①仙郎：唐人对尚书省各部郎中、员外郎的惯称。②巢由：指尧时避世隐居的高士巢父和许由。③归客：诗人自指。衡门：横木为门，指简陋的房屋。④返景：夕阳的余光。

杂诗二首（其二）

储光羲

秋气[①]肃天地，太行高崔嵬。猿狖[②]清夜吟，其声一何哀。寂寞掩圭荜[③]，梦寐游蓬莱。琪树[④]远亭亭，玉堂[⑤]云中开。洪崖[⑥]吹箫管，玉女飘飖来。雨师既先后，道路无纤埃。鄙哉楚襄王，独好阳云台[⑦]。

【注释】

①秋气：指秋日凄清、肃杀之气。②狖（yòu）：长尾猿。③圭荜（bì）：指穷人的住处。圭，圭窦，形状如圭的墙洞。荜，同“筚”，筚门，即柴门。④琪树：神话中的玉树。⑤玉堂：仙人居处。⑥洪崖：传说中的仙人名，他曾采昆仑竹，定音律，制箫管。⑦阳云台：阳台之云。宋玉《高唐赋》描写了楚王在梦中与巫山神女欢会之事，神女去而辞曰：“妾在巫山之阳，高丘之阻，旦为朝云，暮为行雨。朝朝暮暮，阳台之下。”

升天行贻卢六健

储光羲

真人居阆风[①]，时奏清商[②]音。听者即王母，泠泠[③]和瑟琴。

坐对三花枝，行随五云[4]阴。天长昆仑小，日久蓬莱深。上由玉华宫[5]，下视首阳岑[6]。神州亦清净，要自有浮沈[7]。恻恻[8]苦哉行，呱呱游子吟。庐山逢若士[9]，思欲化黄金。雨雪没太山[10]，谁能无归心。逍遥在云汉，可以来相寻。

【注释】

①阆风：仙人居处。②清商：凄清悲凉的曲调。③泠泠：清脆的声音。④五云：五色瑞云，多作吉祥的征兆。⑤玉华宫：指神仙所居之玉宫，亦指道观。⑥首阳岑：指首阳山。《史记·伯夷列传》载："（伯夷、叔齐）隐于首阳山，采薇而食之。及饿且死，作歌。其辞曰：'登彼西山（首阳山）兮，采其薇矣。以暴易暴兮，不知其非矣。神农、虞、夏忽焉没兮，我安适归矣？于嗟徂兮，命之衰矣！'遂饿死于首阳山。"⑦要自：可是。浮沈：比喻盛衰，得意或失意。沈，同"沉"。⑧恻（cè）恻：悲痛，凄凉。⑨若士：犹言其人，后指仙人。⑩太山：泰山。

安宜园林献高使君[1]

储光羲

直道已三出，幸[2]从江上回。新居茅茨迥，起见秋云开。十里次舟楫，二桥交往来。楚言满邻里，雁叫喧池台。鱼鳖乐仁政，浮沈[3]亦至哉。小山[4]宜大隐，要自望蓬莱。

【注释】

①安宜：县名，在今江苏宝应县西南。使君：对州郡长官的尊称。②幸：庆幸。③浮沈：浮沉，意为随波逐流。④小山：因汉淮南小山曾作《招隐士》，故以小山代指居住或隐逸的佳胜之地。此处指安宜园林。

同诸公秋霁曲江俯见南山

储光羲

天静终南高，俯映江水明。有若蓬莱下，浅深见澄瀛[①]。群峰悬中流，石壁如瑶琼。鱼龙隐苍翠，鸟兽游清泠。菰蒲林下秋，薜荔波中轻。山戛浴兰址[②]，水若居云屏[③]。岚气浮渚宫[④]，孤光随曜灵[⑤]。阴阴豫章馆[⑥]，宛宛百花亭[⑦]。大君及群臣，宴乐方嘤鸣。吾党二三子，萧辰[⑧]怡性情。逍遥沧洲[⑨]时，乃在长安城。

【注释】

①澄瀛：澄清的瀛洲。这里指南山倒映入曲江池中，犹如海上神山瀛洲。②兰址：兰草丰茂的水中小洲。址，通“沚”，水中的小块陆地。③云屏：云形彩绘的屏风。这里指映入水中的山峰。④岚气：山林中的雾气。渚宫：这里指曲江的宫苑。⑤孤光：指山峰间的光线。曜灵：太阳。⑥阴阴：幽暗貌。豫章馆：汉武帝时建，在昆明池中。⑦宛宛：盘旋屈曲貌。百花亭：亭名，在曲江。⑧萧辰：秋风萧瑟之时。⑨沧洲：滨水的地方，常用来称隐士的居处。

贻丁主簿仙芝别

储光羲

赫赫明天子，翘翘群秀才。昭昭皇宇广，隐隐云门[①]开。摇曳君初起，联翩[②]予复来。兹年不得意，相命[③]游灵台。骅骝[④]多逸气，琳琅有清响。联行击水飞，独影凌虚[⑤]上。关河施芳听[⑥]，江海徼新赏[⑦]。敛衽归故山，敷言[⑧]播天壤。云峰虽有异，楚越幸相亲。既别复游处，道[⑨]深情更殷。下愚忝闻见[⑩]，上德犹邅迍[⑪]。偃仰东城曲[⑫]，楼迟[⑬]依水滨。脱巾从会府[⑭]，结绶归海裔[⑮]。亲知送河门，邦族迎江澨[⑯]。夫子安恬淡，他人怅迢递[17]。飞艎既眇然[18]，洲渚徒亏蔽。人谋固无准，天德谅难知。高名处下位，逸翮[19]栖卑枝。去去水中沚，摇[20]摇天一涯。蓬壶不可见，来泛跃龙池。

【注释】

①云门：指皇宫之门。②联翩：这里形容连续不断。③相命：共同。④骅骝（liú）：赤色的骏马，相传为周穆王八骏之一。⑤独影：指丁仙芝自己。凌虚：高空。此处指丁仙芝先中第。⑥关河：泛指山河。施：散布。芳听：美好的声音。⑦徼：通“邀”，求取。新赏：新的赏识者。⑧敷言：敷文，指写作诗文。⑨道：指道德学问。⑩闻见：指为人所知。⑪邅（zhān）迍（zhūn）：形容困顿不得志。⑫偃仰：犹俯仰，随时俗周旋应付。曲：偏僻的地方。⑬楼迟：居住。⑭脱巾：脱下头巾，改戴官帽，指开始入仕。会府：会稽郡邸。⑮结绶：佩系印绶，意为出仕为官。海裔：海边，海滨。⑯邦族：宗族，家族。江澨（shì）：江边。⑰迢递：遥远貌。⑱艎（huáng）：木制大船。眇然：遥远貌。⑲逸翮：善飞的鸟。⑳摇：同“遥”。

登东海[1]龙兴寺高顶望海简演公

刘长卿

胸山压海口，永望开禅宫[2]。元气远相合，太阳生其中。豁然万里余，独为百川雄。白波走雷电，黑雾藏鱼龙。变化非一状，晴明分众容。烟开秦帝桥，隐隐横残虹。蓬岛如在眼，羽人那可逢。偶闻真僧言，甚与静者同。幽意颇相惬，赏心殊未穷。花间午时梵，云外春山钟。谁念遽成别，自怜归所从。他时相忆处，惆怅西南峰。

【注释】

①东海：指海州东海郡，治所在今江苏连云港。②永望：远望。禅

官：佛寺，指龙兴寺。

至德三年春正月时谬蒙差摄海盐令闻王师收二京因书事寄上浙西节度李侍郎中丞行营五十韵

刘长卿

天上胡星孛，人间反气横。风尘生汗马，河洛纵长鲸[①]。本谓才非据，谁知祸已萌。食参将可待，诛错[②]辄为名。万里兵锋接，三时羽檄[③]惊。负恩殊鸟兽，流毒遍黎氓。朝市成芜没，干戈起战争。人心悬反覆，天道暂虚盈。略地侵中土，传烽到上京。王师陷魑魅，帝座逼欃枪[④]。渭水嘶胡马，秦山泣汉兵。关原驰万骑，烟火乱千甍[⑤]。凤驾瞻西幸，龙楼议北征。自将行破竹，谁学去吹笙。白日重轮庆，玄穹再造荣。鬼神潜释愤，夷狄远输诚。海内戎衣卷，关中贼垒平。山川随转战，草木困横行。区宇神功立，讴歌帝业成。天回万象庆，龙见五云迎。小苑春犹在，长安日更明。星辰归正位，雷雨发残生。文物登前古，箫韶下太清。未央新柳色，长乐旧钟声。八使推邦彦，中司案国程。苍生属伊吕，明主仗韩彭。凶丑将除蔓，奸豪已负荆。世危看柱石，时难识忠贞。薄伐征貔虎[⑥]，长驱拥旆旌。吴山依重镇，江月带行营。金石悬词律，烟云动笔精。运筹初减灶，调鼎未和羹。北虏传初解，东人望已倾。池塘催谢客，花木待春卿。昔忝登龙首，能伤困骥鸣。艰难悲伏剑[⑦]，提握喜悬衡[⑧]。巴曲谁堪听，秦台[⑨]自有情。遂令辞短褐，仍欲请长缨。久客田园废，初官印绶轻。榛芜上国路，苔藓北山楹。懒慢羞趋府，驱驰忆退耕。榴花[⑩]无暇醉，蓬发带愁萦。地僻方言异，身微俗虑并。家怜双鲤断，才愧小鳞烹。沧海今犹滞，青阳岁又更。洲香生杜若[⑪]，溪暖戏鸡鹊[⑫]。烟水宜春候，褰关[⑬]值晚晴。潮声来万井，山色映孤城。旅梦亲乔木，归心乱早莺。倘无知己在，今已访蓬瀛。

【注释】

①“河洛”句：指安禄山乱兵攻陷洛阳事。②诛错：汉景帝时，吴楚七国以诛晁错为名反叛。此处指安禄山起兵，以讨杨国忠为名。③羽檄：军事文书。④帝座：星名。《晋书·天文志上》：“帝坐（帝座）一星，在天市中候星西，天庭也。光而润则天子吉，威令行。”欃（chán）枪：天欃和天枪，彗星的别称。古人认为欃枪为预兆战乱等灾祸之星，后因以之喻指叛逆者。⑤甍（méng）：屋脊。⑥貔（pí）虎：比喻勇猛的军队。⑦伏剑：指以剑自刎。⑧提握：提携。悬衡：天平，比喻评量人才。⑨秦台：指秦台镜、秦镜。《西京杂记》卷三载，秦咸阳宫有一方镜，可照见肠胃五脏，“女子有邪心，则胆张心动。秦始皇常以照宫人”。此处比喻考官能公正地取士。⑩榴花：酒名。⑪杜若：香草名。⑫鵁（jiāo）鶄（jīng）：一种水鸟。⑬褰（qiān）关：意为开门。

游马耳山①

萧颖士

兹山表东服②，远近瞻其名。合沓尽溟涨③，浑浑连太清。我来疑初伏，幽路无炎精④。流水出溪尽，覆萝摇风轻。高深变气候，俯仰暮天晴。入谷烟雨润，登崖云日明。乾坤正含养，种植总滋荣。草树皆秀色，雏麑乱新声。攀岩挹桂髓⑤，洞穴拾瑶英⑥。此地隐微径，何人得长生。宿心尚葛许⑦，弥愿栖蓬瀛。太息宦名路，迟回忠孝情。还丹昧远术，养素惭幽贞⑧。安得从此去，悠然升玉京。

【注释】

①马耳山：在今山东诸城西南。②表：标志。东服：指王畿以东的地方。③合沓：重叠，聚集。尽：尽头。溟涨：泛指大海。④炎精：太阳。⑤挹：舀。桂髓：桂膏，桂脂。⑥洞：穿。瑶英：玉的精华。

⑦宿心：向来的心愿。葛许：指葛洪、许迈。⑧养素：涵养本心。幽贞：高洁坚贞。

□□□赵载同游焦湖[1]夜归作

萧颖士

□□将泽国，淜腾迎淮甸[2]。东江[3]输大江，别流从此县。仙尉俯胜境，轻桡恣游衍[4]。自公暇有余，微尚得所愿。拈引间翰墨，风流尽欢宴。稍移井邑间，始悦登眺便。遥岫逢应接，连塘乍回转。划然气象分，万顷行可见。波中峰一点，云际帆千片。浩叹无端涯，孰知蕴虚变。往游信不厌，毕景方[5]未还。兰□烟霭里，延缘[6]蒲稗间。势随风潮远，心与□□闲。回见出浦月，雄光射东关。悠然蓬壶事，□□□衰颜。安得傲吏隐，弥年寓兹山。

【注释】

①焦湖：指巢湖，在今安徽中部。②淜（píng）腾：水声。淮甸：淮河流域。③东江：指濡须水（今称裕溪河）。因其在巢湖之东，故云。④轻桡（ráo）：轻舟。桡，船桨。游衍：游乐。⑤毕景：日落。方：宜。⑥延缘：缓慢移行。

古蛾眉怨

王　翰

君不见宜春苑[1]中九华殿，飞阁连连直如发。白日全含朱鸟窗，流云半入苍龙阙。宫中彩女[2]夜无事，学凤吹箫弄清越。珠帘北卷待凉风，绣户南开向明月。忽闻天子忆蛾眉，宝凤衔花揲[3]两螭。传声走马开金屋，夹路鸣环上玉墀[4]。长乐彤庭[5]宴华寝，三千美人曳花锦。灯前含笑更罗衣，帐里承恩荐瑶枕。不意君心半路回，求仙别作望仙台[6]。琳琅禁闼[7]遥相忆，紫翠岩房[8]昼不开。

欲向人间种桃实，先从海底觅蓬莱。蓬莱可求不可上，孤舟缥缈知何往。黄金作盘铜作茎，青天白露掌⑨中擎。王母嫣然感君意，云车雨旆欲相迎。飞廉观⑩前空怨慕，少君⑪何事须相误。一朝埋没茂陵田，贱妾蛾眉不重顾。宫车晚出向南山⑫，仙卫逶迤去不还。朝晡泣对麒麟树⑬，树下苍苔日渐斑。人生百年夜将半，对酒长歌莫长叹。情知白日不可私，一死一生何足算。

【注释】

①宜春苑：秦离宫有宜春宫，宫之东为宜春苑，汉称宜春下苑，即曲江池。②彩女：宫女。③揲（shé）：积聚。④玉墀（chí）：殿前石阶。⑤彤庭：汉代宫廷，因以朱漆涂饰，故称。⑥望仙台：《三辅黄图》卷三载，汉武帝在华阴建集灵宫、集仙宫、存仙殿、存神殿、望仙台、望仙观。⑦禁闼：宫廷门户。⑧紫翠岩房：炼丹房。⑨掌：指汉武帝所造承露盘。⑩飞廉观：宫观名，在上林苑。⑪少君：指李少君，汉武帝时方士，能驱鬼神。⑫宫车晚出：指帝王崩殂。南山：终南山，此处代指山陵。⑬朝晡（bū）：犹早晚。麒麟树：应指麒麟殿、麒麟阁前的树。

与王昌龄宴王道士房

孟浩然

归来卧青山，常梦游清都①。漆园有傲吏②，惠好在招呼。书幌③神仙箓，画屏山海图。酌霞④复对此，宛似入蓬壶。

【注释】

①清都：传说中“天帝”所居的宫阙。②漆园傲吏：指庄周。《史记·老子韩非列传》载，庄周尝为漆园吏，楚威王闻其贤，遣使厚币迎之，许以为相，庄周坚决不从。③书幌：书帷，此处指有法书墨迹的帷幔。④酌霞：饮酒。

宿天台桐柏观[①]

孟浩然

海行信[②]风帆，夕宿逗云岛[③]。缅寻沧洲趣，近爱赤城好。扪萝亦践苔，辍棹恣探讨[④]。息阴憩桐柏，采秀弄芝草。鹤唳清露垂，鸡鸣信潮早。愿言解缨绂，从此去烦恼。高步凌四明[⑤]，玄踪得三老。纷吾远游意，学彼长生道。日夕望三山，云涛空浩浩。

【注释】

①桐柏观：唐景云二年（711）建，在今浙江天台县西北桐柏山上。②信：任凭。③逗云岛：有云停留其上的岛屿。④辍棹：停船。探讨：探幽寻胜。⑤凌：乘，登。四明：山名，在今浙江余姚境内。

寄天台道士

孟浩然

海上求仙客，三山望几时。焚香宿华顶，裛[①]露采灵芝。屡蹑莓苔滑，将寻汗漫期。倘因松子[②]去，长与世人辞。

【注释】

①裛（yì）：通“浥”，沾湿。②因：凭，依。松子：指赤松子，相传为上古时神仙。

韩大使东斋会岳上人[①]诸学士

孟浩然

郡守虚陈榻[②]，林间召楚材。山川祈雨毕，云物[③]喜晴开。抗礼尊缝掖[④]，临流揖渡杯[⑤]。徒攀朱仲李[⑥]，谁荐和羹梅[⑦]。翰墨缘情制，高深以意裁。沧洲趣不远，何必问蓬莱。

【注释】

①上人：对僧人的敬称。②虚陈榻：虚设一榻，喻礼贤下士。③云

物：景物。④抗礼：行平等之礼。缝掖：古代儒生服，是一种大袖单衣。此处代指诸学士。⑤渡杯：南朝宋有一僧，不知姓名，神力卓越，常乘木杯渡水。此处代指岳上人。⑥朱仲李：晋潘岳《闲居赋》载，“周文弱枝之枣，房陵朱仲之李”。李善注引《荆州记》：“房陵县有好枣（李），甚美，仙人朱仲来窃。”⑦和羹梅：《尚书·说命下》载，武丁命傅说作相，曰：“若作和羹，尔惟盐梅。”后用来称颂宰相。

古风（其三）

李　白

秦皇扫六合，虎视何雄哉！飞剑决①浮云，诸侯尽西来。明断自天启②，大略驾群才。收兵铸金人，函谷正东开。铭功会稽岭，骋望琅琊台。刑徒七十万，起土骊山隈。尚采不死药，茫然使心哀。连弩射海鱼，长鲸正崔嵬③。额鼻象五岳，扬波喷云雷④。鬐鬣⑤蔽青天，何由睹蓬莱。徐市载秦女，楼船几时回？但见三泉下，金棺葬寒灰。

【注释】

①决：断。②明断：英明的决断。天启：上天的启示。③“连弩”二句：《史记·秦始皇本纪》载，徐市等入海求神药，数岁不得，花费甚多，害怕受到责问，就谎称海中有大鲛鱼拦道，致使无法靠近仙山。于是，秦始皇亲自带连弩在芝罘射杀了大鱼。崔嵬，高大的样子。④“扬波”句：谓鲸鱼喷水扬波，其气如云，其声似雷。⑤鬐（qí）鬣（liè）：指鱼、龙的脊鳍。

古风（其九）

李　白

庄周梦胡蝶，胡蝶为庄周。一体更变易，万事良悠悠。乃知蓬莱水，复作清浅流。青门种瓜人，旧日东陵侯[①]。富贵故如此，营营[②]何所求？

【注释】

①“青门”二句：《三辅黄图》卷一载，秦东陵侯邵平，秦亡后为布衣，种瓜于长安青门外。青门，长安城东门。②营营：奔走忙碌貌。

古风（其二十）

李　白

昔我游齐都[①]，登华不注峰[②]。兹山何峻秀，绿翠如芙蓉。萧飒古仙人，了知是赤松。借予一白鹿，自挟两青龙。含笑凌倒景，欣然愿相从。泣与亲友别，欲语再三咽。勖[③]君青松心，努力保霜雪。世路多险艰，白日欺红颜。分手各千里，去去何时还。在世复几时，倏如飘风[④]度。空闻紫金经[⑤]，白首愁相误。抚己忽自笑，沈吟为谁故？名利徒煎熬，安得闲余步。终留赤玉舄，东上蓬莱路。秦帝如我求，苍苍但烟雾[⑥]。

【注释】

①齐都：齐国都城，在今山东淄博。②华不注峰：华不注山，在今山东济南东北角。③勖：勉励。④飘风：旋风，暴风。⑤紫金经：炼丹之书。⑥“终留”四句：《列仙传·安期先生》载，“安期先生者，琅琊阜乡人也。卖药于东海边，时人皆言千岁翁。秦始皇东游，请见，与语三日三夜，赐金璧度数千万。出于阜乡亭，皆置去，留书，以赤玉舄一双为报，曰：‘后数年，求我于蓬莱山。’”

古风（其三十）

李　白

玄风变太古，道丧无时还。扰扰季叶[①]人，鸡鸣趋四关。但识金马门，谁知蓬莱山。白首死罗绮，笑歌无时闲。绿酒哂丹液，青娥[2]凋素颜。大儒[3]挥金椎，琢之诗礼间。苍苍三株树[4]，冥目[5]焉能攀。

【注释】

①季叶：末世，衰世。②青娥：美丽的少女。③大儒：这里指欺世盗名之儒士。④三株树：传说中的珍木。《山海经·海外南经》："三株树在厌火北，生赤水上，其为树如柏，叶皆为珠。"⑤冥目：闭上眼睛。

古风（其四十八）

李　白

秦皇按宝剑[1]，赫怒[2]震威神。逐日巡海右，驱石驾沧津[3]。征卒空九宇，作桥伤万人。但求蓬岛药，岂思农鳸[4]春。力尽功不赡，千载为悲辛。

【注释】

①按宝剑：指秦始皇用武力统一天下。②赫怒：盛怒。③沧津：海上桥梁。④农鳸（hù）：古代农官的总称，后借指农事。

登高丘而望远[1]

李　白

登高丘，望远海。六鳌骨已霜，三山流安在？扶桑半摧折，白日沈光彩。银台金阙如梦中，秦皇汉武空相待。精卫费木石，鼋鼍[2]无所凭。君不见骊山茂陵尽灰灭，牧羊之子来攀登。盗贼劫宝玉，精灵[3]竟何能。穷兵黩武今如此，鼎湖飞龙[4]安可乘？

【注释】

①登高丘而望远：乐府《相和歌辞》名。②鼋（yuán）鼍（tuó）：在中国神话传说中指巨鳖和猪婆龙（扬子鳄）。③精灵：指秦始皇、汉武

帝的神灵。④鼎湖飞龙：《史记·封禅书》载，“黄帝采首山铜，铸鼎于荆山下。鼎既成，有龙垂胡髯下迎黄帝。黄帝上骑，群臣后宫从上者七十余人，龙乃上去……故后世因名其处曰鼎湖”。

有所思[①]

李　白

我思仙人乃在碧海之东隅。海寒多天风，白波连山倒蓬壶。长鲸喷涌不可涉，抚心茫茫泪如珠。西来青鸟东飞去，愿寄一书谢麻姑。

【注释】

①有所思：乐府《鼓吹曲辞》名。

来日大难[①]

李　白

来日一身，携粮负薪。道长食尽，苦口焦唇。今日醉饱，乐过千春。仙人相存[②]，诱我远学。海凌三山，陆憩五岳。乘龙天飞，目瞻两角。授以仙药，金丹满握。蟪蛄[③]蒙恩，深愧短促。思填东海，强衔一木。道重天地，轩师广成[④]。蝉翼九五[⑤]，以求长生。下士[⑥]大笑，如苍蝇声。

【注释】

①来日大难：乐府《相和歌辞》名。②存：恤问。③蟪（huì）蛄（gū）：蝉的一种。④轩：指黄帝。广成：指广成子，黄帝曾拜他为师。⑤九五：指帝位。⑥下士：指世俗之人。

对酒行[①]

李　白

松子栖金华[②]，安期入蓬海。此人古之仙，羽化竟何在。浮生速流电，倏忽变光彩。天地无凋换，容颜有迁改。对酒不肯饮，含情欲谁待。

【注释】

①对酒行：乐府《相和歌辞》名。②金华：指金华山，在今浙江金华北。

西岳云台歌送丹丘子①

李　白

西岳峥嵘何壮哉，黄河如丝天际来。黄河万里触山动，盘涡毂转②秦地雷。荣光休气纷五彩，千年一清圣人在。巨灵咆哮擘两山③，洪波喷箭射东海。三峰却立如欲摧④，翠崖丹谷高掌⑤开。白帝金精⑥运元气，石作莲花云作台⑦。云台阁道连窈冥⑧，中有不死丹丘生。明星玉女⑨备洒扫，麻姑搔背⑩指爪轻。我皇手把天地户，丹丘谈天与天语。九重出入生光辉，东来蓬莱复西归。玉浆傥⑪惠故人饮，骑二茅龙⑫上天飞。

【注释】

①西岳：指华山，在今陕西华阴南。云台：华山主峰之一。丹丘子：指元丹丘，李白好友。②盘涡：水旋流形成的深涡。毂转：像车轮转动。③“巨灵”句：《搜神记》卷一三载，昔华山阻碍黄河水流，“河神巨灵以手擘开其上，以足蹈离其下，中分为两，以利河流。今观手迹于华岳上，指掌之形具在；脚迹在首阳山下，至今犹存”。擘，用手把东西分开。④三峰：指华山莲花峰、落雁峰、朝阳峰。摧：倾倒。⑤高掌：华山东峰一侧有石，自下望之，很像手掌，五指俱全，故称。⑥白帝：神话中五“天帝”之一，主西方。金精：西方五行属金，故白帝又被称为金精。⑦石作莲花：华山四周山峰形如莲瓣，中间三峰突出，状如莲心。云作台：指云台峰。⑧阁道：栈道。窈冥：深远渺茫貌，此处指天。⑨明星玉女：《太平广记·女仙四》载，“明星玉女者，

居华山。服玉浆，白日升天”。⑩麻姑搔背：《太平广记·女仙五》载，仙人王远与麻姑降于蔡经家，“麻姑鸟爪，蔡经见之，心中念言：‘背大痒时，得此爪以爬背，当佳。’”⑪傥：同“倘”，倘若。⑫茅龙：茅狗所化的龙。《列仙传·呼子先》载：“夜有仙人持二茅狗来至，呼子先。子先持一与酒家妪，得而骑之，乃龙也，上华阴山。”

同族弟金城尉叔卿[1]烛照山水壁画歌

李　白

高堂粉壁图蓬瀛，烛前一见沧洲清。洪波汹涌山峥嵘，皎若丹丘[2]隔海望赤城。光中乍喜岚气灭，谓逢山阴晴后雪。回溪碧流寂无喧，又如秦人月下窥花源[3]。了然不觉清心魂，只将叠嶂鸣秋猿。与君对此欢未歇，放歌行吟达明发[4]。却顾海客扬云帆，便欲因之向溟渤[5]。

【注释】

①金城：本名始平，中宗景龙四年（710）改名金城，即今陕西兴平。叔卿：工部侍郎李适之子，玄宗开元年间历任鹿邑、虞城、金城三县尉。②丹丘：传说中神仙所居之地。③花源：指桃花源。④明发：黎明。⑤溟渤：泛指大海。

当涂赵炎少府[1]粉图山水歌

李　白

峨眉高出西极天，罗浮[2]直与南溟连。名公绎思[3]挥彩笔，驱山走海置眼前。满堂空翠[4]如可扫，赤城霞气苍梧烟。洞庭潇湘意渺绵，三江七泽情洄沿[5]。惊涛汹涌向何处，孤舟一去迷归年。征帆不动亦不旋，飘如随风落天边。心摇目断兴难尽，几时可到三山巅。西峰峥嵘喷流泉，横石蹙[6]水波潺湲。

东崖合沓[⑦]蔽轻雾，深林杂树空芊绵[⑧]。此中冥昧失昼夜，隐几[⑨]寂听无鸣蝉。长松之下列羽客，对坐不语南昌仙。南昌仙人赵夫子，妙年历落[⑩]青云士。讼庭无事罗[⑪]众宾，杳然[⑫]如在丹青里。五色粉图安足珍，真仙可以全吾身。若待功成拂衣去，武陵桃花笑杀人。

【注释】

①当涂：今安徽当涂。少府：县尉的别称。②罗浮：山名，在广东博罗县西北。③绎思：精心构思。④空翠：指青翠的山色。⑤洄沿：谓水流上下回旋。⑥蹙：迫近。⑦合沓：高峻、重叠貌。⑧芊绵：草木繁密茂盛的样子。⑨隐几：靠着几案。⑩历落：犹磊落，清高超俗。⑪罗：聚集。⑫杳然：幽深貌。

怀仙歌

李　白

一鹤东飞过沧海，放心散漫知何在？仙人浩歌望我来，应攀玉树长相待。尧舜之事不足惊，自余嚣嚣[①]直可轻。巨鳌莫戴三山去[②]，我欲蓬莱顶上行。

【注释】

①嚣嚣：纷扰貌。②“巨鳌”句：《列子·汤问》载，大海中有五座仙山，“而五山之根无所连著，常随潮波上下往还，不得暂峙焉。仙圣毒之，诉之于帝。帝恐流于西极，失群仙圣之居，乃命禺彊使巨鳌十五举首而戴之”。

赠瑕丘[①]王少府

李　白

皎皎鸾凤姿，飘飘神仙气。梅生亦何事，来作南昌尉[②]。清风佐鸣琴，寂寞道为贵。一见过所闻，操持难与群。毫挥鲁邑讼，目送瀛洲云。我隐屠钓下，尔当玉石分。无由接高论，空此仰清芬。

【注释】

①瑕丘：县名，即今山东济宁兖州。②“梅生”二句：《汉书·梅福传》载，西汉末年，梅福曾补南昌尉，后弃官，“去九江，至今传以为仙”。

赠丹阳横山[1]周处士惟长

李　白

周子横山隐，开门临城隅。连峰入户牖，胜概凌方壶。时作白纻词[2]，放歌丹阳湖[3]。水色傲溟渤，川光秀菰[4]蒲。当其得意时，心与天壤俱。闲云随舒卷，安识身有无。抱石耻献玉，沈泉笑探珠[5]。羽化如可作，相携上清都。

【注释】

①横山：又名“横望山”，在今安徽当涂县北三十公里。②白纻词：乐府《舞曲歌辞》名。③丹阳湖：在今安徽当涂县东南。④菰：多年生草本植物，生长在池沼里。嫩茎可做蔬菜，叫茭白。⑤探珠：指探骊得珠。《庄子·列御寇》：“夫千金之珠，必在九重之渊而骊龙颔下。”

赠饶阳张司户[1]燧

李　白

朝饮苍梧[2]泉，夕栖碧海[3]烟。宁知鸾凤意，远托椅桐前。慕蔺岂曩[4]古，攀嵇[5]是当年。愧非黄石老，安识子房贤[6]。功业嗟落日，容华弃徂川[7]。一语已道意，三山期著鞭。蹉跎人间世，寥落壶中天。独见游物祖[8]，探元穷化先[9]。何当共携手，相与排冥筌。

【注释】

①饶阳：指深州，天宝元年（742）改为饶阳郡，治所在今河北深州。

司户：官名，为郡之佐吏。②苍梧：代指南方。③碧海：代指北方。④蔺：指蔺相如。曩（nánɡ）：以往，从前。⑤嵇：指嵇康。⑥“愧非”二句：《史记·留侯世家》载，张良在下邳桥上遇黄石公，得其传授《太公兵法》。良得此书，遂精通将略。子房，即张良，此处借指张司户。⑦徂川：比喻流逝的岁月。⑧物祖：万物之祖。⑨探元：探求玄理，元，同“玄”。化先：指事物的根源。

赠嵩山焦炼师[①]并序

李　白

嵩丘有神人焦炼师者，不知何许妇人也。又云生于齐梁时，其年貌可称五六十。常胎息绝谷[②]，居少室庐，游行若飞，倏忽万里。世或传其入东海，登蓬莱，竟莫能测其往也。余访道少室，尽登三十六峰，闻风有寄，洒翰遥赠。

二室凌青天，三花含紫烟。中有蓬海客，宛疑麻姑仙。道在喧莫染，迹高想已绵。时餐金鹅蕊[③]，屡读青苔篇[④]。八极恣游憩，九垓[⑤]长周旋。下瓢酌颍水，舞鹤来伊川。还归空山上，独拂秋霞眠。萝月挂朝镜，松风鸣夜弦。潜光隐嵩岳，炼魄栖云幄。霓裳何飘飖，凤吹转绵邈。愿同西王母，下顾东方朔。紫书[⑥]倘可传，铭骨誓相学。

【注释】

①炼师：对道士的敬称。②胎息：道教的一种修炼方法。《抱朴子·释滞》云：“得胎息者，能不以鼻口嘘吸，如在胞胎之中。”绝谷：辟谷，不吃五谷等食物。方士将其当作祛病强身、修炼成仙的一种方法。③金鹅蕊：桂花。④青苔篇：指青词，道教举行斋醮时献给上天的奏章祝文。因用朱笔写在青藤纸上，故名。⑤九垓：九天。⑥紫书：道教的书。

经乱离后天恩流夜郎忆旧游书怀赠江夏韦太守良宰

李 白

天上白玉京，十二楼五城[①]。仙人抚我顶，结发受长生。误逐世间乐，颇穷理乱情[②]。九十六圣君[③]，浮云挂空名。天地赌一掷，未能忘战争。试涉霸王略，将期轩冕[④]荣。时命乃大谬，弃之海上行。学剑翻自哂，为文竟何成。剑非万人敌[⑤]，文窃四海声。儿戏[⑥]不足道，五噫[⑦]出西京。临当欲去时，慷慨泪沾缨。叹君倜傥才，标举冠群英。开筵引祖帐[⑧]，慰此远徂[⑨]征。鞍马若浮云[⑩]，送余骠骑亭[⑪]。歌钟不尽意，白日落昆明。十月到幽州，戈鋋[⑫]若罗星。君王弃北海，扫地借长鲸[⑬]。呼吸走百川，燕然[⑭]可摧倾。心知不得语，却欲栖蓬瀛。弯弧惧天狼[⑮]，挟矢不敢张。揽涕黄金台[⑯]，呼天哭昭王。无人贵骏骨，騄耳空腾骧[⑰]。乐毅倘再生，于今亦奔亡。蹉跎不得意，驱马还贵乡。逢君听弦歌，肃穆坐华堂。百里独太古，陶然卧羲皇。征乐昌乐馆，开筵列壶觞。贤豪间青娥，对烛俨成行。醉舞纷绮席，清歌绕飞梁。欢娱未终朝[⑱]，秩满[⑲]归咸阳。祖道[⑳]拥万人，供帐[㉑]遥相望。一别隔千里，荣枯异炎凉。炎凉几度改，九土中横溃[㉒]。汉甲连胡兵，沙尘暗云海。草木摇杀气，星辰无光彩。白骨成丘山，苍生竟何罪。函关壮帝居，国命悬哥舒[㉓]。长戟三十万，开门纳凶渠[㉔]。公卿如犬羊，忠谠醢与菹[㉕]。二圣出游豫[㉖]，两京遂丘墟。帝子许专征[㉗]，秉旄控强楚[㉘]。节制非桓文，军师拥熊虎。人心失去就，贼势腾风雨。惟君固房陵[㉙]，诚节冠终古。仆卧香炉顶，餐霞漱瑶泉。门开九江转，枕下五湖连。半夜水军来，浔阳满旌旃。空名适自误，迫胁上楼船。徒赐五百金，弃之若浮烟。辞官不受赏，翻谪夜郎天。夜郎万里道，西上令人老。扫荡六合清，仍为负霜草[30]。日月无偏照，何由诉苍昊。良牧称神明，深仁恤交道。一忝青云客，三登黄鹤楼。顾惭祢处士[31]，虚对鹦鹉洲。樊山霸气[32]尽，寥落天地秋。江带峨眉雪，川横三峡流。万舸此中来，连帆过扬州。送此万里目，旷然散我愁。纱窗倚天开，水树绿如发。窥日畏衔山，促酒喜得月。吴娃与越艳[33]，窈窕夸铅红。呼来上云梯，含笑出帘栊。对客小垂手[34]，罗衣舞春风。宾跪请休息，主人情未极。览君荆山作，江鲍堪动色[35]。清水出芙蓉，天然去雕饰。逸兴横素襟，无时不招寻。朱门拥虎士，列戟何森森。剪凿竹石开，萦流涨清深。登台坐水阁，吐论多英音。片辞贵白璧，一诺轻黄金。谓我不愧君，青鸟明丹心。五色云间鹊，飞鸣天上来。传闻赦书至，却放夜郎回。暖气变寒谷，炎烟生死灰[36]。君登凤池去，忽弃贾生才。桀犬尚吠尧[37]，匈奴笑千秋[38]。中夜四五叹，常为大国忧。旌旆夹两山[39]，黄河当中流。连鸡[40]不得进，饮马空夷犹[41]。安得羿善射，一箭落旄头[42]。

【注释】

①十二楼五城：指仙人居处，神话传说中谓昆仑山有五城十二楼。②理乱情：指国家治乱的道理。③九十六圣君：指自秦始皇至唐玄宗，共有九十六位君主。④轩冕：古时卿大夫的车服，借指显贵的人。⑤“剑非”句：见《史记·项羽本纪》。“项籍少时，学书不成，去学剑，又不成。项梁怒之。籍曰：‘书足以记名姓而已。剑一人敌，不足学，学万人敌。’”⑥儿戏：谦辞，指自已的作品。⑦五噫：东汉高士梁鸿过京师洛阳，见宫殿之华丽，感人民之劳苦，作《五噫之歌》，曰：“陟彼北芒兮，噫！顾览帝京兮，噫！宫室崔嵬兮，噫！人之劬劳兮，噫！辽辽未央兮，噫！”⑧祖帐：古代为远行者在野外路旁饯别而设的帷帐。⑨徂：往。⑩浮云：形容送行的人多。⑪骠骑亭：在长安郊外。⑫戈铤（chán）：皆兵器名，借指战争。⑬扫地：意谓全部。长鲸：喻指安禄山。⑭燕然：山名，即杭爱山，

在今蒙古国境内。⑮弯弧：拉弓。天狼：星名，此处喻指安禄山。⑯黄金台：亦称“招贤台”，战国时燕昭王筑，“以延天下士”。⑰騄（lù）耳：古代骏马名。腾骧：奔腾。⑱未终朝：不到一个早晨，指时间短暂。⑲秩满：谓官吏任期届满。⑳祖道：古人于出行前祭祀路神，后亦称饮宴送行。㉑供帐：陈设帷帐等用具以供宴会或行旅的需要。㉒九土：九州之土，指全国。横溃：河水决堤横流，喻指天下大乱。㉓哥舒：指哥舒翰。安禄山占领洛阳后，唐玄宗命哥舒翰领军二十万镇守潼关，保卫京师。㉔凶渠：元凶，指安禄山。㉕忠谠（dǎng）：忠诚正直之臣。醢（hǎi）与菹（zū）：菹醢，把人剁成肉酱。㉖二圣：指唐玄宗和唐肃宗。游豫：游乐，讳言出逃。㉗帝子：指永王李璘，玄宗第十六子。许专征：指玄宗给予李璘直接调兵的权力。㉘秉旄：持旄节，指掌握兵权。强楚：时玄宗以李璘为四道节度采访等使、江陵郡（春秋时期楚都所在之地）大都督。㉙房陵：地名，即今湖北房县。㉚负霜草：比喻自己含冤受屈。㉛祢处士：指东汉祢衡。㉜樊山：今名“西山”，在湖北鄂州北。霸气：三国时孙权曾在此建立霸业，故云。㉝吴娃、越艳：泛指江南美女。㉞小垂手：古代舞蹈中的一种姿势。㉟江鲍：指南朝诗人江淹、鲍照。堪：能。动色：脸上现出神色。㊱生死灰：谓死灰复燃。㊲桀犬吠尧：比喻奴才一心为他的主子效劳，此处指安禄山部将史思明继续作乱。㊳“匈奴”句：《汉书·车千秋传》载，汉武帝时，“千秋无他材能术学，又无伐阅功劳，特以一言寤意，旬月取宰相封侯”。匈奴单于知道了这事，说“汉置丞相，非用贤也”。㊴两山：指黄河两旁的太华、首阳二山。㊵连鸡：缚在一起的鸡，喻各地节度使互相牵制，行动不一。㊶夷犹：犹豫。㊷旄头：指昴星，喻史思明叛军。

赠张相镐二首（其二）

李　白

本家陇西人，先为汉边将[①]。功略盖天地，名飞青云上。苦战竟不侯，富年颇惆怅。世传崆峒勇，气激金风[②]壮。英烈遗厥孙，百代神犹王[3]。十五观奇书，作赋凌相如。龙颜惠[4]殊宠，麟阁[5]凭天居。晚途[6]未云已，蹭蹬[7]遭谗毁。想像晋末时，崩腾胡尘起。衣冠陷锋镝，戎虏盈朝市。石勒窥神州，刘聪劫天子。抚剑夜吟啸，雄心日千里。誓欲斩鲸鲵，澄清洛阳水。六合洒霖雨，万物无凋枯。我挥一杯水，自笑何区区。因人耻成事，贵欲决良图[8]。灭虏不言功，飘然陟蓬壶。惟有安期舄，留之沧海隅。

【注释】

①汉边将：指李广。②金风：秋风。③王：通“旺”，兴旺。④惠：赐予。⑤麟阁：麒麟阁，汉朝阁名，藏典籍之所。此处借指翰林院。⑥晚途：晚年。⑦蹭蹬：遭遇挫折，失意。⑧决良图：定下灭虏良策。

安陆白兆山[1]桃花岩寄刘侍御绾

李　白

云卧三十年，好闲复爱仙。蓬壶虽冥绝，鸾鹤心悠然。归来桃花岩，得憩云窗眠。对岭人共语，饮潭猿相连。时升翠微[2]上，邈若罗浮巅。两岑[3]抱东壑，一嶂[4]横西天。树杂日易隐，崖倾月难圆。芳草换野色，飞萝摇春烟。入远构石室，选幽开上田。独此林下意，杳无区中缘[5]。永辞霜台[6]客，千载方来旋。

【注释】

①安陆：唐郡名，即今湖北安陆。白兆山：在今安陆西北。②翠微：青翠的山。③岑：小而高的山。④嶂：直立像屏障的山峰。⑤区中缘：世间的尘缘。⑥霜台：指御史台。

梦游天姥[1]吟留别

李　白

海客谈瀛洲，烟涛微茫信难求。越人语天姥，云霓明灭或可睹。天姥连天向天横，势拔五岳掩赤城。天台四万八千丈，对此欲倒东南倾。我欲因之梦吴越，一夜飞度镜湖月。湖月照我影，送我至剡溪。谢公宿处今尚在，渌水荡漾清猿啼。脚著谢公屐②，身登青云梯③。半壁见海日，空中闻天鸡④。千岩万转路不定，迷花倚石忽已暝⑤。熊咆龙吟殷⑥岩泉，栗深林兮惊层巅⑦。云青青兮欲雨，水澹澹⑧兮生烟。列缺⑨霹雳，丘峦崩摧。洞天石扇，訇然⑩中开。青冥浩荡不见底，日月照耀金银台。霓为衣兮风为马，云之君⑪兮纷纷而来下。虎鼓瑟兮鸾回车，仙之人兮列如麻。忽魂悸以魄动，恍惊起而长嗟。惟觉时之枕席，失向来⑫之烟霞。世间行乐亦如此，古来万事东流水。别君去时何时还？且放白鹿青崖间，须行即骑访名山。安能摧眉折腰事权贵，使我不得开心颜？

【注释】

①天姥（mǔ）：山名，在今浙江新昌县东。②谢公屐：谢灵运自制的一种木屐，专供登山用。③青云梯：上天的阶梯，多指高峻陡峭的山路。④天鸡：南朝梁任昉《述异记》卷下载，“东南有桃都山，上有大树，名曰桃都，枝相去三千里，上有天鸡。日初出照此木，天鸡则鸣，天下鸡皆随之鸣”。⑤暝：昏暗。⑥殷（yǐn）：形容雷声。⑦层巅：层叠的山峦。⑧澹澹：水波荡漾的样子。⑨列缺：闪电。⑩訇（hōng）然：形容声音大。⑪云之君：云神，此处泛指神仙。⑫向来：原来。

鲁郡尧祠送窦明府薄华还西京①时久病初起作

李　白

朝策犁眉䯄②，举鞭力不堪。强扶愁疾向何处？角巾微服③尧祠南。长杨扫地不见日，石门④喷作金沙潭。笑夸故人指绝境⑤，山光水色青于蓝。庙中往往来击鼓，尧本无心尔何苦？门前长跪双石人，有女如花日歌舞。银鞍绣毂往复回，簸林蹶⑥石鸣风雷。

远烟空翠时明灭，白鸥历乱[7]长飞雪。红泥亭子赤阑干，碧流环转青锦湍[8]。深沈百丈洞海底，那知不有蛟龙蟠？君不见绿珠潭[9]水流东海，绿珠红粉沈光彩。绿珠楼下花满园，今日曾无一枝在。昨夜秋声阊阖[10]来，洞庭木落骚人哀。遂将三五少年辈，登高远望形神开。生前一笑轻九鼎，魏武何悲铜雀台？我歌白云倚窗牖，尔闻其声但挥手。长风吹月度海来，遥劝仙人一杯酒。酒中乐酣宵向分[11]，举觞酹[12]尧尧可闻。何不令皋繇拥彗横八极[13]，直上青天挥浮云。高阳[14]小饮真琐琐，山公酩酊何如我！竹林七子去道赊，兰亭雄笔安足夸？尧祠笑杀五湖水，至今憔悴空荷花。尔向西秦我东越，暂向瀛洲访金阙。蓝田太白[15]若可期，为余扫洒石上月。

【注释】

①明府：县令的别称。西京：指京都长安。②犁：通“黧”，黑色。騧（guā）：古代指黑嘴的黄马。③角巾：古时隐者常戴的一种有棱角的头巾。微服：指平民服装。④石门：山名，在山东曲阜东北。⑤绝境：风景绝佳之地。⑥簸、蹶：皆摇晃之意。⑦历乱：纷乱，杂乱。⑧青锦湍：青锦般的急流。⑨绿珠潭：潭名，在今河南洛阳。原为晋石崇家池，池南有绿珠楼，后称此池为绿珠潭。⑩阊阖：指西风。⑪酒中：饮酒至中半。乐酣：乐声酣畅。宵向分：夜将半。⑫酹（lèi）：把酒浇在地上，表示祭奠。⑬皋繇（yáo）：指皋陶，舜之贤臣，掌管刑法狱讼。拥彗：手持扫帚。横八极：横扫八方极远之地。⑭高阳：指郦食其，其自称“高阳酒徒”。⑮蓝田：山名，在今陕西蓝田县东。太白：山名，在今陕西周至、眉县、太白三县境内，是秦岭的主峰。

送纪秀才游越

李　白

海水不满眼，观涛难称心。即知蓬莱石，却是巨鳌簪。送尔游华顶[1]，令余发舄吟[2]。仙人居射的[3]，道士住山阴[4]。禹穴[5]寻溪入，云门[6]隔岭深。绿萝秋月夜，相忆在鸣琴。

【注释】

①华顶：山名，在今浙江天台县北，是天台山的主峰。②舄吟：《史记·张仪列传》载，战国时越人庄舄在楚国官至执珪，仍不忘故国，病中吟越歌以寄托乡思。③“仙人”句：《后汉书·郑弘传》李贤注引孔灵符《会稽记》载，会稽有射的山，其南有白鹤山。射的山有仙人射箭，白鹤山之鹤则为仙人取箭。④“道士”句：《晋书·王羲之传》载，“山阴有一道士，养好鹅，羲之往观焉，意甚悦，固求市之。道士云：‘为写《道德经》，当举群相赠耳。’羲之欣然写毕，笼鹅而归”。⑤禹穴：相传为夏禹的葬地。⑥云门：山名，在今浙江绍兴市南。

酬崔五郎中[1]

李　白

朔云横高天，万里起秋色。壮士心飞扬，落日空叹息。长啸出原野，凛然寒风生。幸遭圣明时，功业犹未成。奈何怀良图，郁悒独愁坐。杖策寻英豪[2]，立谈乃知我。崔公生民秀，缅邈青云姿。制作参造化[3]，托讽含神祇。海岳尚可倾，吐诺终不移。是时霜飙寒，逸兴临华池。起舞拂长剑，四座皆扬眉。因得穷欢情，赠我以新诗。又结汗漫期，九垓远相待[4]。举身憩蓬壶，濯足弄沧海。从此凌倒景，一去无时还。朝游明光[5]宫，暮入阊阖[6]关。但得长把袂[7]，何必嵩丘山。

【注释】

①崔五郎中：指崔宗之，宰相崔日用之子。②“杖策”句：《后汉书·邓禹传》载，邓禹幼与刘秀相交，“及汉兵起，更始立，豪桀多荐举禹，禹不肯从。及闻光武安集河北，即杖策北渡，追及于邺。光武见之甚

欢”。③制作：著作，指崔宗之的诗文。造化：创造化育。④“又结”二句：《淮南子·道应训》载，卢敖漫游北海时逢一士，希望他跟自己为友，那人回答：“吾与汗漫期于九垓之外，吾不可以久驻。”⑤明光：犹丹丘，指神话中昼夜长明的神仙居处。⑥阊阖：神话传说中的天门。⑦把袂：握住衣袖，表示亲昵。

金门答苏秀才

李　白

君还石门日，朱火始改木①。春草如有情，山中尚含绿。折芳愧遥忆，永路②当日勖。远见故人心，平生以此足。巨海纳百川，麟阁多才贤。献书入金阙，酌醴奉琼筵③。屡忝白云唱，恭闻黄竹篇。恩光照拙薄④，云汉希腾迁。铭鼎倘云遂⑤，扁舟方渺然。我留在金门，君去卧丹壑。未果三山期，遥欣一丘乐。玄珠寄象罔⑥，赤水非寥廓。愿狎东海鸥，共营西山药。栖岩君寂灭⑦，处世余龙蠖。良辰不同赏，永日应闲居。鸟吟檐间树，花落窗下书。缘溪见绿筱，隔岫窥红蕖。采薇行笑歌，眷我情何已。月出石镜间，松鸣风琴里。得心自虚妙，外物空颓靡。身世⑧如两忘，从君老烟水。

【注释】

①朱火：指夏天。改木：古时钻木取火，四季所用树木种类不同。②永路：谓人生这条长路。③琼筵：指皇帝宴群臣之席。④拙薄：笨拙浅薄，诗人自谦之辞。⑤遂：顺，如愿。⑥“玄珠”句：《庄子·天地》云，“黄帝游乎赤水之北，登乎昆仑之丘而南望。还归，遗其玄珠。使知索之而不得，使离朱索之而不得……乃使象罔，象罔得之”。玄珠，黑色明珠，喻道。象罔，虚拟人名，喻无心。⑦寂灭：指超脱生死的境界。⑧身世：自身与人世。

酬王补阙惠翼庄庙宋丞泚赠别

李　白

学道三千春，自言羲和人。轩盖宛若梦，云松长相亲。偶将二公合，复与三山邻。喜结海上契，自为天外宾。鸾翮我先铩①，龙性君莫驯。朴散②不尚古，时讹皆失真。勿踏荒溪坡③，朅来④浩然津。薜带何辞楚，桃源堪避秦。世迫⑤且离别，心在期隐沦。酬赠非炯诫⑥，永言铭佩绅⑦。

【注释】

①翮（hé）：鸟羽的茎状部分。铩（shā）：摧残，伤害。②朴散：淳朴之风消散。③荒溪坡：比喻混乱的时政。④朅（qiè）来：何不来。⑤迫：危急。⑥炯诫：亦作“炯戒”，意为彰明昭著的警戒。⑦铭佩绅：犹铭佩，感念不忘。

游泰山六首（其一）

李　白

四月上泰山，石屏御道开。六龙①过万壑，涧谷随萦回。马迹绕碧峰，于今满青苔。飞流洒绝巘②，水急松声哀。北眺崿嶂③奇，倾崖向东摧。洞门闭石扇，地底兴云雷。登高望蓬瀛，想象金银台。天门④一长啸，万里清风来。玉女四五人，飘飖下九垓。含笑引素手，遗我流霞杯⑤。稽首再拜之，自愧非仙才。旷然小宇宙，弃世何悠哉。

【注释】

①六龙：古代天子的车驾为六马，马八尺称龙，故为天子车驾的代称。②绝巘（yǎn）：极高的山顶。③崿嶂：峰峦。④天门：指南天门，在泰山十八盘尽头，再上即绝顶。⑤流霞杯：仙酒。

游泰山六首（其四）

李　白

清斋三千日，裂素[①]写道经。吟诵有所得，众神卫我形。云行信[②]长风，飒若羽翼生。攀崖上日观，伏槛窥东溟。海色[③]动远山，天鸡已先鸣。银台出倒景，白浪翻长鲸。安得不死药，高飞向蓬瀛。

【注释】

①素：洁白的绢。②信：听凭。③海色：指海上拂晓时的天色。

与从侄杭州刺史良游天竺寺

李　白

挂席凌蓬丘，观涛憩樟楼[①]。三山动逸兴，五马[②]同遨游。天竺森在眼，松风飒惊秋。览云测变化，弄水穷清幽。叠嶂隔遥海，当轩写归流。诗成傲云月，佳趣满吴洲。

【注释】

①樟楼：樟亭，在今浙江杭州，为观钱塘江潮胜地。②五马：太守的代称，汉代太守出行时乘坐五马之车。此处代指杭州刺史李良。

同友人舟行游台越[①]作

李　白

楚臣[②]伤江枫，谢客拾海月[③]。怀沙[④]去潇湘，挂席泛溟渤。蹇[⑤]予访前迹，独往造穷发[⑥]。古人不可攀，去若浮云没。愿言弄倒景，从此炼真骨。华顶窥绝溟，蓬壶望超忽。不知青春度，但怪绿芳歇。空持钓鳌心，从此谢魏阙[⑦]。

【注释】

①台越：指台州、越州（今浙江绍兴）。②楚臣：指屈原。③海月：亦称“窗贝”。壳近圆形，质薄而透明。④怀沙：《史记·屈原贾生列传》载，

“（屈原）乃作《怀沙》之赋，其辞曰……于是怀石遂自投汨罗以死”。⑤蹇：语首助词。⑥造：往，到。穷发：极北不毛之地。⑦魏阙：古代宫门两边巍然高出的台观，其下为悬布法令之所，因以之为朝廷的代称。

天台晓望

李　白

天台邻四明，华顶高百越。门标赤城霞，楼栖沧岛月。凭高登远览，直下见溟渤。云垂大鹏翻，波动巨鳌没。风潮争汹涌，神怪何翕忽[1]。观奇迹无倪，好道心不歇。攀条摘朱实[2]，服药炼金骨。安得生羽毛，千春卧蓬阙。

【注释】

①翕忽：疾速貌。②朱实：《山海经·西山经》载，“峚（mì）山，其上多丹木，员叶而赤茎，黄华而赤实，其味如饴，食之不饥”。

望黄鹤楼[1]

李　白

东望黄鹤山，雄雄半空出。四面生白云，中峰倚红日。岩峦行穹跨[2]，峰嶂亦冥密[3]。颇闻列仙人[4]，于此学飞术。一朝向蓬海，千载空石室。金灶生烟埃，玉潭秘清谧。地古遗草木，庭寒老芝术[5]。蹇予羡攀跻，因欲保闲逸。观奇遍诸岳，兹岭不可匹。结心[6]寄青松，永悟客情毕。

【注释】

①黄鹤楼：应为“黄鹤山”。黄鹤山，又名“黄鹄山”，即湖北武汉蛇山。其西北有黄鹄矶，《南齐书·州郡志下》：“夏口城（今武汉武昌）据黄鹄矶，世传仙人子安乘黄鹄过此上也。”②穹跨：跨于空中。③冥密：深幽茂密。④列仙人：指仙人子安等。⑤芝术：灵芝与白术，皆药草名。⑥结心：收心。

郢门[1]秋怀

李　白

郢门一为客，巴月三成弦[2]。朔风正摇落[3]，行子愁归旋。杳杳山外日，茫茫江上天。人迷洞庭水，雁度潇湘烟。清旷谐宿好，缁磷[4]及此年。百龄何荡漾，万化相推迁。空谒苍梧帝[5]，徒寻溟海仙。已闻蓬海浅，岂见三桃圆。倚剑增浩叹，扪襟还自怜。终当游五湖[6]，濯足沧浪泉。

【注释】

①郢门：荆门，在今湖北宜都市西北。②三成弦：谓一个多月。弦，弦月。③摇落：凋残，零落。④缁磷：喻操守不变。⑤苍梧帝：指虞舜。《史记·五帝本纪》载：“（舜）践帝位三十九年，南巡狩，崩于苍梧之野。”⑥游五湖：《国语·越语下》载，范蠡辅佐越王勾践灭吴后，乃辞别越王，“乘轻舟以浮于五湖，莫知其所终极”。五湖，指太湖。

月下独酌四首（其四）

李　白

穷愁千万端，美酒三百杯。愁多酒虽少，酒倾愁不来。所以知酒圣，酒酣心自开。辞粟卧首阳，屡空饥颜回[1]。当代不乐饮，虚名安用哉？蟹螯即金液[2]，糟丘[3]是蓬莱。且须饮美酒，乘月醉高台。

【注释】

①“屡空”句：《史记·伯夷列传》云，“（颜）回也屡空，糟糠不厌”。②蟹螯：《晋书·毕卓传》载，“（毕）卓尝谓人曰：‘得酒满数百斛船，四时甘味置两头，右手持酒杯，左手持蟹螯，拍浮酒船中，便足了一生矣。’”金液：指仙药。③糟丘：酒糟堆成小山，极言酿酒之多。

越中秋怀

李　白

越水绕碧山，周回数千里。乃是天镜中，分明画相似。爱此从冥①搜，永怀临湍游。一为沧波客②，十见红蕖秋。观涛壮天险，望海令人愁。路遐迫西照，岁晚悲东流。何必探禹穴，逝③将归蓬丘。不然五湖上，亦可乘扁舟。

【注释】

①冥：幽冥。②沧波客：四处漂泊之人。③逝：通“誓”。

感兴六首（其四）

李　白

十五游神仙，仙游未曾歇。吹笙坐松风，泛瑟①窥海月。西山玉童子，使我炼金骨。欲逐黄鹤飞，相呼向蓬阙。

【注释】

①泛瑟：抚瑟。

秋夕书怀

李　白

北风吹海雁，南渡落寒声。感此潇湘客，凄其流浪情。海怀结沧洲，霞想游赤城。始探蓬壶事，旋觉天地轻。澹然吟高秋，闲卧瞻太清①。萝月掩空幕，松霜结前楹。灭见息群动，猎微②穷至精。桃花有源水，可以保吾生。

【注释】

①太清：指天空。②微：幽深，精微之道。

题雍丘[1]崔明府丹灶

李 白

美人[2]为政本忘机，服药求仙事不违。叶县已泥丹灶毕，瀛洲当伴赤松归。先师有诀神将助，大圣无心火自飞。九转[3]但能生羽翼，双凫忽去定何依。

【注释】

①雍丘：地名，即今河南杞县。②美人：友人，指崔明府。③九转：指炼丹。《抱朴子·金丹》：“九转之丹，服之三日得仙。”

莹禅师房观山海图

李 白

真僧闭精宇[1]，灭迹含达观。列嶂[2]图云山，攒峰入霄汉。丹崖森在目，清昼疑卷幔。蓬壶来轩窗，瀛海入几案。烟涛争喷薄，岛屿相凌乱。征帆飘空中，瀑水洒天半。峥嵘若可陟，想像徒盈叹。杳与真心冥，遂谐静者玩。如登赤城里，揭步沧洲畔。即事能娱人，从兹得消散。

【注释】

①精宇：指佛寺。②列嶂：相连的山峰。

题随州紫阳先生[1]壁

李 白

神农好长生，风俗久已成。复闻紫阳客，早署丹台[2]名。喘息餐妙气，步虚[3]吟真声。道与古仙合，心将元化[4]并。楼疑出蓬海，鹤似飞玉京。松雪窗外晓，池水阶下明。忽耽笙歌乐，颇失轩冕情。终愿惠金液，提携凌太清。

【注释】

①紫阳先生：指道士胡紫阳。②丹台：指神仙的居处。③步虚：指道士唱经礼赞。④将：与。元化：造化。

题嵩山逸人元丹丘山居并序

李　白

白久在庐霍[①]，元公近游嵩山，故交深情，出处无间。岩信频及，许为主人。欣然适会本意，当冀长往不返，欲便举家就之，兼书共游，因有此赠。

家本紫云山，道风未沦落。沈怀丹丘志，冲[②]赏归寂寞。朅来游闽荒[③]，扪涉穷禹凿[④]。夤缘[⑤]泛潮海，偃蹇陟庐霍。凭雷蹑天窗，弄影憩霞阁。且欣登眺美，颇惬隐沦诺。三山旷幽期，四岳聊所托。故人契嵩颍[⑥]，高义炳丹雘[⑦]。灭迹遗纷嚣，终言本峰壑。自矜林湍好，不羡朝市乐。偶与真意并，顿觉世情薄。尔能折芳桂，吾亦采兰若。拙妻好乘鸾，娇女爱飞鹤。提携访神仙，从此炼金药。

【注释】

①庐霍：庐山和霍山。②冲：虚。③闽荒：指越中地区。④禹凿：相传大禹治水曾“凿山川，通河汉”。⑤夤缘：攀附上升。⑥契：投合。嵩颍：嵩山、颍水。⑦丹雘（huò）：红色的颜料。

杂　诗

李　白

白日与明月，昼夜尚不闲。况尔悠悠人，安得久世间？传闻海水上，乃有蓬莱山。玉树生绿叶，灵仙每登攀。一食驻玄发，再食留红颜。吾欲从此去，去之无时还。

哭晁卿衡[1]

李　白

日本晁卿辞帝都，征帆一片绕蓬壶。明月[2]不归沈碧海，白云愁色满苍梧[3]。

【注释】

①晁卿衡：指晁衡，日本人，开元间来唐朝求学，曾官卫尉卿。天宝十二载（753）冬，晁衡乘船归国，海上遇大风，漂至安南（今越南），幸免于难。当时误传晁衡已遇难，故李白赋诗悼念。②明月：指明月珠，喻指晁衡。③苍梧：指云台山，唐宋时称苍梧山，在今江苏连云港东北。

送仓部萧员外院长[1]存

韦应物

襆被蹉跎老江国[2]，情人[3]邂逅此相逢。不随鸳鹭朝天[4]去，遥想蓬莱台阁重。

【注释】

①仓部：户部所属四司之一，掌全国仓储出纳之政令。院长：唐李肇《唐国史补》卷下载，"外郎、御史、遗、补相呼为院长"。②襆（fú）被：用包袱裹束衣被，意为整理行装。此处借指萧存弃官归隐事。江国：这里指江州，即今江西九江。③情人：指友人。④鸳鹭：比喻朝臣。朝天：朝见天子。

咏珊瑚

韦应物

绛树[1]无花叶，非石亦非琼。世人何处得，蓬莱石上生。

【注释】

①绛树：红色的树，此处指珊瑚。

宝观主白鸜鹆[①]歌

韦应物

鸜鹆鸜鹆，众皆如漆，尔独如玉。鸜之鹆之，众皆蓬蒿下，尔自三山来。三山处子下人间，绰约不妆冰雪颜。仙鸟随飞来掌上，来掌上，时拂拭。人心鸟意自无猜，玉指霜毛本同色。有时一去凌苍苍[②]，朝游汗漫暮玉堂。巫峡雨中飞暂湿，杏花林里过来香。日夕依仁全[③]羽翼，空欲衔环非报德。岂不及阿母之家青鸟儿，汉宫来往传消息。

【注释】

①鸜（qú）鹆（yù）：八哥（鸟）。②苍苍：青天。③日夕：每天。依仁：把仁作为言行依循的标准。全：保全。

寇季膺古刀歌

韦应物

古刀寒锋青槭槭[①]，少年交结平陵客[②]。求之时代不可知，千痕万穴如星离[③]。重叠泥沙更剥落，纵横鳞甲[④]相参差。古物有灵知所适，貂裘拂之横广席。阴森白日掩云虹，错落池光动金碧。知君宝此夸绝代，求之不得心常爱。厌见今时绕指柔，片锋折刃[⑤]犹堪佩。高山成谷苍海填，英豪埋没谁所捐[⑥]。吴钩断马[⑦]不知处，几度烟尘今独全。夜光投人人不畏[⑧]，知君独识精灵器[⑨]。酬恩结思[⑩]心自知，死生好恶不相弃。白虎司秋金气[⑪]清，高天寥落云峥嵘。月肃风凄古堂净，精芒切切如有声。何不跨蓬莱，斩长鲸。世人所好殊辽阔[⑫]，千金买铅徒一割[⑬]。

【注释】

①槭槭：象声词，此处用来形容古刀闪着寒光的样子。②平陵客：指豪侠少年。③星离：像星辰一样四处散布，形容众多。④鳞甲：此处指宝

刀上的花纹。⑤片锋折刃：残锋断刃。⑥捐：舍弃，抛弃。⑦吴钩：泛指利剑宝刀。钩，兵器，形似剑而曲。断马：指断马剑。⑧“夜光”句：指明珠暗投，比喻怀才不遇。⑨精灵器：神器。⑩酬恩：报答恩德。结思：交结同心。⑪白虎：二十八星宿中西方七宿的合称。金气：秋气。⑫殊辽阔：太多，表示不切实际。⑬铅：铅刀，不锋利的刀。一割：班超曾言“况臣奉大汉之威，而无铅刀一割之用乎?”

和贺兰判官望北海[①]作

高　适

圣代务平典，輶轩推上才。迢遥溟海际，旷望沧波开。四牡未遑息，三山安在哉。巨鳌不可钓，高浪何崔嵬。湛湛朝[②]百谷，茫茫连九垓。挹[③]流纳广大，观异增迟回。日出见鱼目，月圆知蚌胎。迹非想像到，心以精灵猜。远色带孤屿，虚声[④]涵殷雷。风行越裳贡，水遏天吴灾。揽辔隼将击，忘机鸥复来。缘情韵骚雅，独立遗尘埃。吏道竟殊用，翰林仍忝陪。长鸣谢知己，所愧非龙媒[⑤]。

【注释】

①北海：渤海。②朝：会。③挹：牵引。④虚声：本指空谷间传出的回声，此谓海浪呼啸之声。⑤龙媒：骏马，喻指贤才。

送孔巢父谢病[①]归游江东兼呈李白

杜　甫

巢父字弱翁，冀州人，与李白等隐徂徕，号“竹溪六逸”。

巢父[②]掉头不肯住，东将入海随烟雾。诗卷长留天地间，钓竿欲拂珊瑚树。深山大泽龙蛇远，春寒野阴风景暮。蓬莱织女回云车，指点虚无是征路[③]。自是君身有仙骨[④]，世人那得知其故。惜君只欲苦死留，富贵何如草头露。蔡侯静者意有余[⑤]，清夜置酒临前除[6]。罢琴惆怅月照席，几岁寄我空中书[7]。南寻禹穴见李白，道甫问信今何如。

【注释】

①孔巢父：孔子后裔。开元末，他与李白、韩准、张叔明、陶沔、裴政隐居徂徕山（在今山东泰安），号称“竹溪六逸”。谢病：托病辞官。②巢父：指孔巢父。而巢父又是传说中尧时的隐士，故此处语意双关。③虚无：指虚无缥缈的仙境。征路：去路，归宿。④仙骨：成仙的资质。⑤静者：深得清静之道、淡泊名利的人。意有余：指交情深厚。⑥除：台阶。⑦空中书：指书信。

幽　人[1]

杜　甫

孤云亦群游，神物[2]有所归。麟凤在赤霄，何当一来仪[3]。往与惠荀辈，中年沧洲期。天高无消息，弃我忽若遗。内惧非道流[4]，幽人见瑕疵。洪涛隐语笑，鼓枻[5]蓬莱池。崔嵬扶桑日，照耀珊瑚枝。风帆倚翠盖，暮把东皇[6]衣。咽漱元和津[7]，所思烟霞微。知名未足称，局促商山芝[8]。五湖[9]复浩荡，岁暮有余悲。

【注释】

①幽人：指隐士。②神物：指神奇的东西。③来仪：谓凤凰来舞而有容仪，相传以为瑞应。④道流：指道家。⑤鼓枻（yì）：划桨，谓泛舟。⑥东皇：指东方青帝，司春之神。⑦元和津：道教谓人口中的津液。⑧商山芝：指商山四皓。⑨五湖：指洞庭湖。

奉赠太常张卿二十韵垍

杜　甫

方丈三韩[1]外，昆仑万国西。建标[2]天地阔，诣绝古今迷。气得神仙迴，恩承雨露低。相门清议众，儒术大名齐。轩冕罗天阙[3]，琳琅识介珪[4]。伶官诗必诵，夔乐[5]典犹稽。健笔凌鹦鹉，铦锋莹鷿鹈[6]。友于皆挺拔[7]，公望各端倪。通籍逾青琐，亨衢照紫泥。灵虬传夕箭[8]，归马散霜蹄[9]。能事闻重译[10]，嘉谟及远黎[11]。弼谐方一展，班序更何跻。适越空颠踬[12]，游梁竟惨凄。谬知终画虎，微分是醯鸡[13]。萍泛无休日，桃阴想旧蹊。吹嘘人所羡，腾跃事仍暌。碧海真难涉，青云不可梯。顾深惭锻炼，才小辱提携。槛束哀猿叫，枝惊夜鹊栖。几时陪羽猎，应指钓璜溪[14]。

【注释】

①三韩：国名，指马韩、辰韩、弁韩，位于今朝鲜半岛南部。②建标：树立标识，立物为标志。③天阙：指朝廷。④介珪：指介圭，长一尺二寸的大玉。此处代指张卿。⑤夔（kuí）乐：借指庙堂雅乐。⑥铦（xiān）锋：锐利的剑锋。鷿（pì）鹈（tí）：外形似凫而小，其脂膏涂抹刀剑可以防锈。⑦友于：兄弟。挺拔：出类拔萃。⑧灵虬：漏刻上的龙状装饰物。传夕箭：夜晚报时。⑨霜蹄：马蹄。⑩重译：经过多次翻译，借指地方的偏远。⑪嘉谟：高明的策略。远黎：指南方边远之地。⑫颠踬（zhì）：跌倒，引申为困苦。⑬醯（xī）鸡：小虫名，古人误以为酒醋上的白霉变成，故名。醯，醋。⑭钓璜溪：汉伏胜《尚书大传》载，周文王至磻溪，见吕望垂钓，文王拜之。尚父曰："望钓得玉璜，刻曰'周受命，吕佐检，德合于今，昌来提'。"此处杜甫以吕望自比，希望得到张卿引荐。

观李固请司马弟山水图三首（其一）

杜　甫

简易[1]高人意，匡床竹火炉。寒天留远客，碧海挂新图。虽对连山好，贪看绝岛[2]孤。群仙不愁思，冉冉下蓬壶。

【注释】

①简易：指笔墨高简。②绝岛：孤岛，仙岛。

游 子

杜 甫

巴蜀愁谁语，吴门[①]兴杳然。九江春草外，三峡暮帆前。厌就成都卜[②]，休为吏部眠[③]。蓬莱如可到，衰白问群仙。

【注释】

①吴门：指苏州。②成都卜：化用严君平典。《汉书·王贡两龚鲍传》载："（严）君平卜筮于成都市……裁日阅数人，得百钱足自养，则闭肆下帘而授《老子》。"③吏部眠：化用毕卓典。《晋书·毕卓传》载："（毕卓）为吏部郎，常饮酒废职。比舍郎酿熟，卓因醉夜至其瓮间盗饮之，为掌酒者所缚，明旦视之，乃毕吏部也，遽释其缚。"

夔州歌十绝句（其十）

杜 甫

阆风玄圃[①]与蓬壶，中有高堂天下无。借问夔州压何处？峡门江腹拥城隅。

【注释】

①玄圃：泛称仙境。

巴陵早秋寄荆州崔司马吏部阎功曹舍人

贾 至

谪居潇湘渚，再见洞庭秋。极目连江汉，西南浸斗牛。滔滔荡云梦，澹澹摇巴丘[①]。旷如临渤澥，窅[②]疑造瀛洲。君山[③]丽中波，苍翠长夜浮。帝子去永久，楚词尚悲秋。我同长沙行，时事加百忧。登高望旧国，胡马满东周。宛叶[4]遍蓬蒿，樊邓无良畴[5]。独攀青枫树，泪洒沧江流。故人西掖寮[6]，同扈岐阳蒐[7]。差池尽三黜，蹭蹬各南州[8]。相去虽地接，不得从之游。耿耿云阳台，迢迢王粲楼。跂[9]予暮霞里，谁谓无轻舟。

【注释】

①巴丘：山名，亦称“巴陵山”，在今湖南岳阳西南隅。②窅（yǎo）：深远。③君山：洞庭湖中的一座小岛，在今湖南岳阳。④宛：今河南南阳。叶：在今河南叶县南。⑤樊邓：春秋时期樊、邓二国所在地，今湖北襄阳、河南邓州一带。良畴：良田。⑥西掖：中书省的别称。寮：通“僚”，官。⑦岐阳蒐（sōu）：指周成王在岐山之南举行的一次大会诸侯的狩猎活动。《左传·昭公四年》载：“成有岐阳之蒐。”蒐，春天打猎。⑧各南州：指诗人被贬岳州，崔、阎二人被贬荆州。⑨跂（qǐ）：抬起脚后跟站着。

卧疾答刘道士

钱　起

白露蚕已丝，空林日凄清。寥寥昼扉掩，独卧秋窗明。宝字[1]比仙药，羽人寄柴荆。长吟想风驭[2]，恍若升蓬瀛。

【注释】

①宝字：对刘道士所作诗的美称。②风驭：指御风而行。

夕游覆釜山[1]道士观因登玄元庙

钱　起

冥搜过物表[2]，洞府次[3]溪傍。已入瀛洲远，谁言仙路长。孤烟出深竹，道侣正焚香。鸣磬爱山静，步虚宜夜凉。仍同象帝庙[4]，更上紫霞冈。霁月悬琪树，明星映碧堂。倾思丹灶术，愿采玉芝芳。傥把浮丘[5]袂，乘云别旧乡。

【注释】

①覆釜山：在今浙江临海市东。②冥搜：访幽探胜。物表：物外，世俗之外。③洞府：神话中神仙居住的地方，此指道士观。次：止。④仍：乃。同：参拜。象帝庙：老子庙。⑤浮丘：浮丘公，传说中的仙人。

窊[1]尊诗在道州

元　结

巉巉[2]小山石，数峰对窊亭。窊石堪为樽，状类不可名。巡回数尺间，如见小蓬瀛。尊中酒初涨，始有岛屿生。岂无日观峰，直下临沧溟。爱之不觉醉，醉卧还自醒。醒醉在尊畔，始为吾性情。若以形胜论，坐隅临郡城。平湖近阶砌，近山复青青。异木几十株，林条冒檐楹[3]。盘根满石上，皆作龙蛇形。酒堂贮酿器，户牖皆罂瓶[4]。此尊可常满，谁是陶渊明。

【注释】

①窊（wā）：同“洼”，地势下陷。②巉巉：山势高险的样子。③檐楹：屋檐和厅堂前部的梁柱。④罂瓶：泛指盛酒器。

上清[1]词

张　继

紫阳[2]宫女捧丹砂，王母令过汉帝家。春风不肯停仙驭[3]，却向蓬莱看杏花。

【注释】

①上清：道教三清境之一。《云笈七签》卷三：“其三清境者，玉清、上清、太清是也。……灵宝君治在上清境。”②紫阳：指仙宫，古代神仙常以紫阳为称号。③仙驭：仙人座驾。

秋日道中

张　继

齐鲁西风草树秋，川原高下过东州。道边白鹤来华表，陌上苍麟卧古丘①。九曲半应非禹迹②，三山何处是仙洲。径行俯仰成今古，却忆当年赋远游。

【注释】

①苍麟：青色的麒麟。古丘：古坟。②九曲：指黄河。禹迹：相传夏禹治水，足迹遍及九州，后以其代指中国疆域。

送夏侯侍郎

韩　翃

自大理兼侍御史，摄①登州，中路征纳吉之礼，爱弟摄青州司马，故备述其事。

元戎车右②早飞声，御史府中新正名。翰墨已齐钟大理③，风流好继谢宣城④。从军晓别龙骧幕，六骑先驱嘶近郭。前路应留白玉台⑤，行人辄美黄金络。使君下马爱瀛洲，简贵将求物外游。听讼不闻乌布帐，迎宾暂著紫绨裘。公庭日夕罗山翠，功遂心闲无一事。移书或问岛边人，立仗时呼铃下吏⑥。事业初传小夏侯⑦，中年剑笏在西州。浮云飞鸟两相忘，他日依依城上楼。

【注释】

①摄：代理。②元戎：指主帅。车右：古时车乘位在御者右边的武士。③钟大理：指钟繇，三国魏书法家，曾任大理一职。④谢宣城：指谢朓，南朝齐诗人，曾为宣城太守。⑤白玉台：白玉镜台，此处为婚娶聘礼的代称。⑥铃下吏：铃下，随从护卫的兵士。⑦小夏侯：指夏侯侍郎之弟。

赠张道者

韩　翃

采药三山罢，乘风五日归。翦[①]荷成旧屋，剉檗[②]染新衣。玉粒指[③]应久，丹砂验不微[④]。坐看青节[⑤]引，要与白云飞。

【注释】

①翦：同“剪”。②檗（bò）：指黄檗，亦称“黄柏”“黄波椤”，落叶乔木，茎可制黄色染料。③玉粒指：辟谷。④验不微：效果显著。⑤青节：指道教的青色旗幡。

观　海

独孤及

北登渤澥[①]岛，迴首秦东门。谁尸[②]造物功，凿此天池源。澒洞[③]吞百谷，周流无四垠。廓然混茫际，望见天地根。白日自中吐，扶桑如可扪。超遥蓬莱峰，想像金台存。秦帝昔经此，登临冀飞翻。扬旌百神会，望日群山奔。徐福竟何成，羡门[④]徒空言。唯见石桥足，千年潮水痕。

【注释】

①渤澥（xiè）：渤海的古称。②尸：主持。③澒（hòng）洞：弥漫无际。④羡门：传说中的仙人。

送陆浑[①]主簿赵宗儒之任

姚　系

山中眇然意，此意乃平生。常日望鸣皋[②]，遥对洛阳城。故人吏为隐，怀此若蓬瀛。夕气冒岩上，晨流泻岸明。存亡区中[③]事，影响羽人情。溪寂值猿下，云归闻鹤声。及兹春始暮，花葛正明荣[④]。会有携手日，悠悠去无程。

【注释】

①陆浑：县名，治所在今河南嵩县东北。②鸣皋：山名，在陆浑县。③区中：人世间。④明荣：明艳繁茂。

滑[1]中赠崔高士瑾

王季友

夫子保药命[2]，外身得无咎[3]。日月不能老，化肠为筋否。十年前见君，甲子过我寿。于何今相逢，华发在我后。近而知其远，少见今白首。遥信蓬莱宫，不死世世有。玄石[4]采盈担，神方秘其肘[5]。问家惟指云，爱气常言酒。摄生[6]固如此，履道[7]当不朽。未能太玄[8]同，愿亦天地久。实腹以芝术，贱形乃刍狗。自勉将勉余，良药在苦口。

【注释】

①滑：滑州，治所在今河南滑县东。②保药命：服药以求长生不老。③外身：谓置身世外。咎：灾祸。④玄石：和磁石类似，可用于医药。⑤秘其肘：随身秘藏。⑥摄生：保养身体，养生。⑦履道：躬行正道。⑧太玄：大道。

寄李白

任　华

古来文章有能奔逸气，耸高格，清人心神，惊人魂魄。我闻当今有李白，大猎赋，鸿猷文，嗤长卿，笑子云[1]。班张所作琐细不入耳，未知卿云得在嗤笑限[2]。登庐山，观瀑布，海风吹不断，江月照还空，余爱此两句；登天台，望渤海，云垂大鹏飞，山压巨鳌背，斯言亦好在。至于他作多不拘常律，振摆超腾，既俊且逸。或醉中操纸，或兴来走笔。手下忽然片云飞，眼前划[3]见孤峰出。而我有时白日忽欲睡，睡觉欻然[4]起攘臂。任生知有君，君也知有任生未？中间闻道在长安，及余戾止[5]，君已江东访元丹[6]，邂逅不得见君面。每常把酒，向东望良久。见说往年在翰林，胸中矛戟何森森。新诗传在宫人口，佳句不离明主心。身骑天马多意气，目送飞鸿[7]对豪贵。承恩召入凡几回，待诏归来仍半醉。权臣妒盛名，群犬多吠声。有敕放君却归隐沦处，高歌大笑出关去。且向东山为外臣，诸侯交迓驰朱轮[8]。白璧一双买交者，黄金百镒[9]相知人。平生傲岸其志不可测，数十年为客，未尝一日低颜色。八咏楼[10]中坦腹眠，五侯[11]门下无心忆。繁花越台上，细柳吴宫侧。绿水青山知有君，白云明月偏相识。养高[12]兼养闲，可望不可攀。庄周万物外，范蠡五湖间。人传访道沧海上，丁令王乔每往还。蓬莱径是曾到来，方丈岂唯方一丈。伊余每欲乘兴往相寻，江湖拥隔[13]劳寸心。今朝忽遇东飞翼[14]，寄此一章表胸臆。傥能报我一片言，但访任华有人识。

【注释】

①“我闻”五句：李白《大猎赋序》云，“而相如（字长卿）、子云（扬雄字）竞夸辞赋，历代以为文雄，莫敢诋讦。臣谓语其略，窃或褊其用心。《子虚》所言，楚国不过千里，梦泽居其大半，而齐徒吞若八九，三农及禽兽无息肩之地，非诸侯禁淫述职之义也。……《羽猎》于灵台之囿，围经百里而开殿门。当时以为穷壮极丽，迨今观之，何龌龊之甚也！”②限：范围之内。③划：忽然。④数（xū）然：忽然。⑤戾止：来临。⑥元丹：指元丹丘，李白好友。⑦目送飞鸿：形容怡然自得。⑧诸侯：此处指州郡长官。迓（yà）：迎接。朱轮：古代显贵所乘之车，车轮漆以朱色。⑨镒：古代重量单位，一镒合二十两（一说二十四两）。⑩八咏楼：原名“玄畅楼”，故址在今浙江金华东南隅。⑪五侯：泛指达官显贵。⑫养高：谓隐居不仕。⑬拥隔：阻隔。⑭东飞翼：向东飞的鸟，比喻传信的人。

曲龙山歌（其一）

顾　况

曲龙丈人冠藕花，其颜色映光明砂[1]。玉绳[2]金枝有通籍，五岳三山如一家。遥指丛霄杳灵岛[3]，岛中晔晔[4]无凡草。九仙傲倪折五芝[5]，翠凤白麟[6]回异道。石台石镜月长明，石洞石桥连上清。人间妻子见不识，拍云挥手升天行。摩天截汉[7]何潇洒，四石五云更上下。下方小兆[8]更拜焉，愿得骑云作车马。

【注释】

①光明砂：指朱砂。②玉绳：星名，此处借指仙宫。③丛霄：犹九霄，指天的极高处。杳：会合。灵岛：仙岛。④晔晔：同“烨烨”，光盛貌。⑤五芝：五种灵芝，即丹芝、金芝、玉芝、玄芝、紫芝。⑥翠凤白麟：均为仙人座驾。⑦摩：接近，迫近。截汉：跨越银河。⑧小兆：小民。

金山行润州金山寺[1]，寺在江心

窦　庠

西江中濡[2]波四截，涌出一峰青堞埠[3]。外如削成中缺裂，阳气发生阴气结。是时炎天五六月，上有火云下冰雪。夜色晨光相荡沃，积翠流霞满坑谷。龙泓[4]彻底沙布金，鸟道插云梯甃玉[5]。架险凌虚随指顾[6]，榱桷[7]玲珑皆固护。斡流[8]倒景不可窥，万仞千崖生跬步。日华[9]重重上金榜，丹楹碧砌真珠网。此时天海风浪清，吴楚万家皆在掌。琼楼菌阁[10]纷明媚，曲槛回轩深且邃。海鸟夜上珊瑚枝，江花晓落琉璃地[11]。有时倒影沈江底，万状分明光似洗。不知水上有楼台，却就波中看闭启。舟人忘却江水深，水神误到人间世。欻然风生波出没，濯濩[12]晶莹无定物。居人相顾非人间，如到日宫经月窟[13]。信知灵境长有灵，住者不得无仙骨。三神山上蓬莱宫，徒有丹青人未逢。何如此处灵山宅，清凉不与嚣尘隔。曾到金山处处行，梦魂长羡金山客。

【注释】

①润州：地名，今江苏镇江。金山寺：在今江苏镇江西北。②中澪（líng）：指中泠，泉名，在今江苏镇江金山之西，有“天下第一泉”之称。③嵽嵲（niè）：高峻貌。④龙泓：指江水。泓，水深而广。⑤甃（zhòu）玉：砌以玉石。⑥指顾：手指目顾。⑦榱（cuī）桷（jué）：屋椽。⑧斡流：旋转的水流。⑨日华：太阳的光华。⑩菌阁：形如菌状之阁。⑪琉璃地：指寺院。⑫濩（huò）濩（hù）：彩色闪耀。⑬日宫：指太阳。月窟：指月亮。

萧常侍瘿柏亭[1]歌

卢　纶

柏之异者山中灵，何人断绝为君亭。云翻浪卷不可识，鸟兽成形花倒植。莓苔旧点色尚青，霹雳残痕节犹黑。金貂[2]主人汉三老，构此穷年[3]下朝早。心规目制不暂疲，匠者受之无一词。清晨拂匣菱生镜[4]，落日凭阑星满池。攒甍斗栱无斤迹[5]，根瘿联悬同素壁。数层乱泻云里峰，万片争呈雪中石。重帘不动自飘香，似到瀛洲白玉堂。水精如意刁金色，云母屏风透掩光。四阶绵绵被纤草，草上依微众山道。松间汲井烟翠寒，洞里围棋天景好。愚儒[6]敢欲贺成功，鸾凤[7]栖翔固不同。应念废材今接地[8]，一枝思寄户庭中。

【注释】

①瘿（yǐng）柏亭：以古柏建造之亭。瘿，树木外部隆起如瘤者。②金貂：指侍臣冠饰。③穷年：经年。④菱生镜：菱形的镜。⑤攒甍：亭脊连成一气。无斤迹：没有斧凿痕迹。⑥愚儒：诗人自称。⑦鸾凤：比喻贤俊之士，此指萧常侍。⑧废材：诗人自喻。接地：相邻。

登天坛[1]夜见海

李　益

朝游碧峰三十六[2]，夜上天坛月边宿。仙人携我搴玉英[3]，坛上夜半东方明。仙钟撞撞近海日，海中离离[4]三山出。霞梯赤城遥可分，霓旌绛节[5]倚彤云。八鸾五凤纷在御[6]，王母欲上朝元君。群仙指此为我说，几见尘飞沧海竭。竦身别我期丹宫[7]，空山处处遗清风。九州下视杳[8]未旦，一半浮生皆梦中。始知武皇求不死，去逐瀛洲羡门子。

【注释】

①天坛：指王屋山绝顶，相传为黄帝礼天处，在今河南济源。②碧峰三十六：指嵩山，嵩山有三十六峰。③搴（qiān）：拔。玉英：玉之精华，传说为仙人所食。④离离：历历分明貌。⑤霓旌绛节：传说中神仙的仪仗。⑥在御：驾车。⑦竦身：纵身向上跳。竦，同“耸”。丹宫：仙宫。⑧杳：幽暗。

过马嵬二首（其二）

李　益

金甲银旌[1]尽已回，苍茫罗袖隔风埃[2]。浓香犹自随鸾辂[3]，恨魄无由离马嵬。南内真人[4]悲帐殿，东溟方士问蓬莱。唯留坡畔弯环月，时送残辉入夜台[5]。

【注释】

①金甲银旌：指帝王的仪仗卫队。②罗袖：代指杨贵妃。风埃：指人世间。③鸾辂：指帝王所乘之车。④南内真人：指唐玄宗。南内，即兴庆宫。⑤夜台：坟墓。

长安书事寄薛戴

李　端

朔雁去成行，哀蝉响如昨。时芳一憔悴，暮序何萧索。笑语且无聊，逢迎多约略[①]。三山不可见，百岁空挥霍。故事尽为愁，新知无复乐。夫君又离别，而我加寂寞。惠远纵相寻，陶潜只独酌。主人恩则厚，客子才自薄。委曲见提携，因循成蹇剥[②]。论边书[③]未上，招隐诗[④]还作。贵者已朝餐，岂能敦宿诺[⑤]。飞禽虽失树，流水长思壑。千里寄琼枝[⑥]，梦寐青山郭。

【注释】

①逢迎：迎接，接待。约略：轻慢，不周到。②蹇剥：蹇和剥都是《周易》的卦名。蹇，难；剥，不利。后因以“蹇剥”谓不顺利、时运不济。③论边书：《汉书》载晁错曾上书言“守边备塞”事。④招隐诗：晋陆机、左思均有《招隐》诗。⑤敦：笃守。宿诺：以前许下的诺言。⑥琼枝：此处喻薛戴。

杂歌呈郑锡司空文明

李　端

昨宵梦到亡何乡[①]，忽见一人山之阳。高冠长剑立石堂，鬓眉飒爽瞳子方[②]。胡麻作饭琼作浆，素书一帙[③]在柏床。啖我还丹拍我背，令我延年在人代[④]。乃书数字与我持，小儿归去须读之。觉来知是虚无事，山中雪平云覆地。东岭啼猿三四声，卷帘一望心堪碎。蓬莱有梯不可蹑，向海回头泪盈睫。且闻童子是苍蝇[⑤]，谁谓庄生异蝴蝶。学仙去来辞故人，长安道路多风尘。

【注释】

①亡何乡：指无何有之乡，指空无所有之地。此处指仙境。亡，同“无”。②瞳子方：传说仙人的瞳孔为方形。《抱朴子·祛惑》：“《仙经》云：仙人目瞳皆方。”③素书：仙书。一帙：一函。④人代：人世。⑤童子是苍蝇：《晋书·苻坚载记》载，苻坚亲为赦文，“有一大苍蝇入自牖

间，鸣声甚大，集于竿端”。后来有一小人衣黑衣，大呼于市曰：“官今大赦。”须臾不见。苻坚叹曰：“其向苍蝇乎?”

雪夜寻太白[1]道士

李　端

雪路夜朦胧，寻师杏树[2]东。石坛连竹静，醮火[3]照山红。再拜开金箓[4]，焚香使玉童。蓬瀛三岛至，天地一壶[5]通。别客曾留药，逢舟或借风。出游居鹤上，避祸入羊中[6]。过洞偏回首，登门未发蒙[7]。桑田如可见，沧海几时空？

【注释】

①太白：太白山。②杏树：《神仙传·董奉》载，三国吴人董奉，善医道，“居山不种田，日为人治病，亦不取钱。重病愈者，使栽杏五株，轻者一株。如此数年，计得十万余株，郁然成林”。③醮火：醮坛上的祭神之火。④金箓：道教谓“天帝”的诏书。⑤一壶：指仙家有道法的壶。《后汉书·费长房传》载，费长房曾为市掾，“市中有老翁卖药，悬一壶于肆头，及市罢，辄跳入壶中。市人莫之见，唯长房于楼上睹之，异焉”。遂拜之为师，随其跳入壶中。⑥“避祸”句：《后汉书·左慈传》载，左慈“少有神道”，曾戏弄曹操，曹操怒，欲杀之。左慈走入羊中，化为羊，遂免祸。⑦发蒙：启蒙。

长安春夜宿开元观[1]

杨　凭

霓裳[2]下晚烟，留客杏花前。遍问人寰事，新从洞府天。长松皆扫月，老鹤不知年。为说蓬瀛路，云涛几处连。

【注释】

①开元观：位于唐长安城道德坊。唐中宗时为长宁公主宅，景云元年

（710）置道士观，开元五年（717）改为女冠观，开元十年（722）改名开元观。②霓裳：道士的衣服，此处代指开元观道士。

竹里径

司空曙

幽径行迹稀，清阴苔色古。萧萧风欲来，乍似蓬山雨。

送宫人入道①

王　建

休梳丛鬓洗红妆，头戴芙蓉②出未央。弟子抄将歌遍叠③，宫人分散舞衣裳。问师初得④经中字，入静犹烧内里⑤香。发愿蓬莱见王母，却归人世施仙方。

【注释】

①宫人：宫女。入道：当道士。②芙蓉：芙蓉冠，亦称“芙蓉帽”，为道士之冠。③遍叠：指大型套曲中的乐曲次序。④得：认识。⑤内里：宫中。

长歌行

刘　复

淮南木落秋云飞，楚宫商歌①今正悲。青春白日不与我，当垆②举酒劝君持。出门驱驰四方事③，徒用辛勤不得意。三山海底无见期，百龄世间莫虚弃。君不见金城帝业汉家有，东制诸侯欲长久。奸雄窃命④风尘昏，函谷重关不能守。龙蛇出没经两朝⑤，胡虏凭陵大道销⑥。河水东流宫阙尽，五陵松柏自萧萧。

【注释】

①商歌：悲凉的歌。②当垆：卖酒。垆，酒店里安放酒瓮的土台。③

四方事：指天下事。④窃命：指窃取国家权柄。⑤龙蛇出没：喻群雄纷争。两朝：指两汉。⑥凭陵：侵扰。销：消失。

江南春

李 约

池塘春暖水纹开，堤柳垂丝间野梅。江上年年芳意[1]早，蓬瀛春色逐潮来。

【注释】

①芳意：指春天。

题故蔡国公主九华观[1]上池院

武元衡

朱门临九衢，云木蔼仙居。曲沼天波接，层台风舞余。曙烟深碧筱[2]，香露湿红蕖。瑶瑟含风韵，纱窗积翠虚。秦楼今寂寞，真界[3]竟何如。不与蓬瀛异，迢迢远玉除[4]。

【注释】

①九华观：在唐长安通义坊。宋王溥《唐会要》载，开元二十八年(740)，“蔡国公主舍宅置”。②筱：小竹子。③真界：仙界。④玉除：玉阶。

学仙难

武元衡

玉殿笙歌汉帝[1]愁，鸾龙俨驾望瀛洲。黄金化尽方士死，青天欲上无缘由。

【注释】

①汉帝：指汉武帝。

秋夜闲居即事寄庐山郑员外蜀郡符处士

杨巨源

忧思繁未整，良辰会无由。引领迟[1]佳音，星纪屡以周[2]。蓬阆[3]绝华耀，况乃处穷愁。坠叶寒拥砌[4]，灯火夜悠悠。开琴弄清弦，窥月俯澄流。冉冉鸿雁度，萧萧帷箔[5]秋。怅怀石门[6]咏，缅慕碧鸡[7]游。仿佛蒙颜色[8]，崇兰[9]隐芳洲。

【注释】

①引领：伸颈遥望，形容盼望的殷切。迟（zhì）：等待。②星纪：指岁月。周：循环。③蓬阆：指蓬莱、阆苑，皆仙人居处。④砌：台阶。⑤帷箔：帷帐和帘子。⑥石门：石门涧，在庐山西麓。⑦碧鸡：此处借指蜀郡。⑧蒙：遭，受。颜色：容貌。⑨崇兰：指丛兰，比喻品德高尚的人。

晚泊漳州营头亭

欧阳詹

回峰叠嶂绕庭隅，散点烟霞胜画图。日暮华轩卷长箔，太清云上对蓬壶。

巽上人以竹间自采新茶见赠酬之以诗

柳宗元

芳丛翳湘竹，零露凝清华。复此雪山客[1]，晨朝掇灵芽。蒸烟[2]俯石濑，咫尺凌丹崖。圆方[3]丽奇色，圭璧无纤瑕。呼儿爨金鼎，余馥延幽遐。涤虑发真照[4]，还源荡昏邪。犹同甘露饭[5]，佛事薰毗耶[6]。咄此蓬瀛侣[7]，无乃贵流霞[8]。

【注释】

①雪山客：指巽上人。②蒸烟：上升的云气。③圆方：圆形和方形，指盛茶叶的竹器。④涤虑：清除杂念。真照：本性。⑤甘露饭：如来佛祖

的斋饭，喻指佛门中最好的斋饭。⑥毗耶：梵语，古印度的一个大城市名，为释迦牟尼涅槃的地方。⑦蓬瀛侣：仙人的友伴，此处指香茶。⑧无乃：岂不是。流霞：仙酒。

摘樱桃赠元居士时在望仙亭南楼与朱道士同处

柳宗元

海上朱樱赠所思，楼居①况是望仙时。蓬莱羽客如相访，不是偷桃一小儿②。

【注释】

①楼居：《史记·封禅书》载，"仙人好楼居"。②偷桃一小儿：指东方朔。汉班固《汉武故事》载："东郡送一短人……因指（东方）朔谓上曰：'王母种桃，三千年一作子，此儿不良，已三过偷之矣，遂失王母意，故被谪来此。'"

新植海石榴

柳宗元

弱植不盈尺，远意驻蓬瀛。月寒空阶曙，幽梦彩云生。粪壤擢珠树，莓苔插琼英。芳根閟①颜色，徂岁②为谁荣。

【注释】

①閟（bì）：闭，指未开花。②徂岁：过去的岁月。

崔元受少府自贬所还遗山姜花以诗答之

刘禹锡

故人博罗尉，遗我山姜花。采从碧海上，来自谪仙家。云涛润孤根，阴火①照晨葩。静摇扶桑日，艳对瀛洲霞。世人爱芳辛，搴撷忘幽遐②。传名入帝里③，飞驿辞天涯。王济本尚味，石崇方斗奢。雕盘多不识，绮席[④]乃增华。驿马损筋骨，贵人滋齿牙。顾予藜藿士[⑤]，持此重咨嗟。

【注释】

①阴火：月光。②搴撷（xié）：采摘。幽遐：僻远，深幽。③帝里：指帝都，京城。④绮席：丰盛的筵席。⑤藜（lí）藿士：贫苦之人。藜藿，指粗劣的饭菜。

游桃源一百韵

刘禹锡

沅江清悠悠，连山郁岑寂。回流抱绝巘，皎镜含虚碧[①]。昏旦递明媚，烟岚分委积。香蔓垂绿潭，暴龙照孤碛[②]。渊明著前志，子骥思远跖。寂寂无何乡，密尔天地隔。金行太元[③]岁，渔者偶探赜[④]。寻花得幽踪，窥洞穿暗隙。依微闻鸡犬，豁达值阡陌。居人互将迎，笑语如平昔。广乐虽交奏，海禽心不怿。挥手一来归，故溪无处觅。绵绵五百载，市朝几迁革。有路在壶中，无人知地脉。皇家感至道，圣祚自天锡[⑤]。金阙传本枝，玉函[⑥]留宝历。禁山开秘宇，复户[⑦]洁灵宅。蕊检香氛氲[⑧]，醮坛烟幂幂[⑨]。我来尘外躅[⑩]，莹若朝星析。崖转对翠屏，水穷留画鹢[⑪]。三休[⑫]俯乔木，千级扳峭壁。旭日闻撞钟，彩云迎蹑屐。遂登最高顶，纵目还楚泽。平湖见草青，远岸连霞赤。幽寻如梦想，绵思属空阒[⑬]。夤缘且忘疲，耽玩近成癖。清猿伺晓发，瑶草凌寒拆。祥禽舞葱茏，珠树摇玓瓅[⑭]。羽人顾我笑，劝我税归轭。霓裳何飘飖，童颜洁白皙。重岩是藩屏，驯鹿受羁靮[⑮]。楼居弥清霄，萝茑成翠帟[⑯]。仙翁遗竹杖，王母留桃核。姹女[⑰]飞丹砂，青童护金液。宝气浮鼎耳，神光生剑脊。虚无天乐来，僁窣[⑱]鬼兵役。丹丘肃朝礼，玉札工紬绎[⑲]。枕中淮南方，床下阜乡舄。明灯坐遥夜，幽籁听淅沥。

因话近世仙，耸然心神惕。乃言瞿氏子[20]，骨状非凡格。往事黄先生，群儿多侮剧。謷然[21]不屑意，元气贮肝膈。往往游不归，洞中观博弈。言高未易信，犹复加诃责。一旦前致辞，自云仙期迫。言师有道骨，前事常被谪。如今三山上，名字在真籍。悠然谢主人，后岁当来觌[22]。言毕依庭树，如烟去无迹。观者皆失次，惊追纷络绎。日暮山径穷，松风自萧槭[23]。适逢修蛇见，瞋目光激射。如严三清居，不使恣搜索。唯余步纲[24]势，八趾在沙砾。至今东北隅，表以坛上石。列仙徒有名，世人非目击。如何庭庑际，白日振飞翮。洞天岂幽远，得道如咫尺。一气无死生，三光自迁易。因思人间世，前路何狭窄。瞥然此生中，善祝期满百。大方播群类，秀气肖翕辟。性静本同和，物牵成阻厄。是非斗方寸，荤血昏精魄。遂令多夭伤，犹喜见斑白。喧喧车马驰，苒苒桑榆夕。共安缇绣荣，不悟泥途适。纷吾本孤贱，世业在逢掖。九流宗指归，百氏旁捃摭[25]。公卿偶慰荐，乡曲缪推择[26]。居安白社[27]贫，志傲玄纁[28]辟。功名希自取，簪组俟扬历[29]。书府蚤[30]怀铅，射宫曾发的[31]。起草香生帐，坐曹[32]乌集柏。赐燕[33]聆箫韶，侍祠阅琮璧[34]。尝闻履忠信，可以行蛮貊。自述希古[35]心，忘恃干时[36]画。巧言忽成锦，苦志徒食蘗[37]。平地生峰峦，深心有矛戟。层波一震荡，弱植忽沦溺。北渚吊灵均[38]，长岑思亭伯[39]。祸来昧几兆，事去空叹息。尘累与时深，流年随漏滴。才能疑木雁，报施迷夷跖。楚奏絷钟仪，商歌劳甯戚。禀生非悬解[40]，对镜方感激。自从婴[41]网罗，每事问龟策。王正[42]降雷雨，环玦赐迁斥。倘伏夷平人[43]，誓将依羽客。买山构精舍，领徒开讲席。冀无身外忧，自有闲中益。道芽期日就，尘虑乃冰释。且欲遗姓名，安能慕竹帛。长生尚学致，一溉岂虚掷。芝术资糇粮[44]，烟霞拂巾帻[45]。黄石履看堕，洪崖肩可拍。聊复嗟蜉蝣，何烦哀虺蜴[46]。青囊既深味，琼葩亦屡摘。纵无西山资[47]，犹免长戚戚。

【注释】

①含虚碧：意为天空倒映水中。虚碧，天空。②碛（qì）：浅水中的沙石。③金行：代指晋朝。太元：晋孝武帝年号（376—396）。《桃花源记》称武陵渔人发现桃花源为晋太元中事。④赜（zé）：幽深玄妙。⑤圣祚（zuò）：帝位。锡：赐给。⑥玉函：玉制封套。⑦复户：指免除徭役的民户。⑧蕊检：道书。氛氲：盛貌。⑨醮坛：道士为祭祀而设的坛场。幂幂：浓密貌。⑩尘外：尘世之外。躅（zhuó）：足迹。⑪画鹢（yì）：船的别称。古代船首上画鹢鸟像，故称。⑫三休：登高。汉贾谊《新书·退让》载："翟王使使至楚，楚王欲夸之，故飨客于章华之台上。上者三休而乃至其上。"⑬空阒（qù）：空虚而寂静。⑭玓（dì）珠（lì）：形容珠光闪耀。⑮羁靮（dí）：马络头和马缰绳，喻束缚 。⑯萝茑（niǎo）：茑萝，一年生光滑蔓草，茎细长而缠绕。帟（yì）：小帐幕。⑰姹女：道家称所炼的丹汞（水银）。⑱傒窣：象声词，形容细微的声响。⑲紬（chōu）绎：阐述。⑳瞿氏子：指瞿童，字柏庭，辰州辰溪（今属湖南）人。其侍母避乱于武陵，师事黄洞源，大历八年（773）成仙。㉑謷（áo）然：傲慢貌。㉒觌（dí）：相见。㉓萧槭：草木凋零貌。㉔步纲：步罡，道士设坛建醮时礼拜星斗的步态和动作。㉕百氏：诸子百家。捃（jùn）摭（zhí）：摘取，拾取。㉖乡曲：乡里。推择：推举选拔。㉗白社：借指隐士所居之地。㉘玄纁（xūn）：黑色和浅红色的布帛，后作为帝王延聘贤士的礼品。㉙簪组：冠簪和冠带，借指官宦。扬历：指仕宦所经历。㉚蚤：同"早"。㉛射宫：古代考试贡士之所。发的：发矢中的，喻科举中第。㉜坐曹：官吏在衙署办公。㉝燕：同"宴"，宴席。㉞侍祠：陪从祭祀。琮璧：玉制礼器。㉟希古：仰慕古人。㊱干时：求合于当时。㊲蘖（niè）：树木的嫩芽。㊳灵均：屈原字。《汉书·贾谊传》载，贾谊谪长沙，"意不自得，及度湘水，为赋以吊屈原"。㊴亭伯：崔骃字。《后汉书·崔骃传》载，崔骃为车骑将军窦宪主簿，窦宪擅权骄恣，崔骃数谏

之。宪不能容，出驷为长岑长。“驷自以远去，不得意，遂不之官而归。”㊵悬解：古代道家语，谓哀乐得失无动于心。㊶婴：缠绕。㊷王正：正月。㊸夷：等同。平人：平民。㊹糇（hóu）粮：干粮。㊺巾帻（zé）：头巾。㊻虺（huǐ）蜴：毒蛇和蜥蜴。㊼西山资：化用伯夷、叔齐隐于首阳山典。

吐绶鸟[1]词并序

刘禹锡

滑州牧尚书李公[2]以《吐绶鸟词》见示，兼命继声[3]，盖尚书前为御史时所作。有翰林二学士同赋之，今所谓追和也。鸟之所异，具于本篇。

越山有鸟翔寥廓，嗉中天绶光若若[4]。越人偶见而奇之，因名吐绶江南知。四明天姥神仙地，朱鸟星精钟异气[5]。赤玉雕成彪炳毛，红绡翦出玲珑翅。湖烟始开山日高，迎风吐绶盘花绦。临波似染琅琊草，映叶疑开阿母桃。花红草绿人间事，未若灵禽自然贵。鹤吐明珠[6]暂报恩，鹊衔金印[7]空为瑞。春和秋霁野花开，玩景寻芳处处来。翠幕雕笼非所慕，珠丸柘弹[8]莫相猜。栖月啼烟凌缥缈，高林先见金霞晓。三山仙路寄遥情，刷羽扬翘欲上征。不学碧鸡依井络[9]，愿随青鸟向层城。太液池中有黄鹄，怜君长向高枝宿。如何一借羊角风，来听箫韶九成[10]曲。

【注释】

①吐绶鸟：指火鸡。②李公：指李德裕。③继声：唱和。④嗉（sù）：鸟类食管末端储存食物的囊。若若：长貌。⑤朱鸟：星宿名，二十八宿中南方七宿的总称。星精：星宿之精。钟异气：灵异之气汇聚。⑥鹤吐明珠：《搜神记》卷二〇载，“哙参，养母至孝，曾有玄雀，为弋人所射，穷而归参。参收养，疗治其疮，愈而放之。后雀夜到门外，参执烛视之，见雀雌雄双至，各衔

明珠以报参焉”。⑦鹊衔金印：《搜神记》卷九载，“常山张颢为梁州牧，天新雨后，有鸟如山鹊，飞翔入市，忽然坠地。人争取之，化为圆石。颢椎破之，得一金印，文曰‘忠孝侯印’”。⑧柘弹：柘木做的弹弓。⑨井络：井宿区域。⑩箫韶九成：《尚书·益稷》载，“箫韶九成，凤皇来仪”。

德宗神武孝文皇帝挽歌二首（其二）

刘禹锡

凤翣拥铭旌[1]，威迟[2]异吉行。汉仪陈秘器[3]，楚挽[4]咽繁声。驻綍辞清庙[5]，凝笳背直城。唯应留内传[6]，知是向蓬瀛。

【注释】

①凤翣（shà）：画有凤鸟的棺饰。铭旌：竖在柩前以表识死者官职、姓名的旗幡。②威迟：曲折绵延貌。③秘器：指棺材。④楚挽：悲痛的挽歌。⑤驻綍（fú）：谓出殡队伍停止前进。綍，引柩入穴的绳索。清庙：宗庙。⑥内传：指汉班固《汉武帝内传》。

和乐天送鹤上裴相公别鹤之作

刘禹锡

昨日看成送鹤诗，高笼提出白云司[1]。朱门乍入应迷路，玉树容栖莫拣枝。双舞庭中花落处，数声池上月明时。三山碧海不归去，且向人间呈羽仪[2]。

【注释】

①白云司：刑部的别称。白居易曾为刑部侍郎。②羽仪：羽翼。

怀妓（其四）

刘禹锡

三山不见海沈沈，岂有仙踪更可寻。青鸟去时云路断，姮娥[1]

归处月宫深。纱窗遥想春相忆，书幌谁怜夜独吟。料得夜来天上镜[②]，只应偏照两人心。

【注释】

①姮（héng）娥：嫦娥。②天上镜：指月亮。

和东川王相公[①]新涨驿池八韵

刘禹锡

今日池塘上，初移造物权。苞藏成别岛，沿浊致清涟。变化生言下，蓬瀛落眼前。泛觞[②]惊翠羽，开幕对红莲。远写风光入，明含气象全。渚烟笼驿树，波日漾宾筵。曲岸留缇骑，中流转彩船。无因接元礼，共载比神仙。

【注释】

①东川王相公：指王涯，其曾任剑南东川节度使。②泛觞：在水边饮酒。

和张相公太原亭怀古诗

胡　证

飞泉天台状，峭石蓬莱姿。潺湲与青翠，咫尺当幽奇。居然尽精道，得以书妍词。岂无他山胜，懿[①]此清轩墀。

【注释】

①懿：美好。

和太原山亭怀古诗

张　贾

中庭起崖谷，漱玉[①]下涟漪。丹丘谁云远，寓象得心期。岂不贵钟鼎，至怀在希夷[②]。唯当蓬莱阁，灵凤复来仪。

【注释】

①漱玉：谓泉流激石，声若击玉。②希夷：谓空虚寂静，不能感知。《道德经》："视之不见名曰夷，听之不闻名曰希。"

赠毛仙翁

李 翱

紫霄[1]仙客下三山，因救生灵到世间。龟鹤计年承甲子，冰霜为质驻童颜。韬藏休咎[2]传真箓，变化荣枯试小还[3]。从此便教尘骨贵，九霄云路愿追攀。

【注释】

①紫霄：指天空。②韬藏：隐藏。休咎：吉凶。③小还：小还丹。

秋怀（其十四）

孟 郊

黄河倒[1]上天，众水有却来[2]。人心不及水，一直去不回。一直亦有巧，不肯至蓬莱。一直不知疲，唯闻至省台[3]。忍古不失古[4]，失古志易摧。失古剑亦折，失古琴亦哀。夫子失古泪，当时落漼漼[5]。诗老[6]失古心，至今寒皑皑。古骨无浊肉，古衣如藓苔。劝君勉忍古，忍古销尘埃。

【注释】

①倒：倾倒。②却来：归来，倒流。③省台：朝廷中央官署。④忍古：坚守古道。失古：古道丧失。⑤漼（cuǐ）漼：涕泪齐下貌。⑥诗老：诗人自称。

游韦七洞庭别业

孟 郊

洞庭如潇湘，叠翠荡浮碧。松桂无赤日[1]，风物饶清激。逍遥展幽韵，参差逗良觌[2]。道胜不知疲，冥搜自无斁[3]。旷然青霞抱[4]，永矣白云适[5]。崆峒非凡乡，蓬瀛在仙籍。无言从远尚[6]，还思君子识。波涛漱古岸，铿锵辨奇石。灵响非外求，殊音自中积。人皆走烦浊，君能致虚寂。何以祛扰扰，叩调清淅淅[7]。既惧豪华损[8]，誓从诗书益。一举独往[9]姿，再摇飞遁[10]迹。山深有变异，意惬无惊惕。采翠[11]夺日月，照耀迷昼夕。松斋何用扫，萝院自然涤。业峻谢烦芜[12]，文高追古昔。暂遥朱门恋，终立青史绩。物表易淹留，人间重离析。难随洞庭酌，且[13]醉横塘席。

【注释】

①赤日：烈日。②参差：纷纭。良觌：良晤，愉快的相见。③斁(yì)：厌倦。④青霞抱：高雅的志趣。⑤白云适：指隐士愉悦的心情。⑥远尚：高远的爱好。尚，崇尚。⑦叩调：敲出声调。淅淅：风声。⑧豪华损：指富贵对人有损。⑨举：飞。独往：谓超脱万物，独行己志。⑩摇：上升。飞遁：指隐居。⑪采翠：彩翠，指山间湖面的鲜艳翠绿之色。⑫业峻：功业高。烦芜：繁多芜杂。⑬且：将要。

越中山水

孟　郊

日觉耳目胜，我来山水州。蓬瀛若仿佛，田野如泛浮。碧嶂几千绕，清泉万余流。莫穷合沓步[1]，孰尽派别[2]游。越水净难污，越天阴易收。气鲜无隐物，目视远更周。举俗媚葱蒨[3]，连冬撷芳柔。菱湖[4]有余翠，茗圃无荒畴[5]。赏异忽已远，探奇诚淹留。永言终南色，去矣销人忧。

【注释】

①合沓步：行走于层峦叠嶂的山间。合沓，重叠，代指山峦。②派别：指水的支流。③举俗：指越中的风俗。媚：喜爱。葱蒨：青翠

茂盛貌，代指草木。④菱湖：种有菱芡的湖。⑤茗圃：茶园。荒畴：荒芜的田地。

浮石亭

孟 郊

曾是①风雨力，崔巍②漂来时。落星夜皎洁，近榜③朝逶迤。翠潋④递明灭，清潨泻攲危⑤。况逢蓬岛仙，会合良在兹。

【注释】

①曾是：乃是。②崔巍：高大貌，这里指浮石。③榜（bàng）：船桨，代指船。④翠潋：绿色的水波。⑤清潨（cóng）：清澈的水流。潨，小水入大水，众水相会处。攲（qī）危：高而倾斜。攲，同“敧”，倾斜。

送无怀道士游富春①山水

孟 郊

造化绝高处，富春独多观。山浓翠滴洒，水折珠摧残②。溪镜③不隐发，树衣长遇寒。风猿④虚空飞，月狖叫啸酸。信此神仙路，岂为时俗安。煮金⑤阴阳火，囚怪星宿坛⑥。花发我未识，玉生⑦忽丛攒。蓬莱浮荡漾，非道⑧相从难。

【注释】

①富春：古县名，秦置，治今浙江杭州富阳。②水折：指水从山上流下，因为山壁不平而成曲折式流淌。珠摧残：指流水溅起水珠。③溪镜：形容溪水清澈如镜。④风猿：风中之猿。⑤煮金：指道士炼丹。⑥囚怪：拘禁鬼怪。星宿坛：道士作法之坛。⑦玉生：《搜神记》卷一一载，一仙人以一斗石子与杨伯雍，“使至高平好地有石处种之，云：‘玉当生其中。’”杨公依言种之。数岁，果见玉子生石上。⑧非道：谓自己非道士。

喜符郎诗有天纵[1]

孟 郊

念符不由级[2]，屹得文章阶[3]。白玉抽一毫[4]，绿珉已难排[5]。偷笔作文章，乞墨潜磨揩。海鲸始生尾，试摆蓬壶涡。幸[6]当禁止之，勿使恣狂怀。自悲无子嗟，喜妒双喈喈[7]。

【注释】

①符郎：韩愈子昶昶的小名。天纵：天资，天赋。②由级：循序渐进。③屹得：突然耸立在某处。文章阶：写诗的阶段。④毫：质量单位，十丝等于一毫，言极其细微。⑤绿珉：像玉的石头，喻徒有其表而资质平庸之人。难排：不能相比。⑥幸：希望。⑦喈喈：叹息声。

求仙行

张 籍

汉皇欲作飞仙子，年年采药东海里。蓬莱无路海无边，方士舟中相枕死[1]。招摇在天回白日[2]，甘泉[3]玉树无仙实。九皇[4]真人终不下，空向离宫祠太乙。丹田有气凝素华[5]，君能保之升绛霞[6]。

【注释】

①相枕死：纵横交错地倒在一起而死，言方士多。②招摇：指北斗第七星摇光，亦借指北斗。回白日：指太阳运转。③甘泉：宫名，故址在今陕西淳化县西北甘泉山上。④九皇：上古时期的九位帝王。⑤素华：指元气。⑥绛霞：红霞，此处指仙境。

走笔[1]谢孟谏议寄新茶

卢 仝

日高丈五睡正浓，军将打门惊周公。口云谏议送书信，白绢斜封三道印[2]。开缄宛见谏议面，手阅月团[3]三百片。闻道新年入山里，蛰虫惊动春风起。天子须尝阳羡[4]茶，百草不敢先开花。仁风暗结珠琲瓃[5]，先春抽出黄金芽。摘鲜焙芳旋封裹，至精至好且不奢。至尊之余合王公，何事便到山人家。柴门反关无俗客，纱帽笼头自煎吃。碧云引风吹不断，白花浮光凝碗面。一碗喉吻润，两碗破孤闷。三碗搜枯肠，唯有文字五千卷。四碗发轻汗，平生不平事，尽向毛孔散。五碗肌骨清，六碗通仙灵。七碗吃不得也，唯觉两腋习习清风生。蓬莱山，在何处？玉川子，乘此清风欲归去。山上群仙司下土，地位清高隔风雨。安得知百万亿苍生命，堕在巅崖受辛苦。便为谏议问苍生，到头还得苏息否？

【注释】

①走笔：振笔疾书。②三道印：指在包裹上盖了三个印章，表示非常郑重地加以密封。③月团：圆形的茶饼。④阳羡：指汉代阳羡县（今江苏宜兴），此地以产茶出名。⑤琲（bèi）：成串的珠子。瓃（léi）：通“蕾”，花苞。此处以“珠琲瓃”比喻茶叶的嫩苞。

赠金鹅山人沈师鲁

卢 仝

金鹅山中客，来到扬州市。买药床头一破颜[1]，撇然[2]便有上天意。日月高挂玄关[3]深，金膏切淬[4]肌骨异。人皆食谷与五味，独食太和[5]阴阳气。浩浩流珠走百关[6]，绵绵若存有深致。种玉不耕山外非内粹[7]。凿儒关[8]决文泉彰，风雅因君不复坠。光不外照刃不磨，回避人间恶富贵。三日四日五六日，盘礴化元搜万类[9]。昼饮兴酣陶天和[10]，夜话造微[11]□精魅。示我插血[12]不死方，赏我风格不肥腻[13]。肉眼不识天上书，小儒安敢窥奥秘。昆仑路隔西北天，三山后浮不著地。君到头来忆我时，金简[14]为吾镌一字。

【注释】

①破颜：脸上露出笑容。②撇然：忽然。③玄关：佛教称入道之法门。④金膏：道教称传说中的仙药。切淬：淬炼。⑤太和：指天地间的冲和之气。⑥流珠：指炼成的丹丸。百关：指人体各个部位。⑦内粹：内在的精华。⑧儒关：儒学之门。⑨盘礴：盛大，广大。化元：造化的本原。万类：万物。⑩天和：人体之元气。⑪造微：达到精妙的程度。⑫插血：歃血，意为饮血。插，当为“歃”字之误。⑬肥腻：喻浑浊，尘俗。⑭金简：金质的简册，常指道教仙简。

梦 天

李 贺

老兔寒蟾[1]泣天色，云楼[2]半开壁斜白。玉轮轧露湿团光，鸾佩相逢桂香陌[3]。黄尘[4]清水三山下，更变千年如走马。遥望齐州九点烟[5]，一泓海水杯中泻。

【注释】

①老兔寒蟾：均为传说中住在月宫里的动物，故常以其代指月亮。②云楼：想象中的月中楼阁。③鸾佩：雕有鸾凤的玉佩，此处代指嫦娥。桂香陌：月宫里的路，传说月中有桂树，故云。陌，道路。④黄尘：指陆地。⑤齐州：中州，即中国。九点烟：谓自高处俯视九州，如烟九点。

和乐天赠吴丹

元 稹

不识吴生面，久知吴生道。迹虽染世名，心本奉天老。雌一守命门[1]，回九[2]填血脑。委气荣卫[3]和，咽津颜色好。传闻共甲子[4]，衰陨尽枯槁。独有冰雪容，纤华夺鲜缟。问人何能尔，吴实旷怀抱。弁冕[5]徒挂身，身外非所宝。伊予固童昧[6]，希真[7]亦云早。石坛玉晨[8]尊，昼夜长自扫。密印[9]视丹田，游神梦三岛。万过黄庭经[10]，一食青精稻[11]。冥搜方朔桃[12]，结念安期枣[13]。绿发[14]幸未改，丹诚自能保。行当摆尘缨[15]，吴门[16]事探讨。君为先此词，终期搴瑶草。

【注释】

①雌一：处阴柔之势而心专一。命门：指右肾。②回九：一种吸纳阳气的修炼方法。③委：顺。荣卫：亦作“营卫”。营气属阴，有濡润组织的作用；卫气属阳，有卫护体表的作用。④共甲子：同龄人。⑤弁（biàn）冕：弁、冕皆古代男子冠名，吉礼之服用冕，通常礼服用弁，故以“弁冕”指礼帽。此处代指官服。⑥童昧：愚昧。⑦希真：向往得道。⑧玉晨：仙人之号。⑨密印：佛教语。诸佛菩萨各有本誓，为标志此本誓，以两手十指结种种之相，作为他们本誓的印契，故云“印”；其理趣深奥秘密，故云“密”。⑩万过：指诵经万遍。黄庭经：为道教论述养生的经典。⑪青精稻：青精饭。明杨慎《升庵集》：“青精，一名南天烛，又曰墨饭草，以其可染黑饭也，道家谓之青精饭。”⑫冥搜：尽力寻找。方朔桃：指仙果，化用东方朔偷王母仙桃典。⑬安期枣：指仙果。《史记·封禅书》载，李少君游于海上，见安期生，“安期生食臣枣，大如瓜”。⑭绿发：黑发。⑮尘缨：喻尘俗之事。⑯吴门：吴丹之门。

开元观闲居酬吴士矩侍御三十韵中有问行藏求药物之句，十八时作

元　稹

静习[1]狂心尽，幽居道气添。神编启黄简[2]，秘箓捧朱签[3]。烂熳烟霞驻，优游[4]岁序淹。登坛拥旄节[5]，趋殿礼胡髯[6]。醮起彤庭烛，香开白玉奁。结盟金剑重，斩魅宝刀铦。禹步星纲[7]动，焚符灶鬼詹[8]。冥搜呼直使[9]，章奏役飞廉[10]。仙籍聊凭[11]检，浮名

复为占。赤诚祈皓鹤，绿发代青缣。虚室常怀素[12]，玄关屡引枯[13]。貂蝉徒自宠[14]，鸥鹭[15]不相嫌。始悟身为患，唯欣禄未恬。龟龙恋淮海，鸡犬傍闾阎[16]。松笠[17]新偏翠，山峰远更尖。箫声吟茂竹，虹影逗虚檐。初日先通牖，轻飔[18]每透帘。露盘朝滴滴，钩月夜纤纤。已得餐霞味，应嗤食蓼甜。工琴闲度昼，耽酒醉销炎。几案随宜设，诗书逐便拈。灌园多抱瓮[19]，刈藿乍腰镰[20]。野鸟终难絷[21]，鷦鹩本易厌[22]。风高云远逝，波骇鲤深潜。邸第过从[23]隔，蓬壶梦寐瞻。所希颜颇练[24]，谁恨突无黔[25]。思拙惭圭璧[26]，词烦杂米盐。谕锥[27]言太小，求药意何谦。语默[28]君休问，行藏我讵兼。狂歌终此曲，情尽口长钳[29]。

【注释】

①静习：习静，谓使心境沉静清澄。②神编、黄简：均指道教典籍。③签：上面刻着或写着文字符号用于占卜的细小竹片或小细棍。④优游：悠闲，闲暇自得貌。⑤旄节：此处指道士登坛时所设的仪仗之类。⑥胡髯：代指唐玄宗。⑦禹步：道士设坛建醮时礼拜星斗的步态。星纲：星的行列。⑧詹：至。⑨直使：当值之使者。⑩飞廉：风神名。⑪仙籍：仙人的名籍。凭：依靠。⑫虚室：比喻心境。素：质朴无华。⑬枯（zhēn）：砧板。⑭貂蝉：貂尾和附蝉，汉代侍中、中常侍等显要官员的冠饰。此处借指高官显宦。宠：荣。⑮鸥鹭：鸥鸟和鹭鸟，代指闲居不仕之人。⑯闾阎：里巷内外的门，代指村落、乡村。⑰松笠：指松树，因其枝叶如笠，故称。⑱飔（sī）：凉风。⑲“灌园”句：《庄子·天地》载，子贡过汉阴时，见一老人抱着瓮去浇灌田园。他提议用桔槔汲水，老人不愿意，认为“有机事者必有机心”。后用来比喻安于拙陋的淳朴生活。⑳腰镰：腰带镰刀。㉑絷：拘禁。㉒鷦鹩：鸟名，体型较小。厌：通“餍”，吃饱，满足。㉓过从：互相来往。㉔练：白色。㉕突无黔：烟囱没有黑烟，指不举炊。形容奔波忙碌，生活未安顿下来。㉖圭璧：此处指吴士矩的诗。㉗谕锥：

以锥处囊中为喻，说明有才能的人终能显露头角。㉘语默：说话或沉默，喻指出处。㉙口长钳：指钳口，闭口不言。

奉和权相公行次临阙驿逢郑仆射①相公归朝俄顷分途因以奉赠诗十四韵

元　稹

帝下赤霄②符，搜求造化炉③。中台④归内座，太一直南都⑤。黄霸乘轺⑥入，王尊⑦叱驭趋。万人东道送，六纛⑧北风驱。栈阁才倾盖⑨，关门已合繻⑩。贯鱼行逦迤，交马语踟蹰。去速熊罴兆⑪，来驰虎豹夫⑫。昔怜三易地，今讶两分途。别路环山雪，离章运寸珠⑬。锋铓断犀兕⑭，波浪没蓬壶。区宇声虽动，淮河孽未诛⑮。将军遥策画，师氏密讦谟⑯。汉上坛⑰仍筑，褒西⑱阵再图。公方先二虏⑲，何暇进愚儒。

【注释】

①权相公：指权德舆。临阙驿：唐代长安、洛阳均有设置，此指长安近郊的临阙驿。郑仆射：指郑馀庆。②赤霄：极高的天空，喻指朝廷。③造化炉：喻天地。④中台：三台之一，此处代指郑馀庆。⑤南都：指兴元府，因其在长安之南。⑥黄霸：西汉时期名臣，《汉书·黄霸传》载，汉宣帝曾下诏表彰黄霸，“居官赐车盖，特高一丈，别驾主簿车，缇油屏泥于轼前，以章有德”。轺（yáo）：古代一种轻便的小马车。⑦王尊：西汉名臣。《汉书·王尊传》载，王阳为益州刺史时，行至九折坂而返。王尊经过此地时，叱其驭曰：“驱之！王阳为孝子，王尊为忠臣。”⑧六纛（dào）：六面大旗。⑨栈阁：栈道。倾盖：谓停车交盖，两盖稍稍倾斜。常用来形容朋友相遇，亲切谈话的情况。⑩合繻（xū）：验证帛符。繻，古时出入关卡的凭证，用帛制成。⑪熊罴兆：指帝王得贤臣之兆。⑫虎豹夫：指勇猛的战士。⑬离章：饯别时写的诗篇。寸珠：径寸之珠，喻华美

的辞藻。⑭犀兕：指以犀兕皮制的甲或盾。⑮“淮河”句：指淮西节度使吴元济及淄青节度使李师道谋反，当时尚未平定。⑯讦（xū）谟：大计。⑰汉上坛：指韩信拜将之坛，在今陕西汉中。⑱褒西：褒水之西。⑲二虏：指吴元济与李师道。

和乐天送客游岭南二十韵次用本韵

元　稹

我自离乡久，君那度岭频。一杯魂惨澹，万里路艰辛。江馆连沙市，泷船泊水滨。骑田①回北顾，铜柱②指南邻。大壑浮三岛，周天过五均③。波心涌楼阁，规外布星辰。狒狒穿筒格，猩猩置屐驯。贡兼蛟女绢，俗重语儿巾。舶主腰藏宝，黄家砦起尘。歌钟排象背，炊爨上鱼身。电白雷山接，旗红贼舰新。岛夷徐市种，庙觋赵佗神。鸢跕④方知瘴，蛇苏不待春。曙潮云斩斩⑤，夜海火磷磷。冠冕中华客，梯航⑥异域臣。果然⑦皮胜锦，吉了⑧舌如人。风黖⑨秋茅叶，烟埋晓月轮。定应玄发变，焉用翠毛珍。句漏沙须买，贪泉货莫亲。能传稚川⑩术，何患隐之⑪贫。

【注释】

①骑田：骑田岭，为五岭之一，在今湖南郴州南。②铜柱：铜制的作为边界标志的界桩。《后汉书·马援传》注引《广州记》云：“（马）援到交阯，立铜柱，为汉之极界也。”③五均：古代管理市场物价的官。④鸢跕：鸢从空中坠落，言瘴气之盛。⑤斩斩：堆叠貌。⑥梯航：登山和航海，谓长途跋涉。⑦果然：猓然，一种猿类动物。⑧吉了：鹩哥，一名“秦吉了”。⑨黖（xì）：不明貌。⑩稚川：葛洪字，自号“抱朴子”，好神仙导养之术。⑪隐之：指吴隐之，东晋时期名士，介立有清操。他曾饮贪泉水，赋诗曰：“古人云此水，一歃怀千金。试使夷齐饮，终当不易心。”

春六十韵

元　稹

节应寒灰下，春生返照中。未能消积雪，已渐少回风。迎气邦经[①]重，斋诚帝念隆。龙骧紫宸[②]北，天压翠坛[③]东。仙仗摇佳彩，荣光答圣衷。便从威仰[④]座，随入大罗宫[⑤]。先到璇渊[⑥]底，偷穿玳瑁栊[⑦]。馆娃[⑧]朝镜晚，太液晓冰融。擦摘芳情遍，搜求好处终。九霄浑可可，万姓尚忡忡。昼漏频加箭，宵晖[⑨]欲半弓。驱令三殿出，乞与百蛮同。直自方壶岛，斜临绝漠[⑩]戎。南巡暖珠树，西转丽崆峒。度岭梅甘坼[⑪]，潜泉脉暗洪。悠悠铺塞草，冉冉著江枫。蚕役投筐妾，耘催荷莽[⑫]翁。既蒸难发地，仍送懒归鸿。约略环区宇，殷勤绮镐酆[⑬]。华山青黛扑，渭水碧沙蒙。宿露清余霭，晴烟塞迥空。燕巢才点缀，莺舌最惺憁[⑭]。腻粉梨园白，胭脂桃径红。郁金垂嫩柳，罯[⑮]画委高笼。地甲门阑大，天开禁掖崇。层台张舞凤，阁道架飞虹。曲蘖[⑯]调神化，鹓鸾[⑰]竭至忠。歌钟齐锡宴，车服奖庸功[⑱]。俊造欣时用，闾阎贺岁丰。倡楼妆爠爠[⑲]，农野绿芃芃[⑳]。贵主骄矜盛，豪家恃赖雄。偏沾打球彩[㉑]，频得铸钱铜[㉒]。专杀擒杨若[㉓]，殊恩赦邓通。女孙新在内，婴稚近封公。游衍关心乐，诗书对面聋。盘筵饶异味，音乐斥庸工。酒爱油衣浅，杯夸玛瑙烘。挑鬟玉钗髻，刺绣宝装拢。启齿呈编贝，弹丝动削葱。醉圆双媚靥，波溢两明瞳。但赏欢无极，那知恨亦充。洞房闲窈窕，庭院独葱茏。谢砌[㉔]萦残絮，班窗[㉕]网曙虫。望夫身化石，为伯首如蓬。顾我沉忧士，骑他老病骢。静街乘旷荡，初日接曈昽[㉖]。饮败肺[㉗]常渴，魂惊耳更聪。虚逢好阳艳，其那苦昏懵。僶俛[㉘]还移步，持疑又省躬。慵将疲悴质，漫走倦羸僮。季月[㉙]行当暮，良辰坐叹穷。晋悲焚介子[㉚]，鲁愿浴沂童[㉛]。燧改鲜妍火，阴繁晻澹桐。瑞云低㾄㾄[㉜]，香雨润濛濛。药溉分窠[㉝]数，篱栽备幼冲[34]。种莎怜见叶，护笋冀成筒。有梦多为蝶，因蒐[35]定作熊。漂沈随坏芥，荣茂委苍穹。震动风千变，晴和鹤一冲。丁宁搴芳[36]侣，须识未开丛。

【注释】

①迎气：东汉于立秋前十八日祭黄帝，用以迎接四季，祈求丰年，谓之“迎气”。邦经：国家的常法。②龙骧：指护卫皇帝的禁军。紫宸：宫殿名。③天：指皇帝。翠坛：指迎春时所筑之坛。④威仰：指灵威仰，指东方青帝。⑤大罗官：天官，此处代指皇宫。⑥璇渊：玉池，此处代指宫中池沼。⑦栊（lóng）：窗户。⑧馆娃：春秋时吴王夫差为西施建造的宫殿名，此处代指后宫。⑨宵晖：指月亮。⑩绝漠：极远的沙漠地区。⑪岭：指五岭。坼：裂开，这里指花朵盛开。⑫荷蓧（diào）：担着除草农具。⑬镐（hào）酆（fēng）：二者同为西周国都，镐京在今西安长安区西北，酆京在今西安长安区西南。⑭惺憁（zǒng）：同“惺忪”，声音轻快貌。⑮罯（ǎn）：覆盖。⑯曲糵（niè）：酿酒的曲。⑰鹓（yuān）鸾：比喻朝官。⑱庸功：功绩，功勋。⑲爞（huò）爞：明亮闪烁貌。⑳芃（péng）芃：形容植物茂盛。㉑打球彩：打球获胜所得的彩头。㉒铜：铜山。《史记·佞幸列传》载，汉文帝赐邓通“蜀严道铜山，（通）得自铸钱，‘邓氏钱’布天下”。㉓专杀：擅自杀人。杨若：指杨阿若。《三国志·阎温传》载，杨阿若少游侠，常以报仇解怨为事，故时人为之号曰：“东市相斫杨阿若，西市相斫杨阿若。”㉔谢砌：谢家的台阶。晋谢道韫有咏雪名句“未若柳絮因风起”传世。㉕班窗：班婕妤之窗。㉖曈（tóng）昽（lóng）：形容太阳初升由暗而明。㉗胇（fèi）：同“肺”。㉘僶（mǐn）俛：同“黾勉”，努力，勉力。㉙季月：每季的最后一月，此指农历三月。㉚“晋悲”句：介子推从晋文公流亡十余年，文公当政后，介子推与母亲隐居绵山。后来文公放火烧山，逼介子推母子出来，介子推不从，抱木而死。㉛“鲁愿”句：《论语·先进》载，曾皙曰：“莫春者，春服既成，冠者五六人，童子六七人，浴乎沂，风乎舞雩，咏而归。”沂，沂水，在

今山东境内。㉜窊（wā）窊：低下貌。窊，同“凹”。㉝药：指芍药。窠：同“棵”。㉞篱栽：扎上篱笆。幼冲：儿童。㉟蒐：春天打猎。㊱搴芳：采摘花草。

和乐天招钱蔚章看山绝句

元　稹

碧落①招邀闲旷望，黄金城②外玉方壶。人间还有大江海，万里烟波天上无。

【注释】

①碧落：天，天空。②黄金城：指京城。

以州宅夸于乐天

元　稹

州城迥绕拂云堆，镜水稽山①满眼来。四面常时对屏障，一家终日在楼台。星河似向檐前落，鼓角惊从地底回。我是玉皇香案吏，谪居犹得住蓬莱。

【注释】

①镜水：指镜湖，又称“鉴湖”，在今浙江绍兴。稽山：会稽山。

赠毛仙翁并序

元　稹

余廉问浙东岁，毛仙翁惠然来顾。越之人士识之者，相与言曰：“仙翁尝与叶法善、吴筠游于稽山，迨兹多历年所，而风貌愈少，盖神仙者也。”余因得执弟子之礼，师其道焉。余尝见圆冠方领之士，读道书，疑其绝智弃仁，又谓其书不足以经世理国。殊不知至仁无兼爱，大智无非灾，大乐同天地之和，大礼同天地之节，其可臻乎上德，冥乎大道之致，华胥终北[①]之化，熙熙然也。又以徐市、文成之事，谓方士之流，诞妄于世，不足以为教也。殊不知峒山[②]高卧，汾水凝神，纵心傲世，邈然外物，王侯不可得师友也。若然，则徐氏之莠，不足以害嘉谷；文成之诞，不足以伤大教。今我仙翁真风遗骨，玄格高情，冥鸿孤鹤，不可方喻，盖峒山、汾水之俦也。一言道合，止于山亭三日，而南栖天台，谓余曰："入相之年，相候于安山里[③]。"余拜而言曰："果如仙约，燃香拂榻，以俟云驾焉。"抒诗一章，以为他日之志也。

仙驾初从蓬海来，相逢又说向天台。一言亲授希微[④]诀，三夕同倾沆瀣[⑤]杯。此日临风飘羽卫，他年嘉约指盐梅[⑥]。花前挥手迢遥去，目断霓旌不可陪。

【注释】

①华胥：国名。《列子·黄帝》载，黄帝梦游华胥氏之国，该国在"弇州之西，台州之北，不知斯齐国几千万里；盖非舟车足力之所及，神游而已"。终北：国名。《列子·汤问》载："滨北海之北，不知距齐州几千万里，其国名曰终北，不知际畔之所齐限。"②峒山：指崆峒山。③安山里：一作"安仁里"，长安坊里名，元稹在此有住所。④希微：空虚寂静。⑤沆瀣：夜间的水汽，露水。⑥盐梅：盐味咸，梅味酸，均为调味所需。喻指国家所需的贤才。

题海图屏风元和己丑年作

白居易

海水无风时，波涛安悠悠。鳞介[①]无小大，遂性各沈浮。突兀海底鳌，首冠三神丘[②]。钓网不能制，其来非一秋。或者不量力，谓兹鳌可求。赑屃[③]牵不动，纶绝沈其钩。一鳌既顿颔[④]，诸鳌齐掉头。白涛与黑浪，呼吸绕咽喉。喷风激飞廉，鼓波怒阳侯。鲸鲵得其便，张口欲吞舟。万里无活鳞，百川多倒流。遂使江汉水，朝宗意亦休。苍然屏风上，此画良有由。

【注释】

①鳞介：有鳞和甲壳的水生动物的统称。②“突兀”二句：化用巨鳌举首戴山之典。③赑（bì）屃（xì）：用力的样子。④顿颔：点头。

海漫漫　戒求仙也

白居易

海漫漫，直下无底傍无边。云涛烟浪最深处，人传中有三神山。山上多生不死药，服之羽化为天仙。秦皇汉武信此语，方士年年采药去。蓬莱今古但闻名，烟水茫茫无觅处。海漫漫，风浩浩，眼穿不见蓬莱岛。不见蓬莱不敢归，童男丱女[①]舟中老。徐福文成[②]多诳诞，上元太一[③]虚祈祷。君看骊山顶上茂陵头，毕竟悲风吹蔓草。何况玄元圣祖五千言[④]，不言药，不言仙，不言白日升青天。

【注释】

①丱（guàn）女：幼女，童女。②文成：指少翁，汉武帝时，他以鬼神方献于上，获宠幸，被封为文成将军。③上元：上元夫人，传说为西王母的女儿。太一：道教神名。④玄元圣祖：指老子。五千言：指《道德经》。

题杨颖士西亭

白居易

静得亭上境，远谐尘外踪。凭轩东南望，鸟灭山重重。竹露冷烦襟，杉风清病容。旷然宜真趣，道与心相逢。即此可遗世，何必蓬壶峰。

效陶潜体诗十六首（其十一）

白居易

烟霞隔悬圃，风波限瀛洲。我岂不欲往，大海路阻修。神仙但闻说，灵药不可求。长生无得者，举世如蜉蝣。逝者不重回，存者难久留。踟蹰未死间，何苦怀百忧。念此忽内热[1]，坐看成白头。举杯还独饮，顾影自献酬。心与口相约，未醉勿言休。今朝不尽醉，知有明朝不。不见郭门外，累累坟与丘。月明愁杀人，黄蒿风飕飕。死者若有知，悔不秉烛游。

【注释】

①内热：内心焦灼。

归田三首（其一）

白居易

人生何所欲，所欲唯两端。中人爱富贵，高士慕神仙。神仙须有籍，富贵亦在天。莫恋长安道，莫寻方丈山。西京尘浩浩，东海浪漫漫。金门[1]不可入，琪树何由攀。不如归山下，如法种春田。

【注释】

①金门：金马门，代指朝廷。

泛湓水[1]

白居易

四月未全热，麦凉江气秋。湖山处处好，最爱湓水头。湓水从东来，一派入江流。可怜似萦带，中有随风舟。命酒[2]一临泛，舍鞍扬棹讴。放回岸傍马，去逐波间鸥。烟浪始渺渺，风襟亦悠悠。初疑上河汉，中若寻瀛洲。汀[3]树绿拂地，沙草芳未休。青萝与紫葛，枝蔓垂相樛[4]。系缆步平岸，回头望江州。城雉[5]映水见，隐隐如蜃楼。日入意未尽，将归复少留。到官行半岁，今日方一游。此地来何暮，可以写吾忧。

【注释】

①湓（pén）水：今江西龙开河的古称。②命酒：命人置酒。③汀：水边平地。④樛（jiū）：缠结。⑤城雉：城上短墙，泛指城墙。

长恨歌

白居易

汉皇[1]重色思倾国，御宇多年求不得。杨家有女初长成，养在深闺人未识。天生丽质难自弃，一朝选在君王侧。回眸一笑百媚生，六宫粉黛无颜色。春寒赐浴华清池，温泉水滑洗凝脂。侍儿扶起娇无力，始是新承恩泽时。云鬓花颜金步摇，芙蓉帐暖度春宵。春宵苦短日高起，从此君王不早朝。承欢侍宴无闲暇，春从春游夜专夜。后宫佳丽三千人，三千宠爱在一身。金屋妆成娇侍夜，玉楼宴罢醉和春。姊妹弟兄皆列土[2]，可怜[3]光彩生门户。遂令天下父母心，不重生男重生女。骊宫高处入青云，仙乐风飘处处闻。缓歌慢舞凝丝竹，尽日君王看不足。渔阳鞞鼓[4]动地来，惊破霓裳羽衣曲。九重城阙烟尘[5]生，千乘万骑西南行。翠华摇摇行复止，西出都门百余里。六军不发无奈何，宛转蛾眉马前死。花钿委地无人收，翠翘金雀玉搔头。君王掩面救不得，回看血泪相和流。黄埃散漫风萧索，云栈萦纡登剑阁[6]。峨嵋山下少人行，旌旗无光日色薄。蜀江水碧蜀山青，圣主朝朝暮暮情。行宫见月伤心色，夜雨闻铃肠断声。天旋日转回龙驭，到此踌躇不能去。马嵬坡下泥土中，不见玉颜空死处。君臣相顾尽沾衣，东望都门信马归。归来池苑皆依旧，太液芙蓉未央柳。芙蓉如面柳如眉，对此如何不泪垂。春风桃李花开夜，秋雨梧桐叶落时。西宫南苑[⑦]多秋草，宫叶满阶红不扫。梨园弟子白发新，椒房阿监青娥[⑧]老。夕殿萤飞思悄然，孤灯挑尽未成眠。迟迟钟鼓初长夜，耿耿[⑨]星河欲曙天。鸳鸯瓦冷霜华[⑩]重，翡翠衾寒谁与共。悠悠生死别经年，魂魄不曾来入梦。临邛道士鸿都[⑪]客，能以精诚致魂魄。为感君王展转思，遂教方士殷勤觅。排空[⑫]驭气奔如电，升天入地求之遍。上穷碧落下黄泉，两处茫茫皆不见。忽闻海上有仙山，山在虚无缥缈间。楼阁玲珑五云起，其中绰约多仙子。中有一人字太真，雪肤花貌参差是。金阙西厢叩玉扃[⑬]，转教小玉报双成[⑭]。闻道汉家天子使，九华帐里梦魂惊。揽衣推枕起裴回，珠箔银屏逦迤[⑮]开。云鬓半偏新睡觉[⑯]，花冠不整下堂来。风吹仙袂飘飖举，犹似霓裳羽衣舞。玉容寂寞泪阑干，梨花一枝春带雨。含情凝睇谢君王，一别音容两渺茫。昭阳殿里恩爱绝，蓬莱宫[⑰]中日月长。回头下望人寰处，不见长安见尘雾。唯将旧物表深情，钿合金钗寄将去。钗留一股合一扇，钗擘黄金合分钿。但教心似金钿坚，天上人间会相见。临别殷勤重寄词，词中有誓两心知。七月七日长生殿，夜半无人私语时。在天愿作比翼鸟，在地愿为连理枝。天长地久有时尽，此恨绵绵无绝期。

【注释】

①汉皇：这里指唐玄宗。②列土：分封土地，引申为加官晋爵。③可怜：令人羡慕。④渔阳鞞（pí）鼓：指安史之乱。渔阳，郡名，今天津蓟州。鞞，同“鼙”。鼙鼓，古代军队用的小鼓，比喻战事。⑤九重城阙：指京都长安。古制，天子之居有门九重，故称。烟尘：指战火。⑥云栈：悬于空中的栈道。萦纡：盘旋曲折。剑阁：指剑阁道，在今四川剑阁东北大、小剑山之间，为川陕间主要通道，自古戍守要地。⑦西宫：太极宫。南苑：

兴庆宫，亦称“南内”。⑧椒房：指后宫。阿监：太监。青娥：宫女。⑨耿耿：明亮貌。⑩鸳鸯瓦：指一俯一仰形同鸳鸯依偎交合的屋瓦。霜华：霜花。⑪临邛（qióng）：县名，今四川邛崃。鸿都：指长安。⑫排空：凌空。⑬玉扃（jiōng）：玉饰的门户。⑭小玉：吴王夫差之女，相传死后成仙。双成：董双成，神话传说中西王母的侍女。⑮珠箔：珠帘。逦迤：曲折连绵。⑯睡觉：睡醒。⑰蓬莱宫：仙人居处。

送萧炼师步虚词[①]十首卷后以二绝继之（其一）

白居易

欲上瀛州临别时，赠君十首步虚词。天仙若爱应相问，可道江州司马诗。

【注释】

①步虚词：乐府《杂曲歌辞》名。宋郭茂倩《乐府诗集》引《乐府解题》曰：“《步虚词》，道家曲也，备言众仙缥缈轻举之美。”

西湖晚归回望孤山寺赠诸客

白居易

柳湖松岛莲花寺，晚动归桡出道场[①]。卢橘子低山雨重，棕榈叶战水风凉。烟波澹荡摇空碧，楼殿参差倚夕阳。到岸请君回首望，蓬莱宫在海中央。

【注释】

①道场：佛教礼拜、诵经、祭祀、学道、行道的场所。

奉和李大夫[①]题新诗二首各六韵·因严亭

白居易

箕颍人穷独，蓬壶路阻难。何如兼吏隐[②]，复得事跻攀。岩树罗阶下，江云贮栋间。似移天目[3]石，疑入武丘山[4]。清景徒堪赏，皇恩肯放闲。遥知兴未足，即被诏征还。

【注释】

①李大夫：指李德裕。②吏隐：谓不以利禄萦心，虽居官而与隐者同。③天目：山名，在今浙江杭州临安。④武丘山：指虎丘山，在今江苏苏州城西北。

立秋夕凉风忽至炎暑稍消即事咏怀寄汴州节度使李二十尚书[1]

白居易

袅袅檐树动，好风西南来。红缸霏微[2]灭，碧幌飘飖开。披襟有余凉，拂簟无纤埃。但喜烦暑退，不惜光阴催。河[3]秋稍清浅，月午方裴回[4]。或行或坐卧，体适心悠哉。美人在浚都[5]，旌旗绕楼台。虽非沧溟阻，难见如蓬莱。蝉迎节又换，雁送书未回。君位日宠重，我年日摧颓。无因风月下，一举平生杯。

【注释】

①李二十尚书：指李绅，其作有《新题乐府二十首》。②红缸：灯盏。霏微：细小貌。③河：银河。④午：午夜。裴回：同“徘徊”。⑤美人：品德高尚之人。浚都：代指汴州。

胡吉郑刘卢张等六贤皆多年寿予亦次焉偶于弊居合成尚齿之会[1]七老相顾既醉且欢静而思之此会稀有因成七言六韵以纪之传好事者

白居易

七人五百七十岁，拖紫纡朱[2]垂白须。手里无金莫嗟叹，尊中有酒且欢娱。诗吟两句神还王[3]，酒饮三杯气尚粗。嵬峨狂歌教婢拍[4]，婆娑[5]醉舞遣孙扶。天年高过二疏傅[6]，人数多于四皓图。除却三山五天竺[7]，人间此会更应无。

【注释】

①尚齿之会：尊重老年人的宴会。②拖紫纡朱：形容地位显贵。朱、紫指高官所佩印绶之颜色。③王：通“旺”，旺盛。④嵬峨：站立不稳貌，形容醉态。拍：打拍子。⑤婆娑：醉态蹒跚貌。⑥二疏傅：指汉宣帝时名臣疏广及其侄疏受，广曾任太子太傅，受曾任太子少傅。⑦五天竺：指古印度，它分为东天竺、南天竺、西天竺、北天竺、中天竺五部分。此处代指神佛。

赠毛仙翁

王　起

冰霜肌骨称童年，羽驾[1]何由到俗间。丹灶化金[2]留秘诀，仙宫嗽玉[3]叩玄关。壶中世界青天近，洞里烟霞白日闲。若许随师去[4]尘网，愿陪鸾鹤向三山。

【注释】

①羽驾：仙人的车驾。②丹灶化金：指炼丹。③嗽玉：餐玉，传说仙家以此延寿。④师：指毛仙翁。去：离开。

赠成炼师四首（其二）

刘言史

黄昏骑得下天龙，巡遍茅山数十峰。采芝却到蓬莱上，花里犹残碧玉钟[1]。

【注释】

①碧玉钟：玉制的酒杯，亦用作酒杯的美称。

楚州盐壒古墙[①]望海

长孙佐辅

混沌本冥冥，泄为洪川流。雄哉大造化，万古横中州。我从西北来，登高望蓬丘。阴晴乍开合，天地相沈浮。长风卷繁云，日出扶桑头。水净露鲛室[②]，烟销凝蜃楼。时来会云翔，道蹇即津游[③]。明发促归轸[④]，沧波非宿谋。

【注释】

①楚州：州名，治所在今江苏淮安。盐壒（ài）古墙：俗名“海墙头”，在今江苏阜宁东南。②鲛室：鲛人水中居室，代指海底。③蹇：困苦，不顺利。津游：江海之游。④明发：黎明。归轸（zhěn）：归车，意为返回。

重忆山居六首·罗浮山番禺连帅[①]所遗

李德裕

龙伯钓鳌时，蓬莱一峰坼。飞来碧海畔，遂与三山隔。其下多长溪，潺湲淙乱石。知君分如此，赠逾荆山璧。

【注释】

①番禺：唐广州治所。连帅：指地方高级长官，此处指节度使。

春山三朅来（其二）

李　涉

山上朅来采新茗，新花乱发前山顶。琼英[①]动摇钟乳碧，丛丛高下随崖岭。未必蓬莱有仙药，能向鼎中云漠漠。越瓯[②]遥见裂鼻香，欲觉身轻骑白鹤。

【注释】

①琼英：似玉的美石，此处用来形容新茶的晶莹鲜嫩。②越瓯：越窑所产的茶杯。

寄河阳从事[1]杨潜

李　涉

忆昨天台寻石梁，赤城枕下看扶桑。金乌欲上海如血，翠色一点蓬莱光。安期先生不可见，蓬莱目极沧海长。回舟偶得风水便，烟帆数夕归潇湘。潇湘水清岩嶂曲，夜宿朝游常不足。一自无名身事闲，五湖云月偏相属[2]。进者恐不荣，退者恐不深。鱼游鸟逝两虽异，彼此各有遂生心。身解耕耘妾能织，岁晏饥寒免相逼。稚子才年七岁余，渔樵一半分渠[3]力。吾友从军在河上，腰佩吴钩佐飞将[4]。偶与嵩山道士期，西寻汴水来相访。见君颜色犹憔悴，知君未展心中事。落日驱车出孟津[5]，高歌共叹伤心地。洛邑秦城[6]少年别，两都陈事空闻说。汉家天子不东游，古木行宫闭烟月。洛滨老翁年八十，西望残阳临水泣。自言生长开元中，武皇[7]恩化亲沾及。当时天下无甲兵，虽闻赋敛毫毛轻。红车翠盖满衢路，洛中欢笑争逢迎。一从戎马来幽蓟[8]，山谷虎狼无捍制。九重宫殿闭豺狼，万国生人自相噬。蹭蹬疮痍今不平，干戈南北常纵横。中原膏血焦欲尽，四郊贪将犹凭陵。秦中豪宠争出群，巧将言智宽明君。南山四皓不敢语，渭上钓人[9]何足云。君不见昔时槐柳八百里，路傍五月清阴起。只今零落几株残，枯根半死黄河水。

【注释】

①河阳：地名，治所在今河南孟州。从事：汉魏时州刺史的佐官称为从事，此指河阳节度使的佐官。②属：跟随。③渠：他。④飞将：指河阳节度使。⑤孟津：黄河古渡口名，在今河南孟津东、孟州西南。相传周武王伐纣，与八百诸侯会盟于此，故一名“盟津”。⑥秦城：长安。⑦武皇：指唐玄宗。⑧戎马：战争，此指安史之乱。幽蓟：幽州和蓟州，其为安史叛军的根据地。⑨渭上钓人：指姜太公。

逢旧二首（其二）

李　涉

将作乘槎去不还，便寻云海住三山。不知留得支机石[①]，却逐黄河到世间。

【注释】

①支机石：传说为织女用以支撑织布机的石头。宋李昉《太平御览》卷八引《集林》曰："昔有一人寻河源，见妇人浣纱以问之，曰：'此天河也。'乃与一石而归。问严君平，云此织女支机石也。"

六叹（其一）

李　涉

蓬莱岛边采珠客，西望人寰星汉隔。千重叠浪耸云高，万里平沙连月白。海中洞穴寻难极，水底鲛人半相识。玄蚌初开影暂明，骊龙欲近威难逼。辛苦风涛白首期，得珠却恨求珠时。隋侯[①]殁世几千载，只今薄俗空嗤嗤。

【注释】

①隋侯：《淮南子·览冥训》高诱注"隋侯之珠"曰，"隋侯，汉东之国姬姓诸侯也。隋侯见大蛇伤断，以药傅之，后蛇于江中衔大珠以报之，因曰'隋侯之珠'，盖明月珠也"。

罗浮山

张又新

江北重峦积翠浓，绮霞遥映碧芙蓉。不知末后[①]沧溟上，减却瀛洲第几峰。

【注释】

①末后：后来，最后。

过梅里七首·忆放鹤

李　绅

顷年无锡闲居，里人献鹤雏，余驯养之。周岁，羽毛既成，见其宛颈长鸣，有烟霄之志，开笼放之，一举冲天，复回翔久之，乃去。

羽毛似雪无瑕点，顾影秋池舞白云。闲整素仪①三岛近，回飘清唳九霄闻。好风顺举应摩日，逸翮将成莫恋群。凌励坐看②空碧外，更怜凫鹭老江渍③。

【注释】

①素仪：洁白的外表。②凌励：迅速而气势猛烈。励，同“厉”。坐看：犹行看，形容时间短暂。③渍（fén）：水边。

新楼诗二十首·东武亭

李　绅

亭在镜湖上，即元相所建。亭至宏敞，春秋为竞渡大设会之所。余为增以板槛，延入湖中，足加步廊，以列环卫。

绿波春水湖光满，丹槛连楹碧嶂遥。兰鹢①对飞渔棹急，彩虹翻影海旗摇。斗疑斑虎归三岛，散作游龙上九霄。鼍鼓②若雷争胜负，柳堤花岸万人招。

【注释】

①兰鹢：船的美称。②鼍鼓：用鼍皮蒙的鼓。

新楼诗二十首·海棠

李　绅

海边佳树生奇彩，知是仙山取得栽。琼蕊①籍中闻阆苑，紫芝②图上见蓬莱。浅深芳萼通宵换，委积③红英报晓开。寄语春园百花道，莫争颜色泛金杯[4]。

【注释】

①琼蕊：仙界的玉花。②紫芝：泛指仙草。③委积：堆积，形容海棠花繁茂。④泛金杯：指曲水流觞。

寄福州从事殷尧藩

鲍 溶

越岭寒轻物象殊，海城[1]台阁似蓬壶。几回入市鲛绡女，终岁啼花山鹧鸪。雷令[2]剑龙知去未，虎夷云鹤亦来无。就中静事冥宵话，何惜双轮访病夫。

【注释】

①海城：指福州。②雷令：指雷焕，他曾为丰城令。《晋书·张华传》载，张华见斗牛之间常有紫气，问雷焕怎么回事。焕谓：宝剑之精，上彻于天耳，其地当在豫章丰城。张华补焕为丰城令，焕果在丰城狱中掘得龙泉、太阿双剑。他送一剑与张华，留一剑自佩。后焕死，其子持剑行经延平津，剑跃入水中化龙而去。

得储道士书

鲍 溶

婵娟春尽暮心秋，邻里同年半白头。为问蓬莱近消息，海波平静好东游。

望麻姑山

鲍 溶

幽人往往怀麻姑，浮世悠悠仙景殊。自从青鸟不堪使，更得蓬莱消息无。

望江中金山寺

鲍　溶

一朵蓬莱在世间，梵王宫阙[1]翠云间。近南溪水更清浅，闻道游人未忍还。

【注释】

①梵王宫阙：代指金山寺。梵王，佛教指色界初禅天的大梵天王，亦泛指此界诸天之王。

潭州独步

殷尧藩

鹤发垂肩懒著巾，晚凉独步楚江滨。一帆暝色鸥边雨，数尺筇[1]枝物外身。习巧未逢医拙手，闻歌先识采莲人。笑看斥鷃[2]飞翔去，乐处蓬莱便有春。

【注释】

①筇（qióng）：竹子的一种，可以做手杖。②斥鷃（yàn）：古书上说的一种小鸟。

赠王尊师[1]

姚　合

先生自说瀛洲路，多在青松白石间。海岸夜中常见日，仙宫深处却无山。犬随鹤去游诸洞，龙作人来问大还[2]。今日偶闻尘外事，朝簪未掷复何颜。

【注释】

①尊师：对道士的敬称。②大还：大还丹。

送金可纪归新罗①

章孝标

登唐科第语唐音，望日初生忆故林。鲛室夜眠阴火冷，蜃楼朝泊晓霞深。风高一叶飞鱼背，潮净三山出海心。想把文章合夷乐②，蟠桃花里醉人参。

【注释】

①新罗：朝鲜半岛古国名，与高句丽、百济三足鼎立。②夷乐：指新罗的音乐。

答李昌期

杨洵美

三山载群仙，峨峨咸浪中。云衣剪不得，此路安可从。我生亦何事，出门如飞蓬。白日又黄昏，所悲瑶草空。虫声故乡梦，枕上禾黍风。吾道如未丧，天运①何时通。

【注释】

①天运：犹天命，自然的气数。

过旧游①见双鹤怆然有怀

李　远

谢公何岁掩松楸②，双鹤依然傍玉楼。朱顶巑岏③荒草上，雪毛零落小池头。蓬瀛路断君何在，云水情深我尚留。他日若来华表上，更添多少令威④愁。

【注释】

①旧游：故交。②谢公：指谢灵运。掩松楸：去世。松楸，墓地多植松树与楸树，故借指坟墓。③巑（cuán）岏（wán）：山高峻貌。④令威：丁令威。

赠咸阳李少府

李　远

美貌雄才已少齐，宝书仙简[①]两看题。金刀片片裁新锦[②]，玉步重重上旧梯[③]。鹏到碧天排雾去，凤游琼树拣枝栖。蓬瀛宴罢试回首，一望尘中路正迷。

【注释】

①宝书：指皇帝诏书。仙简：仙籍，古称进士及第为入仙籍。②“金刀”句：喻李少府挥毫写出一篇篇佳文锦章。③旧梯：谓前辈的仕路。

池州送孟迟先辈

杜　牧

昔子来陵阳[①]，时当苦炎热。我虽在金台，头角长垂折。奉披尘意惊，立语平生豁。寺楼最骞轩[②]，坐送飞鸟没。一樽中夜酒，半破前峰月。烟院松飘萧，风廊竹交戛[③]。时步郭西南，缭径苔圆折。好鸟响丁丁，小溪光汃汃。篱落见娉婷，机丝弄哑轧。烟湿树姿娇，雨余山态活。仲秋往历阳[④]，同上牛矶[⑤]歇。大江吞天去，一练[⑥]横坤抹。千帆美满风，晓日殷鲜血。历阳裴太守[⑦]，襟韵苦[⑧]超越。鞔鼓[⑨]画麒麟，看君击狂节。离袖飐[⑩]应劳，恨粉啼还咽。明年忝[⑪]谏官，绿树秦川阔。子提健笔来，势若夸父渴。九衢林马撻[⑫]，千门织车辙。秦台破心胆，黥阵[⑬]惊毛发。子既屈一鸣[⑭]，余固宜三刖。慵忧长者来，病怯长街喝。僧炉风雪夜，相对眠一褐。暖灰重拥瓶，晓粥还分钵。青云马生角[⑮]，黄州使持节。秦岭望樊川，只得回头别。商山四皓祠，心与樗蒲[⑯]说。大泽蒹葭[⑰]风，孤城狐兔窟。且复考诗书，无因见簪笏[⑱]。古训屹如山，古风冷刮骨。周鼎列瓶罂，荆璧横抛掷[⑲]。力尽不可取，忽忽狂歌发。三年未为苦，两郡非不达。秋浦[⑳]倚吴江，去楫飞青鹘[㉑]。溪山好画图，洞壑深闺闼。竹冈森羽林，花坞团宫缬[22]。景物非不佳，独坐如韝绁[23]。丹鹊东飞来，喃喃送君札。呼儿旋供衫，走门空踏袜。手把一枝物，桂花[24]香带雪。喜极至无言，笑余翻不悦。人生直作百岁翁，亦是万古一瞬中。我欲东召龙伯翁，上天揭取北斗柄。蓬莱顶上斡[25]海水，水尽到底看海空。月于何处去，日于何处来。跳丸[26]相趁走不住，尧舜禹汤文武周孔皆为灰。酌此一杯酒，与君狂且歌。离别岂足更关意，衰老相随可奈何！

【注释】

①陵阳：山名，在宣州（今安徽宣城）城内，此处代指宣州。②骞（xiān）轩：高飞貌。③交戛：交错。④历阳：郡名，治所在和州（今安徽和县）。⑤牛矶：牛渚矶，在今安徽马鞍山。⑥练：白绢，喻长江。⑦裴太守：指和州刺史裴俦，他是杜牧的姐夫。⑧襟韵：胸怀气度。苦：极。⑨鞔（mán）鼓：张革蒙鼓。鞔，用皮革制成鼓面。⑩飐（zhǎn）：风吹使颤动。⑪忝：辱，这里是诗人的自谦之辞。⑫马挝：马鞭。⑬黥阵：汉将黥布所排军阵。⑭屈一鸣：指落第。⑮马生角：比喻不可能实现的事。⑯樗（chū）蒲：古代一种博戏。⑰大泽：指云梦泽。蒹葭：芦苇。⑱簪笏（hù）：朝官所用之冠簪与朝会时手中所执之狭长板子，此处代指高官。⑲摋（sà）：侧手击。⑳秋浦：郡名，即池州（今安徽池州）。时杜牧为池州刺史。㉑楫：指船。青鹘（gǔ）：古书上说的一种鸟。㉒缬（xié）：有花纹的丝织品。㉓韝（gōu）绁（xiè）：谓受束缚。韝，用以束衣袖的臂套。绁，绳索。㉔桂花：古代称考中进士为折桂，此处喻进士及第。㉕斡（wò）：旋转。㉖跳丸：比喻日月运行，谓时间过得很快。

寄题甘露寺北轩

杜　牧

曾向蓬莱宫里行，北轩阑槛最留情。孤高堪弄桓伊笛[①]，缥缈宜闻子晋笙[2]。天接海门秋水色，烟笼隋苑[3]暮钟声。他年会著荷衣去，不向山僧说姓名。

【注释】

①桓伊笛：《晋书·桓伊传》载，东晋桓伊善音乐，“为江左第一”。王徽之泊舟青溪侧，时桓伊从岸上过，“徽之便令人谓伊曰：‘闻君善吹笛，试为我一奏。’伊是时已贵显，素闻徽之名，便下车，踞胡床，为作三调，弄毕，便上车去，客主不交一言”。②子晋笙：子晋即王子乔。《列仙传·王子乔》载：“王子乔者，周灵王太子晋也。好吹笙，作凤凰鸣。游伊洛之间，道士浮丘公接以上嵩高山。”③隋苑：隋炀帝时所建宫苑，又名“西苑”。

偶　题

杜　牧

道在人间或可传，小还轻变[1]已多年。今来海上升高望，不到蓬莱不是仙。

【注释】

①变：转，指丹成。

长安岁暮

许　浑

独望天门倚剑歌，干时无计老关河[1]。东归万里惭张翰[2]，西上四年羞卞和。花暗楚城春醉少，月凉秦塞[3]夜愁多。三山岁岁有人去，唯恐海风生白波。

【注释】

①关河：函谷关和黄河。②张翰：西晋文学家。《晋书·张翰传》载：“（张）翰因见秋风起，乃思吴中菰菜、莼羹、鲈鱼脍，曰：‘人生贵得适

志，何能羁宦数千里以要名爵乎！’遂命驾而归。”③秦塞：指关中地区，此处指长安。

闻释子栖玄欲奉道因寄

许　浑

欲求真诀恋禅扃[①]，羽帔[②]方袍尽有情。仙骨本微灵鹤远，法心潜动毒龙[③]惊。三山未有偷桃计，四海初传问菊名。今日劝师师莫惑，长生难学证无生。

【注释】

①真诀：成仙的秘诀。禅扃：指佛门。②羽帔：用羽毛制作的披肩，指道士之服。③法心：指领悟佛法之心。毒龙：比喻危害人之身心的妄念。

学仙二首（其二）

许　浑

心期仙诀意无穷，采画云车起寿宫[①]。闻有三山未知处，茂陵松柏满西风。

【注释】

①寿宫：神祠。

七月二十八日夜与王郑二秀才听雨后梦作

李商隐

初梦龙宫宝焰然[①]，瑞霞明丽满晴天。旋成醉倚蓬莱树，有个仙人拍我肩。少顷远闻吹细管[②]，闻声不见隔飞烟。逡巡[③]又过潇湘雨，雨打湘灵五十弦[④]。瞥见冯夷[⑤]殊怅望，鲛绡休卖海为田。亦逢毛女无憀[⑥]极，龙伯擎将华岳莲[⑦]。恍惚无倪明又暗，低迷不已断还连。觉来正是平阶雨，独背寒灯枕手眠。

【注释】

①宝焰：指宝物光彩耀目如火焰。然：通“燃”。②细管：指笛箫类管乐器。③逡巡：犹顷刻，须臾。④湘灵：传说中的湘水之神。五十弦：指瑟。⑤冯夷：指河伯，水神。⑥毛女：《列仙传·毛女》载，“毛女者，字玉姜，在华阴山中，猎师世世见之。形体生毛，自言秦始皇宫人也。秦坏，流亡入山避难。遇道士谷春教食松叶，遂不饥寒，身轻如飞”。无憀(liáo)：同“无聊”。⑦华岳莲：指华山顶上的莲花。

槿花二首（其一）

李商隐

燕体①伤风力，鸡香②积露文。殷③鲜一相杂，啼笑两难分。月里宁无姊，云中亦有君。三清与仙岛④，何事亦离群。

【注释】

①燕体：汉成帝皇后赵飞燕体轻善舞，后用其形容女子轻盈的体态，亦泛指物之轻柔。②鸡香：鸡舌香，即丁香。③殷（yān）：赤黑色。④仙岛：指海上三神山。

无题四首（其一）

李商隐

来是空言去绝踪，月斜楼上五更钟。梦为远别啼难唤，书被催成墨未浓。蜡照半笼金翡翠①，麝熏微度绣芙蓉②。刘郎③已恨蓬山远，更隔蓬山一万重。

【注释】

①金翡翠：有翡翠鸟图样的帷帐或灯罩。②绣芙蓉：绣有芙蓉图案的被褥。③刘郎：指刘晨。《太平广记·天台二女》载，东汉永平中，刘晨、

阮肇入天台山采药迷路，遇二仙女，被邀至其家。他们半年后返回故里，“乡邑零落，已十世矣”。

无　题

李商隐

相见时难别亦难，东风无力百花残。春蚕到死丝方尽，蜡炬成灰泪始干。晓镜[①]但愁云鬓改，夜吟应觉月光寒。蓬山此去无多路，青鸟殷勤为探看。

【注释】

①晓镜：清晨照镜。

牡　丹

李商隐

压径复缘沟，当窗又映楼。终销一国破，不啻万金求。鸾凤戏三岛，神仙居十洲[①]。应怜萱草淡，却得号忘忧。

【注释】

①十洲：《十洲记》载，八方巨海中有祖洲、瀛洲、玄洲、炎洲、长洲、元洲、流洲、生洲、凤麟洲、聚窟洲等十洲。

中元作

李商隐

绛节飘飖宫国[①]来，中元朝拜上清回。羊权须得金条脱[②]，温峤终虚玉镜台。曾省[③]惊眠闻雨过，不知迷路为花开。有娀[④]未抵瀛洲远，青雀如何鸩鸟[⑤]媒。

【注释】

①宫国：宫中。②条脱：手镯。③省：记。④有娀：古国名，在今山

西运城一带。⑤鸩鸟：传说中一种有毒的鸟。

郑州献从叔舍人褎[1]

李商隐

蓬岛烟霞阆苑钟，三官笺奏附金龙。茅君奕世仙曹[2]贵，许掾[3]全家道气浓。绛简尚参黄纸[4]案，丹炉犹用紫泥封。不知他日华阳洞[5]，许上经楼第几重。

【注释】

①舍人褎（xiù）：当为舍人褒，褎为讹字。舍人褒指李褒，唐文宗开成初为起居舍人，唐武宗会昌元年（841）拜中书舍人，四年（844）任郑州刺史。②茅君：《神仙传·茅君》载，"茅君者，名盈"。其高祖父茅濛，学道于华山，"乘赤龙而升天"。后茅盈与其弟茅固、茅衷皆成仙，号"三茅君"。奕世：累世。仙曹：仙班。③许掾：指许翙（huì）。南朝梁陶弘景《真诰》载，许翙，小名玉斧，"郡举上计掾、主簿，并不赴"。其亡后十六年，受书为"上清仙公"。据道书载，许家成仙而去者凡四十二人，包括许翙父许谧、伯许迈、子许黄民、族祖许逊等，故云"许掾全家道气浓"。掾，古代属官的通称。④绛简：指赤章，道教祀天的章本。黄纸：指黄麻纸，唐代用黄麻纸写诏。⑤华阳洞：指陶弘景隐居的句曲山。

当句有对

李商隐

密迩平阳接上兰[1]，秦楼鸳瓦汉宫盘[2]。池光不定花光乱，日气初涵露气干。但觉游蜂饶[3]舞蝶，岂知孤凤忆离鸾。三星自转三山远，紫府程遥碧落宽。

【注释】

①密迩：接近，靠近。平阳：指汉平阳公主府邸。上兰：上林苑中观

名。②鸳瓦：鸳鸯瓦。汉宫盘：承露盘。③饶：怜爱。

海上谣

李商隐

桂水[①]寒于江，玉兔秋冷咽。海底觅仙人，香桃如瘦骨。紫鸾不肯舞，满翅蓬山雪。借得龙堂[②]宽，晓出揲云发。刘郎旧香炷[③]，立见茂陵树。云孙[④]帖帖卧秋烟，上元细字如蚕眠[⑤]。

【注释】

①桂水：桂海，指南海。②龙堂：龙宫。③刘郎：指汉武帝刘彻。香炷：线香。传说汉武帝于七月七日焚百和之香以迎西王母到来。④云孙：从本身算起的第九代孙，亦泛指远孙。⑤蚕眠：形容用蚕书体写成的经书上的字形。

寄华岳孙逸人

李商隐

灵岳几千仞，老松逾百寻。攀崖仍蹑壁，啖叶复眠阴[①]。海上呼三岛，斋中戏五禽。唯应逢阮籍，长啸作鸾音[②]。

【注释】

①“啖叶”句：指毛女居华阴山，食松叶，遂不饥寒，身轻如飞。②“唯应”二句：《晋书·阮籍传》载，“（阮）籍尝于苏门山遇孙登，与商略终古及栖神导气之术，登皆不应，籍因长啸而退。至半岭，闻有声若鸾凤之音，响乎岩谷，乃登之啸也”。

戊辰会静中出贻同志二十韵

李商隐

大道谅无外[①]，会越自登真[②]。丹元[③]子何索，在己莫问邻。

蒨璨玉琳华[4]，翱翔九真君。戏掷万里火，聊召六甲旬。瑶简被灵诰[5]，持符开七门。金铃摄群魔，绛节何兟兟[6]。吟弄东海若[7]，笑倚扶桑春。三山诚迴视，九州扬一尘。我本玄元胄，禀华由上津。中迷鬼道乐，沈为下土民。托质属太阴[8]，炼形复为人。誓将覆宫泽[9]，安此真与神。龟山有慰荐，南真为弥纶[10]。玉管[11]会玄圃，火枣[12]承天姻。科车遏故气[13]，侍香传灵氛[14]。飘飖被青霓，婀娜佩紫纹。林洞何其微，下仙不与群。丹泥因未控，万劫[15]犹逡巡。荆芜既以薙[16]，舟壑永无湮。相期保妙命，腾景侍帝宸。

【注释】

①谅：料想。无外：犹无穷，无所不包。②登真：成仙。③丹元：道家所谓心神。④蒨璨：鲜明灿烂貌。琳华：指仙境中的花。⑤瑶简：玉简。灵诰：道书。⑥兟（shēn）兟：同“莘莘”，众多貌。⑦海若：传说中的海神。⑧质：人之形体。太阴：幽暗之所。⑨宫泽：道教谓脑宫之精髓。⑩弥纶：弥补。⑪玉管：玉制的古乐器。⑫火枣：传说中的仙果，食之能羽化飞行。⑬科车：裸露无盖饰的车，此指仙人之车。故气：尘浊不正之气。⑭侍香：清朱鹤龄《李义山诗集注》云，“仙官有侍香之职”。灵氛：洁净之气。⑮万劫：万世，喻时间长久。《隋书·经籍志四》：“天地之外，四维上下，更有天地，亦无终极，然皆有成有败。一成一败，谓之一劫。”⑯荆芜：心中荆棘。薙（tì）：除去野草。

寓　怀

李商隐

彩鸾餐颢气[1]，威凤入卿云[2]。长养三清境，追随五帝君。烟波遗汲汲[3]，矰缴任云云[4]。下界围黄道[5]，前程合紫氛[6]。金书[7]惟是见，玉管不胜闻。草为回生种，香缘却死[8]熏。海明三岛见，天迥九江[9]分。搴树[10]无劳援，神禾[11]岂用耘。斗龙风结阵，恼鹤露成文。汉岭霜何早，秦宫日易曛[12]。星机抛密绪[13]，月杵散灵氛。阳乌[14]西南下，相思不及群。

【注释】

①颢气：清新洁白盛大之气。②卿云：庆云，一种彩云，古人以为祥瑞之气。③汲汲：心情急切的样子。④云云：如此，这样。⑤黄道：《晋书·天文志上》载，“黄道，日之所行也，半在赤道外，半在赤道内”。⑥紫氛：犹紫霄。⑦金书：仙家文书。⑧却死：指却死香，死者闻其香气可复活。⑨九江：九派，长江在湖北、江西一带分为很多支流，因以“九江”指称这一带的长江。⑩搴树：搴，通“骞”。《云笈七签》卷八载：“月中树名骞树，一名药王。凡有八树，在月中也。得食其叶者为玉仙。”⑪神禾：嘉禾。⑫曛：昏黑，暮。⑬星机：指织女机。绪：丝的头儿，此指丝。⑭阳乌：太阳。

省试霓裳羽衣曲[1]

李　肱

开元太平时，万国贺丰岁。梨园[2]献旧曲，玉座流新制。凤管[3]递参差，霞衣竞摇曳。宴罢水殿空，辇余春草细。蓬壶事已久，仙乐功无替[4]。讵肯听遗音，圣明知善继。

【注释】

①省试：唐、宋时各州县贡士到京师，由尚书省礼部主试，通称“省试”。霓裳羽衣曲：唐代宫廷乐舞，著名法曲。②梨园：唐玄宗时教练宫廷歌舞艺人的地方。③凤管：笙箫。④无替：不废，无尽。

逢吕上山人

刘得仁

尘里正愁老，相逢眼益明。从前枉多病，此后鲜疏名。古柏今收子，深山许事兄。长生如有分，愿逐到蓬瀛。

赠敬晊助教二首（其二）

刘得仁

街西静观[1]求居处，不到权门到寺频。禁掖[2]人知连状荐，国庠[3]官满一家贫。清仪称是蓬瀛客，直气堪为谏诤臣。自顾无成年渐长，报恩惟愿杀微身。

【注释】

①静观：僻静的道观。②禁掖：指宫廷。③国庠：国子监。

赠道人

刘得仁

长在城中无定业，卖丹磨镜两途贫。三山来往寻常事，不省曾惊市井人。

大　水

薛　逢

暴雨逐惊雷，从风忽骤来。浪驱三岛至，江拆二仪[1]开。势恐圆枢[2]折，声疑厚轴[3]摧。冥心问元化，天眼几时回。

【注释】

①拆：通“坼”，裂开。二仪：指天地。②圆枢：天枢，北斗第一星，此处指斗柄。③厚轴：指地轴。《博物志》卷一：“地有三千六百轴，犬牙相举。”

金城宫

薛　逢

忆昔明皇初御天，玉舆频此驻神仙。龙盘藻井[1]喷红艳，兽[2]

坐金床吐碧烟。云外笙歌岐薛[3]醉，月中台榭后妃眠。自从戎马生河雒[4]，深锁蓬莱一百年。

【注释】

①藻井：中国传统建筑中顶棚形式之一，上有各种花藻井纹、雕刻和彩绘。②兽：指兽形的香炉。③岐薛：指唐代岐王李范和薛王李业，他们均为唐玄宗兄弟。④河雒（luò）：河洛，黄河与洛水之间的地区。

寄道者

赵 嘏

洞庭先生归路长，海云望极春茫茫。别来几度向蓬岛，自傍瑶台折灵草。

淮信贺滕迈台州

赵 嘏

凋瘵[1]民思太古风，上贤绥辑副宸衷[2]。舟移清镜禹祠[3]北，路转翠屏天姥东。旌旆影前横竹马，咏歌声里乐樵童[4]。遥知到郡沧波晏[5]，三岛离离一望中。

【注释】

①凋瘵（zhài）：凋敝，衰败。②绥辑：安抚整顿。宸衷：帝王的心意。③清镜：指镜湖。禹祠：大禹庙，在镜湖南。④“旌旆”二句：《后汉书·郭伋传》载，郭伋任并州牧时，巡行属县，“到西河美稷，有童儿数百，各骑竹马，道次迎拜”。⑤沧波晏：喻政治清明。晏，平静。

答友人

赵 嘏

诗家才子酒家仙，游宦曾依积水[1]边。窗户动摇三岛树，琴尊安稳五湖船。罗浮道士分琼液[2]，锦席佳人艳楚莲。今日相逢朗吟罢，满城砧杵一灯前。

【注释】

①积水：指江海。②琼液：指美酒。

送张又新除温州

赵　嘏

东晋江山称永嘉[1]，莫辞红旆向天涯。凝弦夜醉松亭月，歇马晓寻溪寺花。地与剡川[2]分水石，境将蓬岛共烟霞。却愁明诏征非晚，不得秋来见海槎。

【注释】

①永嘉：郡名，东晋太宁元年（323）始置，今浙江温州。②剡川：剡溪，在今浙江嵊州。

赠王先生

赵　嘏

太一真人隐翠霞，早年曾降蔡经家。羽衣使者[1]峭于鹤，鸟爪侍娘飘若花。九鼎栏干归马齿[2]，三山窕窈步云涯。时因弟子偷灵药，散落人间驻物华。

【注释】

①羽衣使者：指神话中的三青鸟。②九鼎：道士的炼丹鼎。马齿：年龄。

山阳即席献裴中丞[1]

赵　嘏

早年天上见清尘[2]，今日楼中醉一春。暂肯剖符[3]临水石，几曾焚笔[4]动星辰。琼台雪映迢迢鹤，蓬岛波横浩浩津。好是仙家羽衣使，欲教垂涕问何人。

【注释】

①裴中丞：指裴坦，字知进，河东闻喜（今山西闻喜）人，累官至宰相。②清尘：车后扬起的灰尘，后用作对尊贵者的敬称。③剖符：古代帝王分封诸侯功臣、任命将帅郡守时，把符节剖分为二，君臣各执其一，作为信守的约证。后以之代称委任官职。④焚笔：犹焚草，指焚烧奏稿。

赠张渍榜头[①]被驳落

赵 嘏

莫向花前泣酒杯，谪仙依旧是仙才。犹堪与世为祥瑞，曾到蓬山顶上来。

【注释】

①张渍：会昌五年（1845）状元，后被黜落。榜头：进士第一名。

经王先生故居

赵 嘏

晚波东去海茫茫，谁识蓬山不死乡。弄玉[①]已归萧史去，碧楼红树倚斜阳。

【注释】

①弄玉：秦穆公的女儿，嫁萧史，后二人均成仙。

题甘露寺

卢 肇

北固[①]岩端寺，佳名自上台[②]。地从京口断，山到海门回。曙色烟中灭，潮声日下来。一隅通雉堞[③]，千仞耸楼台。林暗疑降虎[④]，江空想度杯。福庭[⑤]增气象，仙磬落昭回[⑥]。觉路[⑦]花非染，流年景谩催。隋宫凋绿草，晋室散黄埃。西蜀[8]波湍尽，东溟日月开。如登最高处，应得见蓬莱。

【注释】

①北固：山名，在今江苏镇江，其北峰之巅有甘露寺。②上台：星名，此处指宰相李德裕，他曾重建甘露寺。③雉堞：城上排列如齿状的矮墙，做掩护用。④降虎：佛教中有许多降虎故事。⑤福庭：神佛所居之处，此指甘露寺。⑥昭回：指日月。⑦觉路：佛教语，谓成佛的路。⑧西蜀：今四川省，古为蜀地。

听蜀道士琴歌

李宣古

至道不可见，正声难得闻。忽逢羽客抱绿绮[1]，西别峨嵋峰顶云。初排□面蹑轻响，似掷细珠鸣玉上。忽挥素爪画七弦，苍崖劈裂迸碎泉。愤声高，怨声咽，屈原叫天两妃绝。朝雉飞[2]，双鹤离[3]，属玉夜啼独鹜[4]悲。吹我神飞碧霄里，牵我心灵入秋水。有如驱逐太古来，邪淫辟荡贞心[5]开。孝为子，忠为臣，不独语言能教人。前弄啸，后弄嘶[6]，一舒一惨非冬春。从朝至暮听不足，相将直说瀛洲宿。更深弹罢背孤灯，窗雪萧萧打寒竹。人间岂合值[7]仙踪，此别多应不再逢。抱琴却上瀛洲去，一片白云千万峰。

【注释】

①绿绮：古琴名，后用作琴的代称。②朝雉飞：化用《雉朝飞》典。《雉朝飞》，琴曲名。一说为齐国处士牧犊子所作，晋崔豹《古今注》载，牧犊子“年五十无妻，出薪于野，见雉雄雌相随而飞，意动心悲，乃作《雉朝飞》之操，将以自伤焉”。一说为卫女傅母所作，汉扬雄《琴清英》载，卫侯女嫁齐太子，中道闻太子死，傅母劝女且往当丧，女往而不归，终之以死。“傅母悔之，取女所自操琴于冢上鼓之，忽有二雉俱出墓中”，

傅母悲痛而作《雉朝飞》。③双鹤离：化用《别鹤操》典。《古今注》曰，“《别鹤操》，商陵牧子所作也。娶妻五年而无子，父兄将为之改娶。妻闻之，中夜起，倚户而悲啸。牧子闻之，怆然而悲”，援琴为歌。④属（zhǔ）玉：水鸟名。独鹜：孤鹜，孤独的野鸭。⑤辟荡：屏除荡涤。贞心：坚贞不移的心地。⑥颦（pín）：同“颦”，皱眉。⑦值：遇到。

梦 仙

项 斯

昨宵魂梦到仙津[①]，得见蓬山不死人。云叶许裁成野服，玉浆教吃润愁身。红楼近月宜寒水，绿杏摇风占古春。次第[②]引看行未遍，浮光牵入世间尘。

【注释】

①仙津：仙人居所。②次第：依次。

题缑山王子晋庙

郑 畋

有昔灵王子，吹笙溯泬寥[①]。六宫攀不住，三岛去相招。亡国[②]原陵古，宾天[③]岁月遥。无蹊窥海曲，有庙访山椒[④]。石帐龙蛇拱，云栊彩翠销。露坛装琬琰[⑤]，真像写松乔[⑥]。珠馆青童[⑦]宴，琳宫阿母[⑧]朝。气舆[⑨]仙女侍，天马吏兵调[⑩]。湘妓红丝瑟，秦郎[⑪]白管箫。西城要绰约，南岳命娇娆。句曲[⑫]觞金洞，天台啸石桥。晚花珠弄蕊，春茹玉生苗。二景[⑬]神光秘，三元宝箓饶。雾垂鸦翅发，冰束虎章腰。鹤驭争衔箭，龙妃合献绡。衣从星渚浣，丹就日宫烧。物外花尝满，人间叶自凋。望台悲汉戾[⑭]，阅水笑梁昭[⑮]。古殿香残灺[⑯]，荒阶柳长条。几曾期七日，无复降重霄。嵩岭连天汉，伊澜入海潮。何由得真诀，使我佩环飘。

【注释】

①泬（xuè）漻（liáo）：空旷清朗貌。漻，通“寥”。②亡国：灭亡了的王朝，此指周朝。③宾天：泛称尊者之死，此指王子乔成仙。④山椒：山顶。⑤琬（wǎn）琰（yǎn）：美玉。⑥写：画。松乔：赤松子与王子乔。⑦珠馆：水神的住所。青童：指青童君，神话传说中的仙人，居东海。⑧琳宫：仙宫。阿母：指西王母。⑨气舆：神仙乘坐的车子。⑩调：驯养，驾驭。⑪秦郎：指萧史。⑫句曲：山名，即茅山。⑬二景：指日月。⑭“望台”句：《汉书·戾太子传》载，汉武帝时太子刘据以巫蛊事自杀，武帝知其冤后，“乃作思子宫，为归来望思之台于湖”。⑮“阅水”句：《梁书·昭明太子传》载，昭明太子萧统“性爱山水，于玄圃穿筑，更立亭馆，与朝士名素者游其中”。⑯灺（xiè）：蜡烛的余烬。

感　寓

刘　威

海竭山移岁月深，分明齐得世人心。颜回徒恨少成古，彭祖[①]何曾老至今。须向道中平贵贱，还从限内[②]任浮沈。他年免似骊山鬼[③]，信有蓬莱不可寻。

【注释】

①彭祖：传说中的长寿者。②限内：大限之内，指寿数的极限。③骊山鬼：指秦始皇。秦始皇追求长生，但最终葬于骊山。

赠道者

刘　威

道帔轻裾三岛云，绿髯长占镜中春。高风已驾祥鸾驭，浮世休惊野马尘[①]。过海独辞王母面，度关谁识老聃身。儒生也爱长生术，不见人间大笑人[②]。

【注释】

①野马尘：指浮游的云气和尘埃。《庄子·逍遥游》："野马也，尘埃也。"②大笑人：《道德经》曰，"上士闻道，勤而行之；中士闻道，若存若亡；下士闻道，大笑之。不笑，不足以为道"。

将游罗浮登广陵楞伽台[①]别羽客

李群玉

清远登高台，晃朗[②]纵览历。濯泉唤仙风，于此荡灵魄。冷光邀远目，百里见海色。送云归蓬壶，望鹤灭秋碧。波澜收日气，天自回澄寂。百越落掌中，十洲点空白。身居飞鸟上，口咏玄元籍[③]。飘如出尘笼[④]，想望吹箫客[⑤]。冥冥人间世，歌笑不足惜。朅来罗浮巅，披云炼琼液。谢公云岑[⑥]兴，可以蹑高迹。吾将抱瑶琴[⑦]，绝境纵所适。

【注释】

①楞伽台：佛教徒讲经的台，在广陵（今江苏扬州）。②晃朗：明亮貌。③玄元籍：指《道德经》。④出尘笼：挣脱尘世的牢笼。⑤吹箫客：指萧史。⑥云岑：云雾缭绕的山峰。⑦瑶琴：饰以美玉的琴。

法华微上人盛话金山[①]境胜旧游在目吟成此篇

李群玉

江上青莲宫[②]，人间蓬莱岛。烟霞与波浪，隐映楼台好。潮门梵音静，海日天光早。愿与灵鹫人[③]，吟经此终老。

【注释】

①法华：法华寺。金山：在今江苏镇江西北。②青莲宫：指佛寺。③灵鹫人：指佛教徒。

失　鹤

李群玉

瑶台烟雾外，一去不回心。清海蓬壶远，秋风碧落深。堕翎留片雪，雅操①入孤琴。岂是笼中物，云萝莫更寻。

【注释】

①雅操：指《别鹤操》。

中秋越台①看月

李群玉

海雨洗尘埃，月从空碧来。水光笼草树，练影②挂楼台。皓曜③迷鲸目，晶荧失蚌胎④。宵分⑤凭槛望，应合见蓬莱。

【注释】

①越台：越王台，在今广州越秀山上。②练影：指月亮的白色光影。③皓曜：洁白的光亮。④蚌胎：指珍珠。古人以为蚌孕珠与月的盈亏有关。⑤宵分：夜半。

送隐者归罗浮

李群玉

春山杳杳日迟迟，路入云峰白犬随①。两卷素书留贳酒②，一柯樵斧坐看棋③。蓬莱道士飞霞履④，清远仙人寄好诗。自此尘寰音信断，山川风月永相思。

【注释】

①白犬随：唐欧阳询《艺文类聚·山部上》引《地镜》曰，“入名山，必先斋五十日，牵白犬，抱白鸡，以盐一胜”。②素书：兵书名。贳（shì）酒：赊酒。③“一柯”句：《述异记》卷上载，晋时王质入山伐木，“见童子数人棋而歌，质因听之”，俄而斧柯尽烂。“既归，无复时人。”柯，斧柄。④霞履：以云霞为履。

谪仙吟赠赵道士

李群玉

汗漫东游黄鹤雏，缙云仙子住清都。三元[①]麟凤推高座，六甲风雷闳小壶[②]。日月暗资灵寿药[③]，山河直拟化生符[④]。若为失意居蓬岛，鳌足尘飞桑树枯[⑤]。

【注释】

①三元：天、地、人。②小壶：化用费长房典，指仙家有道法的壶。③灵寿药：长生不老之药。④化生符：化育生长之符。⑤“鳌足”句：《淮南子·览冥训》曰，“女娲炼五色石以补苍天，断鳌足以立四极”。此句隐言失意历时之久，含黯然之情。

洞庭干二首（其一）

李群玉

借问蓬莱水，谁逢清浅年。伤心云梦泽，岁岁作桑田。

中秋寄南海[①]梁侍御

李群玉

海静天高景气殊，鲸睛失彩蚌潜珠。不知今夜越台上，望见瀛洲方丈无？

【注释】

①南海：郡名，今广州。

过杨道士居

贾　岛

先生修道处，茆屋远嚣氛[①]。叩齿[②]坐明月，搘颐[③]望白云。精神含药色，衣服带霞纹[④]。无话瀛洲路，多年别少君[⑤]。

【注释】

①茆（máo）屋：茅屋。茆，同“茅”。嚣氛：喧嚣的尘俗气氛。②叩齿：口微闭，上下牙齿有节奏地相互叩击，是古代的一种养生方法。③搘（zhī）颐：指支颐，以手托腮。④“衣服”句：指霞帔，道士的一种贵重服装，上有云霞花纹。⑤少君：指李少君，汉武帝时方士。

哭张籍

贾　岛

精灵归恍惚，石磬韵曾闻。即日是前古，谁人耕此坟。旧游孤棹远，故域九江分。本欲蓬瀛去，餐芝御白云。

题戴胜①

贾　岛

星点花冠道士衣②，紫阳宫女化身飞。能传上界春消息，若到蓬山莫放归。

【注释】

①戴胜：鸟名，状似雀，头有冠，五色如方胜。②星点花冠：指戴胜的羽冠。道士衣：羽衣，指鸟的羽毛。

水仙①谣

温庭筠

水客夜骑红鲤鱼②，赤鸾双鹤蓬瀛书。轻尘不起雨新霁③，万里孤光含碧虚。露魄④冠轻见云发，寒丝⑤七炷香泉咽。夜深天碧乱山姿，光碎平波满船月。

【注释】

①水仙：指水中的神仙。②“水客”句：《列仙传·琴高》载，战国

赵人琴高“入涿水中取龙子，与诸弟子期曰：‘皆洁斋待于水傍。’设祠，果乘赤鲤来”。③霁：雨后转晴。④露魄：魄，《全唐诗》注，“一作冕”。露冕，隐者所戴的一种便帽。⑤寒丝：指声调清冷的丝弦。

病中书怀呈友人并序

温庭筠

开成五年秋，以抱疾郊野，不得与乡计偕至王府，将议遐适。隆冬自伤，因书怀奉寄殿院徐侍御，察院陈、李二侍御，回中苏端公，鄠县韦少府，兼呈袁郊、苗绅、李逸三友人一百韵。

逸足[1]皆先路，穷郊独向隅。顽童逃广柳[2]，羸马卧平芜。黄卷嗟谁问，朱弦偶自娱。鹿鸣皆缀士[3]，雌伏竟非夫。采地荒遗野，爰田[4]失故都。亡羊犹博簺[5]，牧马倦呼卢[6]。奕世参周禄，承家学鲁儒。功庸留剑舄[7]，铭戒在盘盂。经济怀良画，行藏识远图。未能鸣楚玉，空欲握隋珠。定为鱼缘木，曾因兔守株。五车堆缥帙[8]，三径阖绳枢[9]。适与群英集，将期善价沽。叶龙图夭矫，燕鼠笑胡卢[10]。赋分知前定，寒心畏厚诬。蹑尘追庆忌[11]，操剑学班输。文囿陪多士，神州试大巫。对虽希鼓瑟[12]，名亦滥吹竽。正使猜奔竞，何尝计有无。镏惔[13]虚访觅，王霸竟揶揄[14]。市义虚焚券[15]，关讥谩弃繻[16]。至言今信矣，微尚亦悲夫。白雪调歌响，清风乐舞雩。胁肩难黾勉，搔首易嗟吁。角胜非能者，推贤见射乎。兕觥增恐竦，杯水失锱铢。粉垛收丹采，金髇隐仆姑[17]。垂櫜羞尽爵[18]，扬觯[19]辱弯弧。虎拙休言画，龙希莫学屠。转蓬随款段，耘草辟墁圬。受业乡名郑[20]，藏机谷号愚[21]。质文精等贯，琴筑韵相须。筑室连中野，诛茅接上腴。苇花纶虎落，松瘿斗栾栌[22]。静语莺相对，闲眠鹤浪俱。蕊多劳蝶翅，香酷坠蜂须。芳草迷三岛，澄波似五湖。跃鱼翻藻荇，愁鹭睡葭芦。暝渚藏鸂鶒[23]，幽屏卧鹧鸪。苦辛随艺殖，甘旨仰樵苏。笑语空怀橘[24]，穷愁亦据梧[25]。尚能甘半菽，非敢薄生刍。钓石封苍藓，芳蹊艳绛跗。树兰畦缭绕，穿竹路萦纡。机杼非桑女，林园异木奴。横竿窥赤鲤，持翳望青鸬。泮水思芹味，琅琊得稻租。杖轻藜拥肿，衣破芰披敷。芳意忧鶗鴂[26]，愁声觉蟪蛄。短檐喧语燕，高木堕饥鼯。事迫离幽墅，贫牵犯畏途。爱憎防杜挚[27]，悲叹似杨朱[28]。旅食常过卫，羁游欲渡泸。塞歌伤督护[29]，边角思单于[30]。堡戍标枪槊，关河锁舳舻[31]。威容尊大树[32]，刑法避秋荼[33]。远目穷千里，归心寄九衢。寝甘[34]诚系滞，浆馈贵睢盱[35]。怀刺[36]名先远，干时道自孤。齿牙[37]频激发，簦笈[38]尚崎岖。莲府[39]侯门贵，霜台帝命俞[40]。骥蹄初蹑景，鹏翅欲抟扶。寓直回骢马[41]，分曹对暝乌[42]。百神歆仿佛，孤竹韵含胡。风阙分班立，鹓行竦剑趋。触邪承密勿，持法奉讦谟。鸣玉锵登降，衡牙响曳娄[43]。祀亲和氏璧，香近博山炉。瑞景森琼树，轻冰莹玉壶。豸冠簪铁柱[44]，螭首对金铺[45]。内史书千卷，将军画一厨。眼明惊气象，心死伏规模。岂意观文物，何劳琢碔砆[46]。草肥牧騕褭[47]，苔涩淬昆吾[48]。乡思巢枝鸟，年华过隙驹。衔恩空抱影，酬德未捐躯。时辈推良友，家声继令图。致身伤短翮，骧首顾疲驽。班马[49]方齐骛，陈雷[50]亦并驱。昔皆言尔志，今亦畏吾徒。有气干牛斗，无人辩辘轳。客来斟绿蚁[51]，妻试踏青蚨[52]。积毁方销骨，微瑕惧掩瑜。蛇矛犹转战，鱼服[53]自囚拘。欲就欺人事，何能逭[54]鬼诛。是非迷觉梦，行役议秦吴。凛冽风埃惨，萧条草木枯。低徊伤志气，蒙犯变肌肤。旅雁唯闻叫，饥鹰不待呼。梦梭抛促织，心茧学蜘蛛。宁复机难料，庸非信未孚。激扬衔箭虎，疑惧听冰狐[55]。处己将营窟，论心若合符[56]。浪言辉棣萼[57]，何所托葭莩[58]。乔木能求友，危巢莫吓雏[59]。风华飘领袖，诗礼拜衾襦。敧枕情何苦，同舟道岂殊。放怀亲蕙芷，收迹异桑榆。赠远聊攀柳，栽书欲截蒲[60]。瞻风无限泪，回首更踟蹰。

【注释】

①逸足：比喻才能超逸之人。②广柳：广柳车，古代载运棺柩的大车。③缀士：缀文之士。④爰田：春秋战国时一种田制，分公田之税给所赏之众。⑤“亡羊”句：《庄子·骈拇》载，“臧与穀，二人相与牧羊而俱亡其羊。问臧奚事，则挟策读书；问穀奚事，则博塞以游”。博簺(sài)，亦作“博塞”，古代一种博戏。⑥呼卢：古代一种博戏。用五枚骰子，一面涂白，一面涂黑，掷后五子皆黑叫卢，为最胜彩。赌博时为得胜彩，往往边掷边呼喝卢，后因称赌博为“呼卢”。⑦“功庸”句：谓劳苦功高者，得帝王特许，上朝时可不去剑、不脱履。⑧五车：形容书多。《庄子·天下》：“惠施多方，其书五车。”缥帙：淡青色帛制成的书衣，亦借指书卷。⑨三径：汉赵岐《三辅决录》曰，“蒋诩，字元卿，舍中三径，惟裘仲、羊仲从之游”。绳枢：用绳系户枢，形容贫穷的人家。⑩“燕鼠”句：《后汉书·应劭传》注引《阙子》曰，“宋之愚人得燕石梧台之东，归而藏之，以为大宝”。客见之，卢胡而笑曰：“此燕石也，与瓦甓不殊。”胡卢，犹卢胡，喉间的笑声。⑪庆忌：春秋吴王僚之子，以勇武著称。⑫“对虽”句：《论语·先进》载，孔子问曾皙之志，曾皙“鼓瑟希，铿尔，舍瑟而作”，然后才回答。⑬镏惔：指刘惔，字真长，东晋著名清谈家，雅善言理。⑭“王霸”句：《后汉书·王霸传》载，“及王郎起，光武在蓟，郎移檄购光武。光武令（王）霸至市中募人，将以击郎。市人皆大笑，举手邪揄之，霸惭懡而还”。⑮“市义”句：《战国策·齐策四》载，冯谖为孟尝君门客，为之收债于薛。到了薛地，他“矫命以责赐诸民，因烧其券”，还上报孟尝君“窃以为君市义”。⑯“关讯”句：《汉书·终军传》载，西汉终军年少时被选为博士弟子，“步入关，关吏予军繻”，以为返回的凭证。终军曰：“大丈夫西游，终不复传还。”弃繻而去。后终军任谒者，“使行郡国，建节东出关”。⑰髇（xiāo）：响箭，鸣镝。仆姑：箭名，后泛指良箭。⑱垂櫜（gāo）：垂着空袋子，谓身无长

物。尽爵：喝干酒器中的酒。⑲扬觯（zhì）：举起酒器。觯，古时饮酒用的器具。⑳“受业”句：指郑公乡。《后汉书·郑玄传》载，郑玄，北海高密人，有学徒数千人。“国相孔融深敬于玄，屣履造门。告高密县为玄特立一乡”，曰“郑公乡”。后多以“郑公乡”赞誉别人的乡里。㉑“藏机”句：指愚公谷。汉刘向《说苑·政理》载：“齐桓公出猎，逐鹿而走入山谷之中，见一老公而问之曰：‘是为何谷？’对曰：‘为愚公之谷。’”后多以“愚公谷”指隐者居处。㉒栾：柱上的曲木，两端以承斗拱。栌（lú）：斗拱，柱顶上承托栋梁的方木。㉓鸂（xī）鶒（chì）：古书上指像鸳鸯的一种水鸟。㉔怀橘：《三国志·陆绩传》载，“（陆）绩年六岁，于九江见袁术。术出橘，绩怀三枚，去，拜辞堕地”。术问为什么这么做，绩答：“欲归遗母。”㉕据梧：倚着梧桐树。㉖鶗（tí）鴂（jué）：古书上指杜鹃鸟。㉗杜挚：字德鲁，三国魏人。他欲升迁而求助同乡毌丘俭，终不可得。㉘杨朱：战国魏人。《淮南子·说林训》：“杨子见逵路而哭之，为其可以南，可以北。”㉙督护：指《丁督护歌》，南朝宋时一种吴声歌曲。㉚单于：乐曲名，唐大角曲有《大单于》《小单于》。㉛舳（zhú）舻：指首尾衔接的船只。舳，船尾。舻，船头。㉜大树：指冯异。《后汉书·冯异传》载，冯异为人谦退不伐，“每所止舍，诸将并坐论功，异常独屏树下，军中号曰‘大树将军’”。㉝秋荼：比喻刑法苛细。㉞寝甘：安睡。㉟浆馈：赠送饮品。睢（huī）盱（xū）：张目仰视貌。㊱怀刺：怀藏名片，指准备谒见。㊲齿牙：口头褒奖，说好话。㊳簦（dēng）：古代有柄的笠。笈（jí）：书箱。㊴莲府：《南史·庾杲之传》载，南朝齐王俭为卫将军，他聘用才名之士为幕僚，“时人以入俭府为莲花池”。后世遂以“莲府”为幕府的美称。㊵俞：表示允许。㊶寓直：指当值，值班。骢马：指御史所乘之马。㊷分曹：官员分部办事。暝乌：《汉书·朱博传》载，御史府多柏树，“常有野乌数千栖宿其上，晨去暮来，号曰‘朝夕乌’”。㊸衡牙：冲牙，佩玉中的一种。曳娄：犹穿戴。㊹豸冠：獬豸冠，古代御史等执法官吏所戴之冠。铁柱：法冠后部上端卷曲的两根铁柱。㊺金铺：

金饰铺首。㊻碔（wǔ）砆（fū）：同“珷玞”，像玉的石块。㊼騕（yǎo）褭（niǎo）：骏马名。㊽昆吾：山名。山上出名铜，可用来制作刀剑。㊾班马：班固与司马迁。㊿陈雷：陈重与雷义。《后汉书·雷义传》载，雷义举茂才，让于陈重。乡里为之语曰：“胶漆自谓坚，不如雷与陈。”51绿蚁：酒面上浮起的绿色泡沫，借指酒。52青蚨（fú）：传说中的虫名，古代借指铜钱。53鱼服：《说苑·正谏》云，“昔白龙下清冷之渊，化为鱼，渔者豫且射中其目”。后以“白龙鱼服”比喻贵人微行之危，亦喻指微服出行。54逭（huàn）：逃，避。55“疑惧”句：北魏郦道元《水经注·河水一》引晋郭缘生《述征记》云，“冰始合，车马不敢过，要须狐行，云此物善听，冰下无水乃过，人见狐行方渡”。56合符：符节相合，谓事物或意见相合。57棣萼：比喻兄弟。58葭莩：芦苇中的薄膜，比喻疏远的亲戚关系。59吓雏：《庄子·秋水》云，“鸱得腐鼠，鹓鶵（chú）过之，仰而视之曰：‘吓！’”吓，怒斥声。60“栽书”句：《汉书·路温舒传》载，路温舒牧羊，“取泽中蒲，截以为牒，编用写书”。

效陶[1]

刘驾

两曜[2]无停驭，蓬壶应有墓。何况北邙山[3]，只近市朝路。大恢生死网，飞走无逃处。白发忽已新，红颜岂如故。我有杯中物，可以消万虑。醉舞日婆娑，谁能记朝暮。如求神仙药，阶下亦种黍。但使长兀然[4]，始见天地祖。

【注释】

①陶：指陶渊明。②两曜：指日月。③北邙山：山名，在今河南洛阳东北。汉晋以来王侯贵族多葬于此，故多用来指称墓地。④兀然：昏昏沉沉的样子。

题秦女楼[①]

刘　沧

珠翠香销鸳瓦堕，神仙曾向此中游。青楼[②]月色桂花冷，碧落箫声云叶[③]愁。杳杳蓬莱人不见，苍苍苔藓路空留。一从凤去千年后，迢递岐山水石秋。

【注释】

①秦女楼：指凤女台，相传为秦人祭祀弄玉所筑的楼台，在今陕西宝鸡东南。②青楼：显贵人家的精致楼房，此指秦女楼。③云叶：树名，枝叶皆类桑，其叶如云头，开细青黄花。

宿题天坛观

刘　沧

沐发清斋宿洞宫[①]，桂花松韵[②]满岩风。紫霞晓色秋山霁，碧落寒光霜月空。华表鹤声天外迥，蓬莱仙界海门通。冥心一悟虚无理，寂寞玄珠象罔中。

【注释】

①洞宫：道院的别称。②松韵：松风，松涛。

代友人悼姬

刘　沧

罗帐香微冷锦茵，歌声永绝想梁尘[①]。萧郎[②]独宿落花夜，谢女[③]不归明月春。青鸟罢传相寄字，碧江无复采莲人。满庭芳草坐成恨，迢递蓬莱入梦频。

【注释】

①梁尘：歌声激荡，震动了梁上的灰尘。形容歌声嘹亮动听。②萧郎：指女子爱恋的男子，此指友人。③谢女：泛指女子，此指友人亡姬。

送罗著作两浙按狱著作尝宰苏州吴县

李　频

使印星车适旧游，陶潜今日在瀛洲。科条尽晓三千罪，囹圄应空十二州。旧绶有香笼驿马，皇华无暇狎沙鸥。归来重过姑苏郡，莫忘题名在虎丘。

奉命齐州推事毕寄本府尚书[1]

曹　邺

越鸟[2]栖不定，孤飞入齐乡。日暮天欲雨，那兼羽翎伤。州民言刺史，蠹物甚于蝗。受命大执法，草草是行装。仆隶皆分散，单车驿路长。四顾无相识，奔驰若投荒。重门下长锁，树影空过墙。驱囚绕廊屋，䶢䶢[3]如牛羊。狱吏相对语，簿书堆满床。敲枷打锁[4]声，终日在目旁。既舍三山侣[5]，来余五斗粮[6]。忍学空城雀，潜身入官仓。国中天子令，头上白日光。曲木用处多，不如直为梁。恐孤食恩地[7]，昼夜心不遑。仲夏天气热，鬓须忽成霜。社鼠不可灌，城狐[8]不易防。偶于擒纵间，尽得见否臧。截断奸吏舌，擘开冤人肠。明朝向西望，走马归汶阳[9]。

【注释】

①齐州：州名，治历城（今山东济南）。推事：审理案件。本府尚书：指天平军节度使。②越鸟：越地之鸟，诗人自喻。③䶢（jí）䶢：集聚貌。④敲枷打锁：使用刑具。⑤三山侣：仙侣，比喻人品高尚的朋友。⑥五斗粮：指俸禄微薄。⑦孤：辜负。食恩地：受恩之处。⑧社鼠、城狐：社庙中的鼠，城墙上的狐狸，比喻依势为奸的人。⑨汶阳：春秋鲁地，在今山东泰安一带。天平军节度使治所郓州，古属汶阳。

登岳阳楼有怀寄座主[1]相公

曹　邺

南登岳阳楼，北眺长安道。不见升平里[2]，千山树如草。骨肉在南楚[3]，沈忧起常早。白社[4]愁成空，秋芜待谁扫。常闻诗人语，西子不宜老。赖识丹元君[5]，时来语蓬岛。

【注释】

①座主：唐代进士用以称主考官。②升平里：长安坊名。③南楚：指曹邺家乡桂州阳朔（今桂林阳朔），其在楚国之南。④白社：借指隐士所居之处。⑤丹元君：本指隋隐士丹元子，此处代指隐士。

寄嵩阳[1]道人

曹　邺

三山浮海倚蓬瀛，路入真元[2]险尽平。华表千年孤鹤语，人间一梦晚蝉鸣[3]。将龙逐虎[4]神初王，积火焚心[5]气渐清。见说嵩阳有仙客，欲持金简问长生。

【注释】

①嵩阳：寺观名，在河南登封北。北魏太和八年（484）建嵩阳寺，隋改为嵩阳观。②真元：真玄，通神求仙的方法。③“人间”句：《古今注》云，“齐王后忿而死，尸变为蝉，登庭树嘒（huì）唳而鸣，王悔恨”。④将龙逐虎：道家以龙虎喻水火。⑤积火焚心：指道家修炼成仙。

赠王道士

司马扎

玉洞[1]秋有花，蓬山夜无鬼。岂知浮云世，生死逐流水。瑶台歌一曲，曲尽五烟[2]起。悠然望虚路[3]，玉京在海里。青箓[4]秘不闻，黄鹤去不止。愿随执轻策，往结周太子[5]。

【注释】

①玉洞：仙洞，仙人居处。②五烟：五云，五色瑞云。③虚路：空中之路。④青箓：泛指道教典籍。⑤周太子：指仙人王子乔，其为周灵王太子。

山中晚兴寄裴侍御

司马扎

雷息疏雨散，空山夏云晴。南轩①对林晚，篱落新蛩②鸣。白酒一樽满，坐歌天地清。十年身未闲，心在人间名。永怀君亲恩，久贱难退情。安得蓬丘侣③，提携采瑶英。

【注释】

①轩：有窗的长廊或小室。②篱落：篱笆。蛩（qióng）：古书上指蟋蟀。③蓬丘侣：此处指裴侍御，表示对他的称赞。

及第后寄梁烛处士①

伊　璠

绣轂寻芳许史②家，独将羁事③达江沙。十年辛苦一枝桂④，二月艳阳千树花。鹏化四溟归碧落，鹤栖三岛接青霞。同袍不得同游玩，今对春风日又斜。

【注释】

①处士：称有才德而隐居不仕的人。②绣轂：装饰华丽的车子。许史：汉宣帝时外戚许伯和史高的合称，后用以代称权门贵戚。③羁事：客居之事。④一枝桂：指科举及第。

七爱诗·李翰林白

皮日休

吾爱李太白，身是酒星①魄。口吐天上文，迹作人间客。碟砢[2]千丈林，澄澈万寻碧。醉中草乐府，十幅笔一息。召见承明庐[3]，天子亲赐食。醉曾吐御床，傲几触天泽。权臣[4]妒逸才，心如斗筲[5]窄。失恩出内署[6]，海岳甘自适。刺谒戴接䍦[7]，赴宴著縠屐[8]。诸侯百步迎，明君九天忆。竟遭腐胁疾[9]，醉魄归八极。大鹏不可笼，大椿不可植。蓬壶不可见，姑射[10]不可识。五岳为辞锋[11]，四溟作胸臆。惜哉千万年，此俊不可得。

【注释】

①酒星：星名，也称“酒旗星”，借指善饮酒的人。②磥（lěi）砢（luǒ）：磊砢，比喻人才能卓越。磥，同“磊”。③承明庐：古人以入承明庐喻入朝或在朝为官。④权臣：指当时的宦官高力士等。⑤斗筲（shāo）：斗和筲都是容量很小的容器，比喻气量或才识狭小短浅。⑥内署：指翰林院。⑦刺谒：投名帖以求见。刺，名帖。接䍦（lí）：古代的一种头巾。⑧縠（hú）屐：用绉纱做的鞋。⑨腐胁疾：因过度饮酒而引起的脓胸穿孔症。传言李白死于腐胁疾。⑩姑射：山名，亦为神仙或美人代称。⑪辞锋：词锋，议论锐利如有锋芒，形容流畅的口才或犀利的文笔。

奉酬袭美[1]先辈初夏见寄次韵

陆龟蒙

积雨晦皋圃[2]，门前烟水平。蘋蘅增[3]遥吹，枕席分余清。村旆诧酒美，赊来满鋞[4]程。未必减宣子[5]，何羡谢公[6]荣。借宅去人远，败墙连古城。愁鸱占枯枿[7]，野鼠趋前楹。昨日云破损，晚林先觉晴。幽篁倚微照，碧粉[8]含疏茎。蠹简有遗字，敓琴无泛声[9]。蚕寒茧尚薄，燕喜雏新成。览物正摇思，得君初夏行。诚明复散诞[10]，化匠安能争。海浪刷三岛，天风吹六英[11]。洪崖领玉节[12]，坐使虚音生。吾祖傲洛客[13]，因言几为伧。末裔实渔者，敢怀干墨卿[14]。唯思钓璜老[15]，遂得持竿情。何须乞鹅炙，岂在斟羊羹。畦蔬与瓮醁[16]，便可相携迎。蟠木几甚曲，笋皮冠且轻。闲心放羁靮，醉脚从攲倾。一径有余远，一窗有余明。秦皇苦不达，天下何足并。

【注释】

①袭美：皮日休字。②臯圃：池沼园圃。③蘅：指蘅芜，香草名。④鉶（xíng）：同“钘”，古代一种酒器。⑤宣子：指春秋晋国卿大夫赵盾，其谥号“宣”。⑥谢公：指东晋名士谢安。⑦枿（niè）：同“蘖”，树木砍伐处所生的新芽。⑧碧粉：指竹茎上的粉末。⑨攲（xiàn）：琴声散逸不集中。泛声：亦称“散声”“和声”，在将整齐的诗句配成歌曲时，为使曲调婉转悦耳，往往增添一些虚声，称“泛声”。⑩诚明：诚，真实无妄；明，光明或明白。散诞：放诞不羁。⑪六英：古乐名，相传为帝喾或颛顼之乐。⑫玉节：一种用以调节乐声的乐器。⑬吾祖：指陆机。傲洛客：傲对洛阳人。太康末年，陆机与弟陆云入洛阳，在洛阳名声大振，时有“二陆入洛，三张减价”之说（三张指张载和其弟张协、张亢）。⑭墨卿：文人的别称。⑮钓璜老：指姜太公。⑯瓮醁（lù）：指美酒。

奉和袭美太湖诗二十首·缥缈峰

陆龟蒙

左右皆跳[①]岑，孤峰挺然起。因思缥缈称，乃在虚无里。清晨跻磴[②]道，便是孱颜[③]始。据石即更歌[④]，遇泉还徙倚[⑤]。花奇忽如荐，树曲浑成几[⑥]。乐静烟霭知，忘机[⑦]猿狖喜。频攀峻过斗[⑧]，末造平如砥[⑨]。举首阂青冥，回眸聊下视。高帆大于鸟，广埠[⑩]才类蚁。就此微茫中，争先未尝已。葛洪话刚气，去地四千里。苟能乘之游，止若道路耳。吾将自峰顶，便可朝帝扆[⑪]。尽欲活群生，不唯私一已。超骑明月蜍[⑫]，复弄华星[⑬]

蕊。却下蓬莱巅，重窥清浅水。身为大块[14]客，自号天随子[15]。他日向华阳，敲云问名氏。

【注释】

①跳：越过，跨越。②跻：登，上升。磴：石头台阶。③孱颜：同“巉岩”，高峻的山岩。④据：倚靠。更歌：连续唱歌。⑤徙倚：徘徊，流连不去。⑥浑：简直。几：小桌子。⑦忘机：泯除机巧之心，指自甘淡泊，与世无争。⑧斗：同“陡”，陡峭。⑨末造：最后到达。砥：细的磨刀石。⑩墠（shàn）：古代指为祭祀而修整的一块平地。⑪帝扆（yǐ）：犹御座。扆，帝王宫殿上设在户牖间的屏风。⑫明月蜍：月中蟾蜍。⑬华星：明星。⑭大块：大地。⑮天随子：陆龟蒙的别号。

江南秋怀寄华阳山人

陆龟蒙

栉发凉天曙，含毫故国情。归心一夜极，病体九秋轻。忽起襜褕[1]咏，因悲络纬[2]鸣。逢山即堪隐，何路可图荣。揲策[3]空占命，持竿不钓名。忘忧如有待，纵懒似无营。小径才分草，斜扉劣辨荆。冷荷承露菂[4]，疏菊卧烟茎。谱为听琴阅，图缘看海橙[5]。鹭毛浮岛白，鱼尾撇波赪[6]。庭橘低攀嗅，园葵旋折烹。饿乌窥食案，斗鼠落书棚。种豆悲杨恽[7]，投瓜忆卫旌[8]。东林谁处士，南郭自先生。分野星多蹇，连山卦少亨[9]。衣裾徒博大，文籍漫纵横。兰叶骚人佩，莼丝内史羹。鹖冠[10]难适越，羊酪未饶伧[11]。倚啸微抽恨，论玄好析酲[12]。栖迟劳鼓箧，豪侠爱金籯[13]。炼药传丹鼎，尝茶试石甀[14]。沼连枯苇暗，窗对脱梧明。未达讥张翰，非才嫉祢衡。远怀魂易黯，幽愤骨堪惊。砺缺知矛利，磨瑕见璧瑛。道源疏滴沥[15]，儒肆售精诚。敢叹良时掷，犹胜乱世撄[16]。相秦犹几死，王汉尚当黥。饮啄期应定，穷通势莫争。髡钳[17]为皂隶，谭笑得公卿。浴日安知量，追风不计程。尘埃张耳分[18]，肝胆季心倾[19]。谕蜀专操檄[20]，通瓯独请缨[21]。匹夫能曲踊，万骑可横行。许国轻妻子，防边重战耕。俄分上尊酒，骤厌五侯鲭[22]。静默供三语[23]，从容等一枰[24]。弘深司马法[25]，雄杰贰师[26]兵。朔雪埋烽燧，寒笳裂旆旌。乘时收句注[27]，即日扫欃枪。武昔威殊俗，文今被八纮[28]。琮璜陈始毕，韶夏教初成。芽蘖[29]群妖灭，松筠百度贞。郎官青琐拜，使者绣衣迎。帝道将云辟，浇波渐砥平。学徒羞说霸，佳士耻为跉[30]。负杖歌栖亩，操觚[31]赋北征。才当曹斗[32]怯，书比惠车[33]盈。谢氏怜儿女[34]，郄家贵舅甥[35]。唯荒稚珪宅[36]，莫赠景山枪[37]。贤彦风流远，江湖思绪萦。讴哑摇舴艋，出没漾鸡鹒。晚树参差碧，奇峰逦迤晴。水喧摁[38]紫芡，村响晡[39]香粳。荷笠渔翁古，穿篱守犬狞。公衫白纻卷，田饷绿筲擎。地与膏腴错，人多富寿并。相欢时帖泰，独坐岁峥嵘。唧啧蛩吟壁，连轩鹤舞楹。戍风飘叠鼓，邻月动哀筝。未得文章力，何由俸禄请。和铅还搰搰[40]，持斧自丁丁。惊惧疑凋朽，功勤过屑琼。凝神披夕秀，尽力取朝英。蠹简开尘箧，寒灯立晓檠[41]。静翻词客系，闲难史官评。天地宁舒惨，山川自变更。只能分跖惠[42]，谁解等殇彭[43]。项岂重瞳圣，夔犹一足跫[44]。阮高酣曲蘖，庄达谢牺牲。齰舌[45]无劳话，宽心岂可盛。但从垆冶锻，莫受罻罗婴[46]。砚拨萍根洗，舟冲蓼穗撑。短床编翠竹，低机凭红柽[47]。霜信催杨柳，烟容袅杜蘅。桁排巢燕燕，屏画醉猩猩。懒桧推岚影，飞泉撼玉琤。舭舺[48]寻远近，握槊[49]斗输赢。枝压离披瓠[50]，檐垂礌磊[51]橙。忘情及宗炳，抱疾过刘桢。野馈夸菰饭，江商贾蔗饧[52]。送神枹[53]瓦釜，留客上瓷觥。举楫挥青剑，鸣榔扣远钲[54]。鸟行沈莽碧，鱼队破泓澄。手戟非吾事，腰镰且发硎[55]。谅难求摽摽[56]，聊欲取铮铮。几叹虫甘蓼，还思鹿美苹。愁长难自剪，歌断有谁赓。未去师黄石，空能说白珩[57]。性湍休激浪，言莠罢抽萌。地僻琴尊独，溪寒杖屦清。物齐消臆对，戈倒共心盟。丝曳灵妃瑟，金涵太子笙。幽栖胶竹坞，仙虑[58]驿蓬瀛。

想像珠襦凤，追飞翠蕊莺。雾帘深杳悄，云磬冷敲铿。箓字多阶品，华阳足弟兄。焚香凝一室，尽日思层城。匿景崦嵫[59]色，呀空渤澥声。吾当营巨黍，东去射长鲸。

【注释】

①襜（chān）褕（yú）：古代一种直裾单衣的便服。②络纬：虫名，即莎鸡，俗称"纺织娘"。③揲：古代数蓍草以占卜吉凶。策：用于占卜的蓍草。④露菂（dì）：带露水的莲子。⑤帧（zhèng）：同"帧"，画幅。⑥撇波：击波破浪。赪：红色。⑦"种豆"句：《汉书·杨恽传》载，杨恽为宰相之子，少显朝廷，后被罢官，心怀不服，饮酒而歌曰："田彼南山，芜秽不治，种一顷豆，落而为萁。人生行乐耳，须富贵何时！"⑧"投瓜"句：卫旍（jīng），即卫旌。《三国志·步骘传》载，卫旌家贫，与步骘俱种瓜自给。时会稽郡豪族焦征羌，"人客放纵。骘与旌求食其地，惧为所侵，乃共修刺奉瓜，以献征羌。征羌方在内卧，驻之移时，旌欲委去"，骘劝之乃止。⑨连山：古《易》名。其卦以纯艮为首，艮为山，故名。亨：通达，顺利。⑩鹖（hé）冠：粗布短服。⑪饶：让。伧：伧父，粗野的人。⑫析酲（chéng）：解酒，醒酒。酲，喝醉了神志不清。⑬金籝（yíng）：装满黄金的箱笼。⑭甀：瓶类容器。⑮道源：事物的本源。疏：疏通。滴沥：水滴下的声音。⑯撄（yīng）：扰乱。⑰髡（kūn）钳：古代一种将犯人剃去头发并用刑具束颈的刑罚。⑱"尘埃"句：指张耳离开项羽、陈馀，投奔刘邦。⑲"肝胆"句：季心，季布之弟。《史记·季布栾布列传》载："（季心）气盖关中，遇人恭谨，为任侠，方数千里，士皆争为之死。"⑳"谕蜀"句：谓司马相如奉汉武帝之命，作《谕巴蜀檄》。㉑"通瓯"句：瓯，瓯越。《汉书·终军传》载："南越与汉和亲，乃遣（终）军使南越，说其王，欲令入朝，比内诸侯。军自请：'愿受长缨，必羁南越王而致之阙下。'"㉒五侯鲭（zhēng）：泛指美味佳肴。鲭，鱼跟肉合在一起的菜。㉓三语：南朝宋刘义庆《世说新语·文学》载，"阮宣子有令闻，太尉王夷甫见而问曰：'老、庄与圣教同异？'对曰：'将无同？'太尉善其言，辟之为掾。世谓'三语掾'"。㉔枰（píng）：棋盘。㉕司马

法：指《司马穰苴兵法》。司马穰苴，春秋齐国名将，善用兵。《史记·司马穰苴列传》载："齐威王使大夫追论古者《司马兵法》而附穰苴于其中，因号曰《司马穰苴兵法》。"㉖贰师：指汉将李广。㉗句注：山名，在今山西代县西北，古代九塞之一。㉘八纮（hóng）：八方极远之地。㉙芽孽：亦作"孽牙"，祸端。㉚跉（líng）：徐行不正的样子。㉛操觚：执简，谓作文。觚，木简。㉜曹斗：指曹植之才。谢灵运曾言："天下才有一石，曹子建独占八斗，我得一斗，天下共分一斗。"㉝惠车：形容惠施的书多。《庄子·天下》："惠施多方，其书五车。"㉞"谢氏"句：《世说新语·言语》载，"谢太傅（谢安）寒雪日内集，与儿女讲论文义"。㉟"郄家"句：郄，同"郗"。《晋书·郗鉴传》载，"（郗）鉴值永嘉丧乱，在乡里甚穷馁"，但仍坚持哺养外甥周翼，使他得以生存下来。㊱"唯荒"句：《南齐书·孔稚珪传》载，孔稚圭"不乐世务，居宅盛营山水，凭机独酌，傍无杂事。门庭之内，草莱不剪，中有蛙鸣"。㊲景山枪：景山是三国魏徐邈的字，景山枪是相传他拥有的温酒器。㊳揌（sāi）：采摘。㊴昁（fèi）：同"㕩"，舂。㊵搰（gǔ）搰：用力貌。㊶檠（qíng）：灯台，蜡台。㊷跖：指盗跖，相传他为春秋时期著名的大盗。惠：指柳下惠，以讲究贵族礼节著称。㊸等殇彭：把夭与寿等而视之。殇，未成年而死。彭，彭祖，代指高寿。㊹踁（qīng）：一足跳行。㊺齰（zé）舌：咬舌。㊻罻（wèi）罗：捕鸟的网。婴：系，缠绕。㊼红柽（chēng）：柽柳，又称"红柳""三春柳"，耐碱抗旱。㊽舼（lóng）舼（qióng）：皆指小船。㊾握槊：古代的一种博戏。㊿离披：分散，散乱。瓠：瓠瓜。(51)礧（lěi）磊：众石貌。礧，通"磊"。(52)蔗饧（xíng）：蔗糖。(53)枹（fú）：同"桴"，鼓槌。(54)榔：用以敲击船舷的长木条。钲（zhēng）：古代行军时用的打击乐器，有柄，形状像钟。(55)发硎（xíng）：指刀刚从磨刀石上磨出来，借指锋利。硎，磨刀石。(56)摽（biāo）摽：高扬貌。(57)白珩：楚国所产美玉，喻优秀的人才。珩，古代佩饰上面的横玉。(58)仙虑：犹仙思。(59)匿景：指太阳落山。崦（yān）嵫（zī）：古代指太阳落山的地方。

和袭美江南道中怀茅山广文南阳博士三首次韵（其三）

陆龟蒙

良常应不动移文[①]，金醴从[②]酸亦自醺。桂父旧歌飞绛雪[③]，桐孙新韵倚玄云[④]。春临柳谷莺先觉，曙醮芜香[⑤]鹤共闻。珍重双双玉条脱，尽凭三岛寄羊君[⑥]。

【注释】

①良常：山名，即茅山。移文：一种平行文书。②从：通“纵”，纵然，即使。③桂父：传说中的仙人。《列仙传·桂父》载：“桂父者，象林人也。色黑而时白时黄时赤，南海人见而尊事之。”绛雪：道教丹药名。④桐孙：指琴。玄云：汉铙歌名。⑤芜香：蘅芜香。⑥羊君：指羊祜。《晋书·羊祜传》载，羊祜五岁时令乳母到邻人李氏东垣桑树中取出一个金环，李氏认出此环是她亡儿的失物，“时人异之，谓李氏子则祜之前身也”。

自遣诗三十首（其二十）

陆龟蒙

南岸春田手自农，往来横截半江风。有时不耐轻桡兴，暂欲蓬山访洛公[①]。

【注释】

①洛公：指仙人洛广文。

别墅怀归

陆龟蒙

东去沧溟百里余，沿江潮信[①]到吾庐。就中[②]家在蓬山下，一日堪凭两寄书。

【注释】

①潮信：潮水，因其涨落有定时，故称。②就中：其中。

新　沙

陆龟蒙

渤澥声中涨小堤，官家知后海鸥知。蓬莱有路教人到，应亦年年税紫芝。

高道士

陆龟蒙

峨眉道士风骨峻，手把玉皇书一通。东游借得琴高鲤，骑入蓬莱清浅中。

梦　中

司空图

几多亲爱在人间，上彻霞梯[1]会却还。须是蓬瀛长买得，一家同占作家山[2]。

【注释】

①彻：通。霞梯：天梯。②家山：谓故乡。

淮　西[1]

司空图

鳌冠三山安海浪，龙盘九鼎镇皇都。莫夸十万兵威盛，消个忠良效顺[2]无。

【注释】

①淮西：唐方镇名，唐肃宗至德元载（756）置，唐宪宗元和十三年

（818）废。②消：抵得上。效顺：恭顺听令，投诚。

南北史感遇十首（其七）

司空图

桃芳李艳年年发，羌管蛮弦[1]处处多。海上应无三岛路，人间惟有一声歌。

【注释】

①羌管：羌笛，古代管乐器名。蛮弦：指南方少数民族的弦乐器。

步　虚[1]

司空图

阿母亲教学步虚，三元长遣下蓬壶。云韶韵俗停瑶瑟[2]，鸾鹤飞低拂宝炉[3]。

【注释】

①步虚：指《步虚词》。②云韶：指云韶府，原称“内教坊”，武则天时改名“云韶府”，是唐代宫中管理宫廷音乐的官署。唐时朝会祭祀用太常雅乐，岁时宴享用教坊诸部乐，所以此处言教坊乐比《步虚词》“韵俗”。瑶瑟：以玉为饰之琴瑟，泛指精美贵重的乐器。③宝炉：熏香炉的美称。

携仙箓九首（其七）

司空图

英名何用苦搜奇，不朽才销[1]一句诗。却赖风波阻三岛，老臣犹得恋明时。

【注释】

①销：同“消”，需要。

狂题十八首（其十八）

司空图

曾闻劫火到蓬壶，缩尽鳌头海亦枯。今日家山同此恨，人归未得鹤归无。

月下留丹灶有序

司空图

诗题五字，乃真仙之词也。邵阳某县人，或闻其山实异，斋祷积稔，果有蹈空而至者，涉笔附楹[1]，久之，乃罢去。既而熟视木文，则字皆隐起成列矣。某年中，廉帅上闻[2]，且命镵其逸迹[3]，藏于郡廨。其后为刺史李岫所得，今传于君孙，岂精契之所感致耶？光启三年秋八月既望，愚获睹于王官别业[4]。噫！迹虽显奇，道必体正，故为物怪之所中者，见之莫不洗然[5]，欲盖[6]其事，目击可数也。吾知挟邪佞以冒进者，亦当胆栗自废，岂俟图鼎毁犀[7]而后辨奸妖之诡态哉！缀之全篇，以志诚敬，且期自警。泗水司空氏记。

月下留丹灶，坛边树羽衣。异香人不觉，残夜鹤分飞。朝会初元[8]盛，蓬瀛旧侣稀。瑶函[9]真迹在，妖魅敢扬威！

【注释】

①涉笔附楹：动笔在楹柱上写字。②廉帅：观察使的尊称。上闻：上报朝廷。③镵（chán）：刺，凿。逸迹：高超的书法作品。④王官别业：诗人的住处，在中条山王官谷。⑤洗（xiǎn）然：清晰貌。⑥盖：掩盖。⑦图鼎：铸物之图像于鼎。毁犀：亦作“燃犀”，旧谓燃犀可照见诸灵怪。⑧初元：帝王登位之初一般要改元，故谓改元之初为“初元”。⑨瑶函：玉函，玉制封套。

苔　歌

顾　云

槛前溪夺秋空色，百丈潭心数砂砾。松筠条条长碧苔，苔色碧于溪水碧。波回梳开孔雀尾①，根细贴著盘陀②石。拨浪轻拈出少时，一髻浓烟③三四尺。山光日华乱相射，静缕蓝鬐匀襞积④。试把临流抖擞⑤看，琉璃珠子⑥泪双滴。如看玉女洗头处，解破云鬟收未得。即是仙宫欲制六铢衣⑦，染丝未倩⑧鲛人织。采之不敢盈筐箧，苦怕龙神河伯惜。琼苏⑨玉盐烂漫煮，咽入丹田续灵液。会待功成插翅飞，蓬莱顶上寻仙客。

【注释】

①孔雀尾：指苔藓的形状。②盘陀：石不平貌。③一髻浓烟：形容被波浪拈出的苔藓的形状。④蓝鬐（qí）：喻指苔藓。鬐，马鬃。匀：均匀。襞（bì）积：堆积，重叠。⑤抖擞：抖动，振动。⑥琉璃珠子：喻指水珠。⑦六铢衣：指仙人之衣。六铢，言其轻且薄。⑧倩（qìng）：请，央求。⑨琼苏：美酒名。

玉女杜兰香下嫁于张硕

曹　唐

天上人间两渺茫，不知谁识杜兰香。来经玉树三山远，去隔银河一水长。怨入清尘愁锦瑟，酒倾玄露醉瑶觞①。遗情更说何珍重，擘破云鬟金凤皇②。

【注释】

①玄露：比喻美酒。瑶觞：玉杯，借指美酒。②金凤皇：金制的凤凰形头饰。

送刘尊师祇诏[1]阙庭三首（其二）

曹 唐

五峰已别隔人间，双阙何年许再还。既扫山川收地脉[2]，须留日月驻天颜[3]。霞觞共饮身虽在，风驭难陪迹未闲。从此枕中唯有梦[4]，梦魂何处访三山。

【注释】

①祇诏：应诏，奉诏。②收地脉：指缩地，传说中化远为近的神仙之术。③天颜：天子的容颜。④枕中梦：唐沈既济《枕中记》载，卢生在邯郸邸舍住宿，遇道士吕翁授一枕。他在梦中儿孙满堂，享尽荣华富贵，醒来后，“主人蒸黍未熟，触类如故”。

小游仙诗九十八首（其一）

曹 唐

玉箫金瑟发商声，桑叶枯干海水清。净扫蓬莱山下路，略邀王母话长生。

小游仙诗九十八首（其四十四）

曹 唐

叔卿[1]遍览九天春，不见人间故旧人。怪得[2]蓬莱山下水，半成沙土半成尘。

【注释】

①叔卿：卫叔卿。《神仙传·卫叔卿》载：“卫叔卿者，中山人也，服云母得仙。”他曾降临汉武帝宫殿，因感武帝失礼，遂忽不见。后武帝派叔卿子度世寻其踪迹，度世在华山见其与数位仙人在石上下棋。②怪得：难怪。

小游仙诗九十八首（其五十五）

曹　唐

且欲留君饮桂浆，九天无事莫推忙。青龙举步行千里，休道蓬莱归路长。

小游仙诗九十八首（其六十八）

曹　唐

一百年中是一春，不教日月辄移轮。金鳌头上蓬莱殿，唯有人间炼骨①人。

【注释】

①炼骨：道教语，谓修炼肌骨，使身形轻盈。

水仙操①

李咸用

大波相拍流水鸣，蓬山鸟兽多奇形。琴心不喜亦不惊，安弦缓爪何泠泠。水仙缥缈来相迎，伯牙从此留嘉名。峄阳散木②虚且轻，重华③斧下知其声。檿丝④相纠成凄清，调和引得薰风⑤生。指底先王长养情，曲终天下称太平。后人好事传其曲，有时声足意不足。始峨峨兮复洋洋，但见山青兼水绿。成连⑥入海移人情，岂是本来无嗜欲。琴兮琴兮在自然，不在徽金将轸⑦玉。

【注释】

①水仙操：琴曲名，相传为伯牙所作。②峄（yì）阳：峄山（在今山东邹城）之阳。其地产桐，适于制琴。散木：不成材的树木。③重华：指虞舜。④檿（yǎn）丝：蚕食檿桑叶所得的丝，其制琴弦最佳。后用来借指琴弦。⑤薰风：熏风，和暖的风。⑥成连：春秋时著名琴师，传说伯牙曾学琴于成连。⑦徽：指琴徽，琴面上标示弦振动节点的圆形小饰点，通

常用玉、宝石、金银、蚌壳等为材料。将：与。轸：指琴轸，琴上调弦的小柱。

秋夕书怀寄所知

李咸用

秋萤一点雨中飞，独立黄昏思所知。三岛路遥身汩没[①]，九天风急羽差池[②]。年华逐浪催霜发，旅恨和云拂桂枝[③]。不向故人言此事，异乡谁更念栖迟[④]。

【注释】

①汩没：沉沦，埋没。②羽差（cī）池：羽毛参差不齐，言飞行的艰难。《诗经·邶风·燕燕》："燕燕于飞，差池其羽。"③桂枝：喻科举及第。④栖迟：漂泊失意。

喻　道

李咸用

汉武秦皇漫苦辛[①]，那思俗骨本含真[②]。不知流水潜催老，未悟三山也是尘。牢落沙丘[③]终古恨，寂寥函谷万年春。长生客待仙桃饵[④]，月里婵娟笑煞人。

【注释】

①"汉武"句：指汉武帝、秦始皇费尽心力求仙却不成。②俗骨：尘世中人。本含真：原有的本性。指尘世中人没有成仙的可能。③牢落：稀疏零落貌。沙丘：在河北广宗西北，秦始皇病死于此地。④饵：食。

咏史诗·东海

胡　曾

东巡玉辇委泉台，徐福楼船尚未回。自是祖龙[①]先下世，不关无路到蓬莱。

【注释】

①祖龙：指秦始皇。

卢卓山人画水

方　干

常闻画石不画水，画水至难君得名。海色未将蓝汁染，笔锋犹傍墨花行。散[1]吞高下应无岸，斜蹙[2]东南势欲倾。坐久神迷不能决，却疑身在小蓬瀛。

【注释】

①散：散布。②蹙：紧迫。

嘉兴县内池阁

方　干

指画应心成[1]，周回气象清。床前沙鸟语，案下锦鳞惊。细柳风吹旋，新荷露压倾。微芳缘岸落，迸笋入波生。舴艋[2]舟中醉，莓苔径上行。高人莫归去，此处胜蓬瀛。

【注释】

①指画：指点，规划。应心成：指池阁按自己的心意建成。②舴艋：小船。

献池州庾员外

罗　邺

曾降瑶缄[1]荐姓名，攀云几合到蓬瀛。须存彭寿[2]千年在，终见茅公[3]九转成。鲲海已知劳鹤使[4]，萤窗不那[5]梦霓旌。琪花玉蔓[6]应相笑，未得歌吟从酒行。

【注释】

①瑶缄：对他人书信的美称。②彭寿：长寿。③茅公：指茅盈。④鹤使：仙家的信使。⑤萤窗：《晋书·车胤传》载，车胤“恭勤不倦，博学多通。家贫不常得油，夏月则练囊盛数十萤火以照书，以夜继日焉”。后用其形容勤学苦读，亦借指读书之所。不那：怎能不。⑥琪花玉蔓：指仙界花草。

望　仙[1]

罗　邺

千金垒土望三山，云鹤无踪羽卫[2]还。若说神仙求便得，茂陵何事在人间。

【注释】

①望仙：望仙台，汉武帝建。②羽卫：皇帝的卫队和仪仗。

出试后投所知

罗　隐

此日蓬壶两日程，当时消息甚分明。桃须曼倩[1]催方熟，橘[2]待洪崖遣始行。岛外音书应有意，眼前尘土渐无情。莫教更似山西鼠[3]，啮破愁肠恨一生。

【注释】

①曼倩：汉东方朔的字。此句化用东方朔偷王母仙桃典。②橘：《神仙传·苏仙公》载，苏仙公在汉文帝时得道，他在仙去时谓母曰：“明年天下疫疾，庭中井水、檐边橘树，可以代养。”后果灵验。③山西鼠：《艺文类聚》卷九五引《博物志》曰，“唐房升仙，鸡狗并去，唯以鼠恶，不将去。鼠悔，一月三出肠也”。

临川[1]投穆中丞

罗　隐

试将生计问蓬根[2]，心委寒灰首戴盆[3]。翅弱未知三岛路，舌顽虚掉五侯门。啸烟白狖沈高木，捣月清砧[4]触旅魂。家在碧江归不得，十年鱼艇长苔痕。

【注释】

①临川：地名，治所在今江西抚州。②蓬根：指蓬草的根。蓬草根浅，秋日遇风，连根拔起，故常用其形容人无处安居，四处飘零。③戴盆：戴盆望天，比喻愿望不可能达到。④清砧：捶衣石的美称。

送张道士

高　蟾

因将岁月离三岛，闲贮风烟在一壶。为问金乌头白[1]后，人间流水却回无。

【注释】

①乌头白：乌头变白，比喻不可能实现的事。

陈　宫[1]

秦韬玉

临春高阁[2]拟瀛洲，贪宠张妃作胜游[3]。便把江山为己有，岂知台榭是身仇[4]。金城[5]暗逐歌声碎，铁瓮[6]潜随舞势休。谁识古宫堪恨处，井[7]桐吟雨不胜秋。

【注释】

①陈宫：南朝陈的皇宫。②临春高阁：指临春阁，陈后主所造三阁之一。③“贪宠”句：指陈后主荒废朝政，常与诸狎客及张贵妃等游宴，耽于酒色，醉心诗文和音乐。张妃，即张贵妃，名丽华，性聪慧，宠冠后

宫。④身仇：自身的仇敌。⑤金城：京城，此指陈都建康（今江苏南京）。⑥铁瓮：坚固的瓮城，亦指陈都建康。⑦井：指建康景阳殿前之井。隋军入宫，陈后主与张贵妃、孔贵人躲藏井中，被隋军发现，解送长安。

桐柏观

周　朴

东南一境清心目，有此千峰插翠微。人在下方冲月上，鹤从高处破烟飞。岩深水落寒侵骨，门静花开色照衣。欲识蓬莱今便是，更于何处学忘机。

湖南绝少含桃[1]偶有人以新摘者见惠感事伤怀因成四韵

韩　偓

时节虽同气候殊，不知堪荐寝园[2]无。合充凤食留三岛，谁许莺偷过五湖。苦笋恐难同象匕[3]，酪浆无复莹玭珠[4]。金銮岁岁长宣赐，忍泪看天忆帝都。

【注释】

①含桃：樱桃的别称。②荐：进献。寝园：陵园。③苦笋：苦竹之笋。象匕：象牙制成的如汤匙般的食具。④酪浆：牛羊等动物的乳汁。玭（pín）珠：珍珠，蚌珠。

思录旧诗于卷上凄然有感因成一章

韩　偓

缉缀小诗钞卷里[1]，寻思闲事到心头。自吟自泣无人会，肠断蓬山第一流。

【注释】

①缉缀：编辑缀合。缉，通“辑”。钞卷：钞本。

无题（其二）

韩 偓

碧瓦偏光日，红帘不受尘。柳昏①连绿野，花烂烁清晨。书密偷看数②，情通破体③新。明言终未实，暗祝始应真。枉道嫌偷药，推诚鄙效颦。合成云五色，宜作日中轮。照兽④金涂爪，钗鱼⑤玉镂鳞。渺弥三岛浪，平远一楼春。堕髻还名寿⑥，修蛾本姓秦⑦。棹寻闻犬洞⑧，槎入饮牛津。麟脯随重酿⑨，霜华间八珍。锦囊霞彩烂，罗袜砑光⑩匀。羞涩佯牵伴，娇饶欲泥人⑪。偷儿难捉搦⑫，慎莫共比邻。

【注释】

①柳昏：暮色中柳树朦胧的景色。②数（shuò）：屡次。③破体：指破体书，书法结构的变体。④照兽：香炉上的兽形图案。⑤钗鱼：发钗上的鱼形镶饰物，传说佩之吉祥。⑥堕髻：堕马髻，梁冀的妻子孙寿所创。寿：孙寿。⑦修蛾：修长的眉毛。秦：指秦罗敷。⑧闻犬洞：指桃花源，常用来喻指仙境。⑨麟脯：干麒麟肉，此处泛指美食。重酿：泛指美酒。⑩砑（yà）光：用石碾磨纸张、皮革、布帛等物使之光滑。⑪泥（nì）人：缠人。⑫捉搦（nuò）：捉拿，缉捕。

绵竹山①四十韵

吴 融

绵竹东西隅，千峰势相属。崚嶒②压东巴，连延罗古蜀。方者露圭角③，尖者钻箭簇。引者蛾眉弯，敛者鸢肩缩。尾蟉④青蛇盘，颈低玄兔伏。横来突若奔，直上森如束。岁在作噩⑤年，铜梁摇虿毒⑥。相国京兆公⑦，九命来作牧⑧。戎提虎仆⑨毛，专奉狼头纛。行府寄精庐，开窗对林麓。是时重阳后，天气旷清肃。兹山昏晓开，一一在人目。霜空正沉寥，浓翠霏扑扑。披海出珊瑚，贴天堆碧玉。俄然阴霾作，城郭才霡霂[10]。绝顶已凝雪，晃朗开红旭。初疑昆仑下，夭矫龙衔烛[11]。亦似蓬莱巅，金银台叠蹙。紫霞或旁映，绮段铺繁褥。晚照忽斜笼，赤城差断续。又如煮吴盐，万万盆初熟。又如濯楚练，千千匹未轴。又如水晶宫，蛟螭结川渎。又如钟乳洞，电雷开岩谷。丹青画不成，造化供难足。合有羽衣人，飘飖曳烟躅[12]。合有五色禽[13]，叫啸含仙曲。根虽限剑门，穴必通林屋[14]。方诸沧海隔，欲去忧沦覆。群玉缥缈间，未可量往复。何如当此境，终朝旷遐瞩。往往草檄[15]余，吟哦思幽独。早晚扫欃枪，笳鼓迎畅毂。休飞霹雳车[16]，罢系虾蟆木[17]。勒铭燕然山，万代垂芬郁。然后恣逍遥，独往群麋鹿[18]。不管安与危，不问荣与辱。但乐濠梁鱼[19]，岂怨钟山鹄[20]。纫兰以围腰，采芝将实腹。石床须卧平，一任闲云触。

【注释】

①绵竹山：在今四川绵竹境内。②崚（léng）嶒（céng）：高峻突兀貌。③圭角：圭玉的棱角，犹锋芒。④缪（liú）：盘曲。⑤作噩：十二支中“酉”的别称，用以纪年。⑥铜梁：山名，在今重庆铜梁区西北。此处代指蜀地。蠆（chài）毒：蝎毒，比喻叛乱势力。此处指西川节度使陈敬瑄作乱。⑦“相国”句：指韦昭度。⑧九命：周代官爵分为九个等级，最高一级称“九命”。作牧：指韦昭度出任西川节度使，兼两川招抚制置等使。⑨戎提：统兵。虎仆：兽名，后为笔的代称。⑩霡（mài）霂（mù）：小雨。⑪龙衔烛：指烛龙，古代神话中的神兽。《山海经·大荒北经》：“人面蛇身而赤，直目正乘，其瞑乃晦，其视乃明，不食不寝不息，风雨是谒。是烛九阴，是谓烛龙。”⑫烟躅：云中的足迹。⑬五色禽：指凤凰。⑭“穴必”句：《太平御览》卷四六引《郡国志》曰，“洞庭山有宫，五门，东通林屋，西达峨嵋，南接罗浮，北达岱岳”。林屋，洞名，为道教十大洞天之一，位于今江苏吴中。⑮草檄：草拟檄文，亦泛指撰写

官方文书。⑯霹雳车：传说中的雷车。⑰虾蟆木：指月中桂树。虾蟆，同"蛤蟆"，即蟾蜍。⑱群麋鹿：谓隐居山林，与麋鹿同群。⑲濠梁鱼：《庄子·秋水》曰，"庄子与惠子游于濠梁之上。庄子曰：'鲦（tiáo）鱼出游从容，是鱼之乐也。'惠子曰：'子非鱼，安知鱼之乐？'庄子曰：'子非我，安知我不知鱼之乐？'"后以濠梁鱼喻逍遥自适。⑳钟山鹄：《山海经·西山经》载，黄帝诛鼓、钦䲹（pí）于钟山，二神分别化为鵔（jùn）鸟与大鹗，鸣声如鹄。后以钟山鹄喻世间战乱、灾荒。

潮

吴　融

暮去朝来无定期，桑田长被此声移。蓬莱若探人间事，一日还应两度知。

海上秋怀

吴　融

辞无珪组[1]隐无才，门向潮头过处开。几度黄昏逢罔象，有时红旭见蓬莱。碛连荒戍[2]频频火，天绝纤云往往雷。昨夜秋风已摇落，那堪更上望乡台。

【注释】

①珪组：玉圭与印绶，引申为官爵。②荒戍：荒废的营垒。

梦仙谣

李　沇

海宫蹙浪[1]收残月，挈壶[2]掌事传更歇。银蟾半坠恨流咽，六鳌披月撼蓬阙。九炁真翁[3]骑白犀，临池静听雌蛟啼。桂花浥露[4]曙香冷，八窗玉朗惊晨鸡。裁纱剪罗贴丹凤，腻霞远闭瑶山梦。

露干欲醉芙蕖塘，回首驱云朝正阳[5]。

【注释】

①蹙浪：波浪涌聚。②挈壶：挈壶氏或挈壶正的略称，掌官中漏壶计时。③九炁（qì）真翁：仙人名。炁，同“气”。④浥露：受到雨露的滋润。⑤正阳：指南面。

怀紫阁[1]隐者

杜荀鹤

紫阁白云端，云中有地仙。未归蓬岛上，犹隐国门[2]前。洞口人无迹，花阴鹿自眠。焚香赋诗罢，星月冷遥天。

【注释】

①紫阁：峰名，在今西安鄠邑区东南。②国门：指都城的门。

题衡阳隐士山居

杜荀鹤

闲居不问世如何，云起山门日已斜。放鹤去寻三岛客，任人来看四时花。松醪腊酝[1]安神酒，布水[2]宵煎觅句茶。毕竟金多也头白，算来争得似君家。

【注释】

①松醪：用松脂或松花酿的酒。腊酝：腊月所酿之酒。②布水：瀑布。

赠道士

褚　载

簪星曳月下蓬壶，曾见东皋种白榆[1]。六甲威灵藏瑞检[2]，五龙[3]雷电绕霜都。惟教鹤探丹丘信，不使人窥太乙炉。闻说葛陂[4]风浪恶，许骑青鹿从行无。

【注释】

①白榆：星名。②六甲：道教神名，其能行风雷，制鬼神。瑞检：指仙书。③五龙：古代传说中五位人面龙身的仙人。④葛陂：《后汉书·费长房传》载，费长房从壶公学仙道。辞归时，壶公给他一竹杖，嘱其骑之，归家后投之葛陂。费长房听其言，归家后投杖于陂，杖化为龙。后常用“葛陂”指神物变化处。

游九鲤湖[①]

陈　乘

汗漫[②]乘春至，林峦雾雨生。洞莓黏屐重，岩雪溅衣轻。窟宅[③]分三岛，烟霞接五城[④]。却怜饶[⑤]药物，欲辨不知名。

【注释】

①九鲤湖：湖名，在今福建仙游东北。②汗漫：漫无边际。③窟宅：指仙人居处。④五城：指神仙居所。⑤饶：多。

渔塘十六韵

韦　庄

在朱阳县[①]石岩下。古老云：洛水一派，流出此山。

洛水分余脉，穿岩出石棱。碧经岚气重，清带露华澄。莹澈通三岛，岩梧积万层。巢由应共到，刘阮[②]想同登。壁峻苔如画，山昏雾似蒸。撼松衣有雪，题石砚生冰。路熟云中客[③]，名留域外僧。饥猿寻落橡，斗鼠堕高藤。崄树[④]临溪亚，残莎带岸崩。持竿聊藉草[⑤]，待月好垂罾[⑥]。对景思任父[⑦]，开图想不兴[⑧]。晚风轻浪叠，暮雨湿烟凝。似泛灵槎出，如迎羽客升。仙源终不测，胜概[⑨]自相仍。欲别诚堪恋，长归又未能。他时操史笔，为尔著良称。

【注释】

①朱阳县：故城在今河南灵宝市西南朱阳镇。②刘阮：指刘晨和阮肇。化用刘晨、阮肇入天台迷路遇仙女典。③云中客：指仙人或隐士。④崄（xiǎn）树：生长在险要之地的树。崄，同“险”。⑤藉草：坐在草地上。⑥罾（zēng）：一种用木棍或竹竿做支架的方形渔网。⑦任父：指任公子。《庄子·外物》载：“任公子为大钩巨缁，五十犗以为饵，蹲乎会稽，投竿东海，旦旦而钓，期年不得鱼。已而大鱼食之……任公子得若鱼，离而腊之。”⑧不兴：指三国时期吴国画家曹不兴。⑨胜概：胜景。

和集贤侯学士分司[①]丁侍御秋日雨霁之作

韦　庄

洛岸秋晴夕照长，凤楼龙阙倚清光。玉泉山净云初散，金谷[②]树多风正凉。席上客知蓬岛路，坐中寒有柏台[③]霜。多惭十载游梁士，却伴宾鸿入帝乡[④]。

【注释】

①集贤学士：官职名，唐玄宗开元十三年（725）置集贤殿书院学士，掌修书之事。分司：唐代中央官员在东都洛阳任职者称分司。②金谷：指晋石崇建于洛阳金谷涧的金谷园。③柏台：御史台的别称。汉代御史府中多植柏树，故称。④宾鸿：指鸿雁。帝乡：京城。

王道者

韦　庄

五云遥指海中央，金鼎曾传肘后方[①]。三岛路岐空有月，十洲花木不知霜。因携竹杖闻龙气，为使仙童带橘香。应笑我曹[②]身是梦，白头犹自学诗狂。

【注释】

①肘后方：指晋人葛洪所撰医书《肘后备急方》。②我曹：我辈。

和郑拾遗秋日感事一百韵

韦　庄

祸乱天心厌，流离客思伤。有家抛上国，无罪谪遐方。负笈将辞越，扬帆欲泛湘。避时难驻足，感事易回肠。雅道何销德，妖星忽耀芒。中原初纵燎，下国竞探汤[①]。盗据三秦地[②]，兵缠八水乡[③]。战尘轻犯阙[④]，羽旆远巡梁[⑤]。自此修文代，俄成讲武场。熊罴驱涿鹿，犀象走昆阳。御马迷新栈，宫娥改旧妆。五丁[⑥]功再睹，八难[⑦]事难忘。凤引金根疾，兵环玉弩强。建牙[⑧]虽可恃，摩垒[⑨]讵能防。霍庙神[⑩]遐远，圯桥[⑪]路杳茫。出师威似虎，御敌狠如羊。眉画犹思赤，巾裁未厌黄[⑫]。晨趋鸣铁骑，夜舞挹琼觞。僭侈彤襜[⑬]乱，喧呼绣鬘[⑭]攘。但闻争曳组[⑮]，讵见学垂缰[⑯]。鹊印提新篆，龙泉夺晓霜。军威徒逗挠，我武自维扬。负扆劳天眷[⑰]，凝旒念国章[⑱]。绣旗张画兽，宝马跃红鸯。但欲除妖气，宁思蔽耿光。晓烟生帝里，夜火入春坊。鸟怪巢宫树，狐骄上苑墙。设危[⑲]终在德，视履[⑳]岂无祥。气激雷霆怒，神驱岳渎忙。功高分虎节，位下耻龙骧。遍命登坛[㉑]将，巡封异姓王。志求扶坠典，力未振颓纲。汉路闲雕鹗[㉒]，云衢驻骕骦[㉓]。宝装军器丽，麝裛[㉔]战袍香。日睹兵书捷，时闻虏骑亡。人心惊獬豸[㉕]，雀意伺螳螂[㉖]。上略咸推妙，前锋讵可当。纡金[㉗]光照耀，执玉意藏昂[㉘]。覆餗[㉙]非无谓，奢华事每详。四民皆组绶，九土堕耕桑。飞骑黄金勒，香车翠钿装。八珍罗膳府，五采斗筐床。宴集喧华第，歌钟簇画梁。永期传子姓，宁误犯天狼。未睹君除侧，徒思玉在傍。窜身奚可保，易地喜相将。国运方夷险，天心讵测量。九流虽暂蔽，三柄岂相妨。小孽乖躔次[30]，中兴系昊苍。法尧功已普，罪己德非凉。帝念惟思理，臣心岂自遑。诏催青琐客，时待紫微郎。定难输宸算[31]，胜灾减御粱[32]。皇恩思荡荡，睿泽转洋洋。偃卧虽非晚，艰难亦备尝。舜庭招谏鼓，汉殿上书囊。俭德遵三尺[33]，清朝俟一匡[34]。世随渔父醉，身效接舆狂[35]。窜逐同天宝，遭罹异建康。道孤悲海澨[36]，家远隔天潢。卒岁贫无褐[37]，经秋病泛漳[38]。似鱼甘去乙[39]，比蟹未成筐[40]。守道惭无补，趋时愧不臧。殷牛常在耳，晋竖欲潜肓。忸恨山思板，怀归海欲航。角吹魂悄悄，笛引泪浪浪。乱觉乾坤窄，贫知日月长。势将随鹤列[41]，忽喜遇鸳行[42]。已报新回驾，仍闻近纳隍。文风销剑楯[43]，礼物换旂裳[44]。紫阏重开序，青衿再设庠。黑头期命爵[45]，赪尾[46]尚忧鲂。吴坂嘶骐骥，岐山集凤皇。词源波浩浩，谏署玉锵锵。饲雀[47]曾传庆，烹蛇[48]讵有殃。弢弓[49]挥劲镞，匣剑淬神铓。谔谔[50]宁惭直，堂堂不谢张[51]。晓风趋建礼，夜月直文昌。去国时虽久，安邦志不常。良金炉自跃，美玉椟难藏。北望心如旆，西归律变商。迹随江燕去，心逐塞鸿翔。晚翠笼桑坞，斜晖挂竹堂。路愁千里月，田爱万斯箱[52]。伴钓歌前浦，随樵上远冈。鹭眠依晚屿，鸟浴上枯杨。惊梦缘敧枕，多吟为倚廊。访僧红叶寺，题句白云房。帆外青枫老，尊前紫菊芳。夜灯银耿耿，晓露玉瀼瀼。异国惭倾盖，归涂俟并粮[53]。身虽留震泽[54]，心已过雷塘[55]。执友知谁在，家山各已荒。海边登桂楫，烟外泛云樯。巢树禽思越，嘶风马恋羌[56]。寒声愁听杵，空馆厌闻蛩[57]。望阙飞华盖，趋朝振玉珰[58]。米惭无薏苡[59]，面喜有桄榔[60]。话别心重结，伤时泪一滂。伫归蓬岛后，纶诏润青缃[61]。

【注释】

①“中原”二句：指黄巢兵犯中原，地方官畏惧，仓皇逃避。纵燎，纵火，指战争。下国，指京师以外的地方。探汤，将手伸入沸水中，比喻

艰难痛苦之境。②三秦地：指关中地区。③八水乡：亦指关中地区。晋潘岳《关中记》："泾……与渭、灞、浐（chǎn）、涝、潏（yù）、沣、滈，为关中八水。"④犯阙：指举兵犯朝廷。⑤羽旆：帝王的仪仗。梁：梁州，治所在今陕西汉中。⑥五丁：传说为古蜀国的五位力士。此句借指唐僖宗幸蜀一事。⑦八难：八件难以做到的事。《汉书·高帝纪上》载，郦食其曾劝刘邦"立六国后以树党"，张良力陈八难，刘邦乃止。⑧建牙：古谓出师前树立军旗，引申为武将出镇。⑨摩垒：迫近敌垒，谓挑战。⑩霍庙神：《旧唐书·高祖本纪》载，大业十三年（617）七月，"隋武牙郎将宋老生屯霍邑以拒义师。会霖雨积旬，馈运不给，高祖命旋师"。有白衣老父诣军门曰："余为霍山神使谒唐皇帝曰：八月雨止，路出霍邑东南，吾当济师。"高祖从之，遂斩宋老生，平霍邑。贞观五年（631），朝廷下令于霍山建神庙。⑪圯（yí）桥：化用张良在下邳桥上遇黄石公，得其传授《太公兵法》典。⑫"眉画"二句：此处借汉代赤眉军起义与黄巾军起义来指黄巢起义。⑬僭侈：过度奢侈。彤襜：红色短衣。⑭绣鱊（jué）：妇人半臂衣。⑮争曳组：争夺官爵。⑯垂缰：谓报恩。⑰负扆：天子见诸侯时，背扆而坐。天眷：皇帝眷顾。⑱凝旒（liú）：冕旒静止不动，形容帝王肃穆专注之态。国章：国家法度。⑲设危：设险，在险要之地建立防御工事。⑳视履：观察行迹。㉑登坛：化用韩信登坛拜将典。㉒汉路：犹天路，比喻仕途。雕鹗：猛禽，喻猛将。㉓云衢：犹云路，比喻仕途。骕（sù）骦（shuāng）：良马，喻良才。㉔裛：香气侵袭。㉕獬豸：古代传说中的异兽，能辨曲直，见人争斗就用角去顶坏人。㉖"雀意"句：化用"螳螂捕蝉，黄雀在后"典，比喻只见眼前利益而不顾后患。㉗纡金：佩带金印，指身居高位。㉘藏昂：气宇轩昂。㉙覆悚（sù）：谓鼎足折断，食物从鼎里倒出，比喻力不胜任而败事。㉚躔（chán）次：日月星辰在运行轨道上的位次。㉛宸算：帝王的谋略。㉜减御粱：减膳。古代帝王在发生天灾或天象变异时，常以吃素或减少肴品等形式表示自责。㉝三尺：代指尧舜之道。《史记·太史公自序》："墨者亦尚尧舜道，言其德行曰：'堂高三尺，土阶三等，茅茨不翦，采椽不刮。’”㉞俟：等待。一匡：扶正一切。㉟接舆狂：指隐士或狂者。《论语·微子》：“楚狂接舆歌而过孔子曰：‘凤兮，凤兮！何德之衰？往者不可谏，来者犹可追。已而，已而！今之从政者殆而！’”㊱海澨：海滨。㊲“卒岁”句：言其贫苦。《诗经·豳风·七月》：“无衣无褐，何以卒岁？”㊳“经秋”句：言其卧病在床。汉刘桢《赠五官中郎将》（其二）一诗云：“余婴沉痼疾，窜身清漳滨。自夏涉玄冬，弥旷十余旬。”㊴去乙：指除去不可食用的鱼肠。《尔雅·释鱼》：“鱼肠谓之乙。”㊵“比蟹”句：《礼记·檀弓下》云，“蚕则绩而蟹有匡”。孔颖达疏：“蟹背壳似匡，仍谓蟹背作匡。”蟹有匡，比喻人有居室。㊶鹤列：指列阵作战。㊷鸳行：比喻朝官的行列。㊸剑楯（dùn）：剑盾，指武器。楯，同“盾”。㊹旂（qí）裳：画有交龙与日月图案的旗，亦泛指旗帜。《周礼·春官·司常》：“日月为常，交龙为旂。”裳，通“常”。㊺“黑头”句：谓少壮而居高位。黑头，青壮年。㊻赪（chēng）尾：指奔波劳苦之人。赪，同“赪”。《诗经·周南·汝坟》：“鲂鱼赪尾，王室如毁。”㊼饲雀：南朝梁吴均《续齐谐记》载，杨宝九岁时见一黄雀为鸱鸮所搏，逐树下，复为蝼蚁所困。遂取归置巾箱中，啖以黄花。黄雀伤愈而去。后有黄衣童子拜谢他的救命之恩，并赠白玉环四枚，曰：“令君子孙洁白，且从登三公，事如此环矣。”㊽烹蛇：《搜神后记》卷一〇载，“元嘉中，广州有三人，共入山中伐木。忽见石窠中有二卵，大如升。取煮之，汤始热，便闻林中如风雨声。须臾，有一蛇，大十围，长四五丈，径来，于汤中衔卵去。三人无几皆死”。㊾弢（tāo）弓：藏弓入弢，谓平息战事。弢，弓袋。㊿谔（è）谔：直言争辩貌。51“堂堂”句：谓仪表堂堂不亚于子张。《论语·子张》：“曾子曰：‘堂堂乎张也，难与并为仁矣。’”52万斯箱：咏农田丰收。《诗经·小雅·甫田》：“乃求千斯仓，乃求万斯箱。”53并粮：喻生死之交的朋友。《太平御览》卷四〇九引《列士传》曰：“六国时，羊角哀与左伯桃为友，闻楚王贤，俱往仕。至梁山逢雪，粮尽，度不两全，遂并粮与角哀。”54震泽：湖名，即今太湖。55雷塘：地名，故址在今江苏扬州城北。56“巢树”二句：比喻怀念故土。《古诗十九首·行行重行行》："胡马依北风，越鸟巢南枝。"㊼螿（jiāng）：寒螿，即寒蝉。㊽玉珰：贵官的冠饰。㊾薏（yì）苡（yǐ）：草本植物，其果仁可食用，叫薏米。㊿桄（guāng）榔：常绿乔木，花序的汁液可制砂糖，茎中的髓可制淀粉。(61)纶诏：诏书。青缃（xiāng）：青色和浅黄色。此处指诏书封套的颜色。

游　仙

王贞白

我家三岛上，洞户眺波涛。醉背云屏卧，谁知海日高。露香红玉树，风绽碧蟠桃。悔与仙子别，思归梦钓鳌。

送芮尊师

王贞白

石上菖蒲节节灵，先生服食得长生①。早知避世忧身老，近日登山觉步轻。黄鹤待传蓬岛信，丹书应换蕊宫②名。他年控鲤升天去，庐岳逋民③愿从行。

【注释】

①"石上"二句：《神仙传·王兴》载，一仙人谓汉武帝曰："吾九疑仙人也，闻中岳有石上菖蒲，一寸九节，服之可以长生，故来采之。"②丹书：指道教的朱文符书。蕊宫：蕊珠宫，道教经典中所说的仙宫。③庐岳：庐山。逋民：避世隐居之人。

泛镜湖□□

王贞白

我泛镜湖日，未生千里莼①。时无贺宾客②，谁识谪仙人。吟对四时雪，忆游三岛春。恶闻亡越事，洗耳大江滨③。

【注释】

①千里莼：千里湖中的莼菜，用其做的汤，味道鲜美。《世说新语·言语》："有千里莼羹，但未下盐豉耳。"②贺宾客：指贺知章，他曾任太子宾客一职。③"洗耳"句：晋皇甫谧《高士传·许由》载，尧召许由为九州长，许由不欲闻之，洗耳于颍水滨。其友巢父问其故，许由说："尧欲召我为九州长，恶闻其声，是故洗耳。"

题壶山①

翁承赞

井邑②斜连北，蓬瀛直倚东。秋高岩溜白，日上海波红。

【注释】

①壶山：壶公山，在今福建莆田南，传说为仙人壶公居处。②井邑：乡里，乡村。

寄少常①卢同年

黄　滔

官拜少常休②，青娲换鹿裘③。狂歌离乐府，醉梦到瀛洲。古器岩耕④得，神方客谜留。清溪莫沈钓，王者或畋游⑤。

【注释】

①少常：太常寺少卿的别称。②休：辞官。③青娲（guā）：青绶，指系官印的紫青色丝带。鹿裘：鹿皮做的大衣，常指隐士服。④岩耕：耕种于山中，借指隐居。⑤畋游：打猎出游。

题广爱寺楞伽山①

李　琪

善高天外远，方丈海中遥。自有山神护，应无劫火烧。坏文侵古壁，飞剑出寒霄。何似苍苍色，严妆十七朝。

【注释】

①楞伽山：一名“上方山”，在江苏苏州西南。

商山赠隐者

黄 滔

谁不相逢话息机[①]，九重城里自依依。蓬莱水浅有人说，商洛山高无客归。数只珍禽寒月在，千株古木热时稀。西窗昨夜鸣蛩尽，知梦芝翁[②]起扣扉。

【注释】

①息机：消除机心，谓摆脱俗念。②芝翁：指商山四皓，其隐居时采芝以度日。

行朝早春侍师门宴西溪[①]席上作

殷文圭

西溪水色净于苔，画鹢横风绛帐[②]开。弦管旋飘蓬岛去，公卿皆是蕊宫来。金鳞掷浪钱翻荇，玉爵粘香雪泛梅。三榜生徒逾七十，岂期龙坂[③]纳非才。

【注释】

①行朝：犹行在。乾宁三年（896），凤翔节度使李茂贞出兵逼京师。唐昭宗逃往华州（今陕西渭南华州），依附华州节度使韩建。乾宁五年（898），昭宗还京。师：指裴贽。西溪：在华州。②绛帐：《后汉书·马融传》载，东汉马融讲学时，“常坐高堂，施绛纱帐，前授生徒，后列女乐”。后遂以“绛帐”为师门、讲席之敬称。③龙坂：龙门，指登科中第。

经李翰林墓[1]

殷文圭

诗中日月酒中仙，平地雄飞上九天。身谪蓬莱金籍[2]外，宝装方丈玉堂[3]前。虎靴醉索将军脱，鸿笔悲无令子传[4]。十字遗碑三尺墓，只应吟客吊秋烟。

【注释】

①李翰林墓：指李白墓，在今安徽当涂东南的青山西麓。②蓬莱金籍：仙人名册。③宝装方丈：一丈见方的几案上摆满了食物，极言赐食规格之高。唐范传正《唐左拾遗翰林学士李公新墓碑并序》："玄宗嘉之，以宝床方丈赐食于前，御手和羹，德音褒美。"装，当作"床"，指放置食物的几案。玉堂：玉饰的宫殿，此指唐宫。④"鸿笔"句：谓李白无子继承他的"鸿笔"。李白长子名伯禽，未仕，亦无诗文传世。

华清宫

徐　夤

十二琼楼[1]锁翠微，暮霞遗却六铢衣。桐枯丹穴凤何去，天在鼎湖龙不归。帘影罢添新翡翠，露华犹湿旧珠玑。君王魂断骊山路，且向蓬瀛伴贵妃。

【注释】

①十二琼楼：传说中神仙居住之所。

游洞庭湖

裴　说

楚云团翠八百里，澧兰[1]吹香堕春水。白头渔子摇苍烟，鸂鶒眠沙晓惊起。沙头龙叟夜叹忧，铁笛未响春风羞[2]。露寒紫蔔[3]结新愁，城角泣断关河秋。谪仙欲识雷斧手，刬却[4]古今愁共丑。鲸游碧落杳无踪[5]，作诗三叹君知否。瀛洲一棹何时还，满江宫锦看湖山。

【注释】

①澧兰：指澧水边的兰草。②“沙头”二句：《唐国史补》卷下载，“李舟好事，尝得村舍烟竹，截以为笛，坚如铁石，以遗李牟。牟吹笛天下第一，月夜泛江，维舟吹之，寥亮逸发，上彻云表。俄有客独立于岸，呼船请载。既至，请笛而吹，甚为精壮，山河可裂，牟平生未尝见。及入破，呼吸盘擗，其笛应声粉碎，客散不知所之。舟著记，疑其蛟龙也”。③蘽（lěi）：同“蕾”，花蕾。④刬（chǎn）却：铲除。刬，同“铲”。⑤“鲸游”句：传说李白醉骑鲸鱼，溺死浔阳。

赠王山人

唐　求

红藤一柱脚常轻，日日缘溪入谷行。山下有家身未老，灶前无火药初成。经秋少见闲人说，带雨多闻野鹤鸣。知到蓬莱难再访，问何方法得长生。

题刘炼师归山

唐　求

风急云轻鹤背寒，洞天谁道却归难。千山万水瀛洲路，何处烟飞是醮坛。

秋醉歌

张　为

金风飒已起，还是招渔翁。携酒天姥岑，自弹峄阳桐。脱却登山履，赤脚翘青筇。泉声扫残暑，猿臂攀长松。翠微泛樽绿，苔藓分烟红。造化处术内，相对数壶空。醉眠岭上草，不觉夜露浓。一梦到天晓，始觉一醉中。皎然梦中路，直到瀛洲东。初平[①]把我臂，相与骑白龙。三留对上帝，玉楼十二重。上帝赐我酒，送我敲金钟。宝阁香敛苒，琪树寒玲珑。动叶如笙篁[②]，音律相怡融。珍重此一醉，百骸[③]出天地。长如此梦魂，永谢名与利。

【注释】

①初平：指仙人皇初平。②笙篁：指笙。③百骸：指人的全身骨骼，此处泛指世间凡人。

津　亭[①]

胡　宿

津亭欲阕戒棠舟，五两[②]风来不暂留。西北浮云连魏阙，东南初日满秦楼。层城渺渺人伤别，芳草萋萋客倦游。平乐旧欢收不得，更凭飞梦到瀛洲。

【注释】

①津亭：古代建于渡口旁的亭子。②五两：古代的候风器，用鸡毛五两或八两系于高竿顶上而成。

南隐游泉山[①]

孔德绍

名山狎招隐，俗外远相求。还如倒景望，忽似阆风游。临崖俯大壑，披雾仰飞流。岁积松方偃，年深椿[②]欲秋。野花开石镜，云叶掩山楼。何须问方士，此处即瀛洲。

【注释】

①泉山：泉岭山，今名“仙霞岭”，在今浙江江山保安乡境内。②椿：大椿。《庄子·逍遥游》：“上古有大椿者，以八千岁为春，八千岁为秋。”

句

黄　损

往来三岛近，活计一囊空。

海昌①望月

陈　陶

何处无今夕，岂期在海头。贾客不爱月，婵娟闲沧洲。浩然伤岁华，独望湖边楼。烟岛青历历，蓝田②白悠悠。谁无破镜期③，繄我信虚舟④。谁无桂枝念⑤，繄我方摧辀⑥。始见弯环⑦春，又逢团圆秋。莫厌绫扇⑧夕，百年多银钩。金盘谁雕镌，玉窟难冥搜。重轮⑨运时节，三五不自由。疑抛云上锅，欲搂天边球。孀居⑩应寒冷，捣药青冥愁。兔子树下蹲，虾蟆池中游。如何名金波⑪，不共水东流。天花⑫辟膻腥，野云无边陬⑬。蚌蛤乘大运，含珠相对酬。夜鹊思南乡，露华⑭清东瓯。百宝安可觑，老龙锁深湫⑮。究究⑯如情人，盗者即仇雠。海涯上皎洁，九门⑰更清幽。亭亭劝金尊，夜久喘吴牛⑱。夷俗皆轻掷，北山思今游。雁声故乡来，客泪堕南洲⑲。平生烟霞志，读书觅封侯。四海尚白身，岂无故乡羞。壈坎⑳何足叹，壮如水中虬。猎猎谷底兰，摇摇波上鸥。中途丧资斧㉑，两地生繁忧。一杯太阴君㉒，鴅鹈岂无求。明日将片叶㉓，三山东南浮。

【注释】

①海昌：地名，在今浙江海宁境内。②蓝田：比喻海面。③破镜期：破镜重圆，意为还家的日期。④繄（yī）：惟。虚舟：谓漂流无定的船，比喻人事飘忽。⑤桂枝念：科举及第的念头。⑥摧辀（zhōu）：翻车。辀，车辕。⑦弯环：弯曲如环，指弯月。⑧绫扇：比喻半月。⑨重轮：指日和月。⑩孀居：守寡，指嫦娥。⑪金波：谓月光。⑫天花：应为桂花。⑬边陬（zōu）：边际。⑭露华：清冷的月光。⑮深湫：深渊。⑯究究：不止

貌。⑰九门：借指九天。⑱喘吴牛：吴牛怕热，以致见到月亮也疑心是太阳而喘吁。吴牛，江淮一带的水牛。⑲南洲：指南方地区。⑳壈（lǎn）坎：困顿，不得志。㉑资斧：旅费，盘缠。㉒太阴君：指月亮。㉓片叶：小船。

蒲门戍观海作

陈　陶

廓落[1]溟涨晓，蒲门郁苍苍。登楼礼东君[2]，旭日生扶桑。毫厘见蓬瀛，含吐金银光。草木露未晞，蜃楼气若藏。欲游蟠桃国，虑涉魑魅乡。徐市惑秦朝，何人在岩廊[3]。惜哉千童子，葬骨于眇茫。恭闻槎客言，东池[4]接天潢。即此聘牛女[5]，曰祈长寿方。灵津[6]水清浅，余亦慕修航。

【注释】

①廓落：空旷貌。②东君：指东方青帝，司春之神。③岩廊：高峻的廊庑，借指朝廷。④东池：东海。⑤牛女：指牵牛、织女二星。⑥灵津：银河，天河。

宿岛径夷[1]山舍

陈　陶

百里遵[2]岛径，蓬征信邅回[3]。暝依渔樵宿，似过黄金台。缺啮[4]心未理，寥寥夜猿哀。山深石床冷，海近腥气来。主人意不浅，屡献流霞杯。对月抚长剑，愁襟纷莫开。九衢平如水，胡为涉崔嵬。一饭未遑[5]饱，鹏图信悠哉。山涛谑细君[6]，吾岂厌蓬莱。明发又驱马，客思一裴回。

【注释】

①岛径夷：指中国东部沿海一带岛屿的居民。②遵：沿着。③蓬征：

比喻漂泊远行的人。邅（zhān）回：艰难行进貌。④缺啮：破损。⑤未遑：来不及。⑥“山涛”句：《晋书·山涛传》载，“初，（山）涛布衣家贫，谓妻韩氏曰：‘忍饥寒，我后当作三公，但不知卿堪公夫人不耳！’”山涛，西晋时期名士，“竹林七贤”之一。细君，妻子的代称。

飞龙引①

陈　陶

有熊之君②好神仙，餐霞炼石三千年。一旦黄龙下九天，骑龙枏枏③升紫烟。万姓攀髯髯堕地，啼呼弓剑飘寒水。紫鸾八九堕玉笙，金镜④空留照魑魅。羽幢褵褷⑤银汉秋，六宫望断芙蓉愁。应龙下挥中园⑥笑，泓泓水绕青苔洲。瑞风飒遝⑦天光浅，瑶阙峨峨横露苑。沆瀣⑧楼头紫凤歌，三株树下青牛饭。鸿胧九阙相⑨玉皇，钧天乐引金华郎。散花童子鹤衣短，投壶姹女⑩蛾眉长。彤庭侍宴瑶池席，老兔舂高桂宫白。蓬莱下国赐分珪⑪，阿母金桃容小摘。仙流万缄虫篆⑫春，三十六洞交风云。千年小兆一蝉蜕⑬，丹台职亚扶桑君。金乌试浴青门水⑭，下界蜉蝣几回死。

【注释】

①飞龙引：乐府《琴曲歌辞》名。②有熊之君：指黄帝，相传黄帝是有熊部落首领少典之子。③枏枏：升腾貌。④金镜：铜镜。⑤羽幢：以鸟羽为饰的旗帜。褵（lí）褷（shī）：同“离褷”，羽毛初生或濡湿黏合的样子。⑥应龙：传说中一种有翼的龙。中园：园中。⑦飒遝（tà）：同“飒沓”，风涌貌。⑧沆瀣：夜间的水汽。⑨鸿胧：气势宏大貌。相：辅助。⑩姹女：玉女。⑪分珪：亦作“分圭”，帝王以圭授予受封者，后泛指帝王封赐官爵。⑫虫篆：犹虫书，一种书体，形似虫。⑬蝉蜕：道教指修道成真或羽化登仙。⑭“金乌”句：《山海经·海外东经》载，“汤谷上有扶桑，十日所浴”。

谪仙词

陈　陶

牧龙丈人[①]病高秋，群童击节星汉愁。瑶台凤辇不胜恨，太古[②]一声龙白头。玉气兰光久摧折，上清鸡犬音书绝。霓旌失手远于天，三岛空云对秋月。人间磊磊浮沤[③]客，鹫鹭[④]蜻蜓飞自隔。不应冠盖逐黄埃，长梦真君旧恩泽。

【注释】

①牧龙丈人：指仙人。②太古：上古，远古。③浮沤：水面上的泡沫，常用来比喻生命的短暂和世事的变化无常。④鹫（yuè）鹭（zhuó）：古书上说的一种水鸟。

送沈次鲁南游

陈　陶

高台赠君别，满握轩辕风。落日一挥手，金鹅[①]云雨空。鳌洲石梁[②]外，剑浦罗浮[③]东。兹兴不可接，翛翛[④]烟际鸿。

【注释】

①金鹅：金制鹅形酒器。②石梁：石桥，在浙江天台山。③剑浦：剑州治所，今福建南平。罗浮：罗浮山。④翛（xiāo）翛：羽毛残破的样子。

题豫章[①]西山香城寺

陈　陶

十地严宫礼竺皇[②]，栴檀[③]楼阁半天香。祇园[④]树老梵声小，雪岭花香灯影长。霄汉落泉供月界，蓬壶灵鸟侍云房。何年七七[⑤]金人降，金锡珠坛满上方[⑥]。

【注释】

①豫章：郡名，治今江西南昌。②十地：佛教谓菩萨修行佛法的十个位

阶。竺皇：指释迦牟尼。③栴（zhān）檀：同“旃檀”，指檀香。④祇（qí）园：印度佛教圣地之一，释迦牟尼说法处。此处喻指香城寺。⑤七七：指七七四十九天的佛事。⑥上方：上界，天上。

圣帝击壤歌[1]四十声

陈　陶

百六[2]承尧绪，艰难土运昌。太虚横彗孛[3]，中野斗豺狼。帝曰更吾嗣[4]，时哉忆圣唐[5]。英星垂将校，神岳诞忠良。炼石医元气，屠鳌正昊苍。扫原铺一德，驱祲[6]立三光。大道重苏息，真风再发扬。芟夷[7]逾旧迹，神圣掩前王。郊酒酣寥廓，鸿恩受渺茫[8]。地图[9]龟负出，天诰凤衔[10]将。杂贡来山峙，群夷入雁行[11]。紫泥搜海岱[12]，鸿笔富岩廊。鹰象敷宸极[13]，寰瀛作瑞坊。泥丸封八表，金镜照中央。构殿基麟趾，开藩表凤翔[14]。銮舆亲稼穑，朱幌[15]务蚕桑。戎羯输天马，灵仙侍玉房。宫仪水蒐甲，门卫绿沈枪。陶铸超三古，车书混万方。时巡望虞舜，蒐狩[16]法殷汤。化合讴谣满，年丰鬼蜮藏。政源归牧马[17]，公法付神羊[18]。宝鼎无灵应，金瓯[19]肯破伤。封山昭茂绩，祠执答嘉祥。在昔宫闱僭，仍罹羿浞殃。牝鸡何譈讟[20]，猘犬漫劻勷[21]。苗祷三灵怒，桓偷九族亡。鲸鲵寻挂网，魑魅旋投荒。松柏霜逾翠，芝兰露更香。圣谟流祚远，仙系发源长。岛屿征徭薄，漪澜泛稻凉。凫鱼餍餐啖，荷薜足衣裳。寤寐华胥国，嬉游太素乡[22]。鹰鹯[23]飞接翼，忠孝住连墙。有叟能调鼎[24]，无媒隐钓璜。乾坤资识量，江海入文章。野鹤思蓬阙，山麋忆庙堂。泥沙空淬砺，星斗屡低昂。历草[25]何因见，罇尊[26]岂暂忘。终随嘉橘赋[27]，霄汉谒羲皇。

【注释】

①圣帝：圣主，明君。击壤歌：相传尧时有老人击壤而歌，颂太平盛

世的景象。击壤，古时的一种投掷游戏。②百六：古人以为厄运。③太虚：天空。彗孛（bèi）：彗星。④更吾嗣：指禅让帝位。⑤圣唐：指唐尧时代。⑥驱祲（jìn）：驱除不祥之气。⑦芟（shān）夷：铲除或消灭（某种势力）。⑧受渺茫：指帝位受命于天。⑨地图：指河图与洛书。《周易·系辞上》曰："河出图，洛出书，圣人则之。"⑩凤衔：《宋书·符瑞志上》载，"有凤皇衔书，游文王之都"。⑪雁行：大雁的行列，借指朝班。⑫紫泥：诏书。搜海岱：指寻求人才。⑬敷：布列，摆开。宸极：北极星，借指帝位。⑭开藩：设立藩国。凤翔：凤凰飞翔，表示祥瑞。⑮朱幌：红色帷幔，此处代指皇后。⑯蒐狩：春猎和冬狩，泛指田猎。⑰牧马：《庄子·徐无鬼》载，黄帝在襄城之野向一牧马童子询问治国之道，童子曰："夫为天下者，亦奚以异乎牧马者哉！亦去其害马者而已矣。"⑱神羊：指獬豸。⑲金瓯：比喻疆土之完固，亦指疆土。⑳譈（duì）讉（mài）：怨恨。㉑猘（zhì）犬：疯狗。劻（kuāng）勷（ráng）：急迫不安的样子。㉒太素乡：天地之间。太素，古谓形成天地的素质。㉓鹰鹯（zhān）：鹰与鹯，均为猛禽。㉔调鼎：喻任宰相治理国家。㉕历草：指蓂（míng）荚，传说中一种象征祥瑞的草。㉖衢尊：设酒于街道，任人随意饮用。后用来比喻恩泽。《淮南子·缪称训》："圣人之道，犹中衢而致尊（樽）邪？过者斟酌，多少不同，各得其所宜。"㉗嘉橘赋：屈原在《楚辞·九章·橘颂》中赞橘为"后皇嘉树"。

续古二十九首（其十三）

陈 陶

秦作东海桥，中州鬼辛苦①。纵得跨蓬莱，群仙亦飞去。

【注释】

①"秦作"二句：化用秦始皇作石桥，有神人为之驱石，石尽流血典。

钟陵[1]秋夜

陈 陶

洪崖岭[2]上秋月明，野客枕底章江[3]清。蓬壶宫阙不可梦，一一入楼归雁声。

【注释】

①钟陵：古县名，今江西进贤。②洪崖岭：相传为洪崖先生得道处。③野客：村野之人，借指隐士。章江：又称“章水”，为赣江的源头之一。

悼怀王丧妃

李 中

花绽花开事可惊，暂来浮世返蓬瀛。楚宫梦[1]断云空在，洛浦神[2]归月自明。香解返魂成浪语[3]，胶能续断[4]是虚名。音容寂寞春牢落[5]，谁会楼中独立情。

【注释】

①楚宫梦：化用楚怀王梦巫山神女典。②洛浦神：洛水之神，此指怀王妃。③香解返魂：指返魂香，死者闻其香气可复活。浪语：妄说，乱说。④胶能续断：汉武帝时，西海国向其献胶五两。武帝弓弦断，用此胶可续之。后以其为妻死续娶之意。⑤牢落：寥落。

贻庐山清溪观王尊师

李 中

霞帔[1]星冠复杖藜，积年修炼住灵溪。松轩睡觉冷云起，石磴坐来春日西。采药每寻岩径远，弹琴常到月轮低。鼎中龙虎[2]功成后，海上三山去不迷。

【注释】

①霞帔：道家的一种贵重服装。②龙虎：道家语，指铅汞。

赠重安寂道者

李　中

寒松肌骨鹤心情，混俗陶陶隐姓名。白发只闻悲短景，红尘谁解信长生。壶中日月①存心近，岛外烟霞入梦清。每许相亲应计分②，琴余常见话蓬瀛。

【注释】

①壶中日月：指道家的神仙生活。②计分：计算分离的时间。

游北山洞神宫①

李　中

闷见尘中光景促，仙乡来礼紫阳君②。人居淡寂应难老，道在虚无不可闻。松桧稳栖三岛鹤，楼台闲锁九霄云。羡师向此朝星斗，一炷清香午夜焚。

【注释】

①北山：钟山，又名“紫金山”，在今江苏南京东。洞神宫：为道教太上老君祠庙。②紫阳君：道家信奉之仙人，后泛称道士。

赠上都紫极宫①刘日新先生

李　中

道德吾君重，含贞本去华②。因知炼神骨，何必在烟霞。棋散庭花落，诗成海月斜。瀛洲旧仙侣，应许寄丹砂。

【注释】

①上都：京都，此处指南唐都城金陵（今江苏南京）。紫极宫：《旧唐书·玄宗本纪下》载，唐玄宗天宝二年（743），“改西京玄元庙为太清宫，东京为太微宫，天下诸郡为紫极宫”。②贞：本真。华：浮华。

送虞道士

李 中

烟霞聚散通三岛，星斗分明在一壶。笑说余杭沽酒去，蔡家重要会麻姑[①]。

【注释】

①“笑说”二句：化用王远与麻姑饮于蔡经家典。重（chóng），再。

送王道士游东海

李 中

巨浸[①]常牵梦，云游岂觉劳。遥空收晚雨，虚阁看秋涛。必若思三岛，应须钓六鳌。如通十洲去，谁信碧天高。

【注释】

①巨浸：大海，此处指东海。

鹤

李 中

九皋[①]羽翼下晴空，万里心难驻玉笼。清露滴时翘藓径，白云开处唳松风。归当华表千年后，怨在瑶琴别操[②]中。好共灵龟作俦侣[③]，十洲三岛逐仙翁。

【注释】

①九皋：深泽，此处代指鹤。②别操：指《别鹤操》。③俦（chóu）侣：伴侣，朋辈。

游紫阳宫[①]

成彦雄

古殿烟霞簇画屏，直疑踪迹到蓬瀛。碧桃满地眠花鹿，深院松窗捣药声。

【注释】

①紫阳宫：道观名，在茅山。原名朱阳馆，梁武帝天监十三年（514）修建，唐玄宗时改为紫阳宫。

同刘侍郎咏笋

徐光溥

迸出班犀[①]数十株，更添幽景向蓬壶。出来似有凌云势，用作丹梯[②]得也无。

【注释】

①犀：笋形似犀角，故云。②丹梯：红色的阶梯，比喻仕进之路。

大游仙诗

欧阳炯

赤城霞起武陵春，桐柏先生解守真[①]。白石桥高曾纵步，朱阳馆静每存神。囊中隐诀多仙术，肘后方书济俗人。自领蓬莱都水监[②]，只忧沧海变成尘。

【注释】

①桐柏：指桐柏观。守真：保持本性。②都水监：官署名，掌河渠、津梁、堤堰等事务。

梦仙谣

廖　融

琪木扶疏系辟邪[①]，麻姑夜宴紫皇家。银河旌节[②]摇波影，珠阁笙箫吸月华。翠凤引游三岛路，赤龙齐驾五云车。星稀犹倚虹桥立，拟就张骞搭汉槎[③]。

【注释】

①扶疏：枝叶茂盛纷披的样子。辟邪：古代传说中的一种神兽，似狮而带翼。②旌节：传说中神仙的仪仗。③“拟就”句：南朝梁宗懔《荆楚岁时记》载，汉武帝令张骞寻河源，张骞乘槎经月至天河。

贻净居寺新及第

谭用之

秋池云下白莲香，池上吟仙寄竹房。闲颂国风文字古，静消心火梦魂凉。三春蓬岛花无限，八月银河①路更长。此境空门②不曾有，从头好语与医王。

【注释】

①八月银河：化用八月乘槎上银河典。②空门：佛教认为“诸法皆空”，并以悟“空”作为进入“涅槃”之门，故称佛教为“空门”。

赠进士①李守微

韩　屿

一定童颜老岁华，贫寒游历贵人家。炼成正气功应大，养得元神道不差。舄曳鹤毛干毾㲪②，杖携筇节瘦槎牙③。如何蓬阆不归去，落尽蟠桃几度花。

【注释】

①进士：当为“道士”之误。②毾（tà）㲪（sà）：毛长貌。③槎牙：错杂不齐貌。

冬日与群公泛舟焦山①

王　瓒

江外水不冻，今年寒复迟。众芳且未歇，近腊仍夹衣。载酒适我情，兴来趣渐微。方舟[2]大川上，环酌对落晖。两片青石棱，波际无因依。三山安可到，欲到风引归。沧溟壮观多，心目豁暂时。况得穷日夕，乘槎何所之。

【注释】

①焦山：山名，在今江苏镇江东北。②方舟：两船相并。

九嶷山[1] 山在萍乡，上有九嶷仙观

刘 望

鼎湖冠剑有遗踪，晋汉真人羽化同。九转药成丹灶冷，五车云[2]去玉堂空。仙家日月蓬壶里，尘世烟花梦寐中。徒有旧山流水畔，老松枝叶苦吟风。

【注释】

①九嶷（yí）山：在今湖南宁远县城南。②五车云：五云车，指仙人所乘之车。

晚 望

林 琨

清晨孤亭里，极目[1]对前岑。远与天水合，长霞生夕林。苍然平楚[2]意，杳霭[3]半秋阴。落日川上尽，关城云外深。方予事岩壑，及此欲抽簪[4]。诗就蓬山道，还兹契宿心。

【注释】

①极目：远望，尽目力所及。②平楚：登高远望，见丛林树梢齐平。③杳霭：茂盛貌。④抽簪：古时做官的人须束发整冠，故称弃官归隐为“抽簪”。

凤归云[1]二首（其二）

滕　潜

饮啄蓬山最上头，和烟飞下禁城秋。曾将弄玉归云去，金翿[2]斜开十二楼。

【注释】

①凤归云：乐府《近代曲辞》名。②翿（dào）：又名“羽葆幢”，指古代羽舞或葬礼所用的大旗。

罗浮山

无名氏

《太平广记》云：此山本只名罗山，忽海上有山浮来相合，是谓罗浮山。有十五岭、二十一峰、九百八十瀑泉洞穴，他山无出其右也。旧有诗曰：

四百余峰海上排，根连蓬岛荫天台。百灵[1]若为移中土，嵩华[2]都为一小堆。

【注释】

①百灵：指各种神灵。②嵩华：嵩山和华山的并称。

绝　句

无名氏

绿杨阴转画桥斜，舟有笙歌岸有花。尽日会稽山色里，蓬莱清浅水仙家。

七言大言[1]联句

高歌阆风步瀛洲昼，燀鹏燂[2]鲲餐未休颜真卿。四方上下无外头李粤，一啜顿涸[3]沧溟流张荐。

【注释】

①大言：杂体诗的一种，用夸张的诗句极言事物之大。清沈德潜《说诗晬语》："杂体有大言、小言、两头纤纤、五杂组、离合姓名、五平、五仄、十二辰、回文等项。"②燂（tán）：烧热，烤烂。爚（yuè）：煮。③啜：喝。涸：水干。

中元日鲍端公宅遇吴天师[1]联句

道流为柱史[2]，教戒下真仙严维。共契中元会，初修内景篇[3]鲍防。游方依地僻，卜室[4]喜墙连谢良辅。宝笥[5]开金箓，华池[6]漱玉泉杜弈。怪龙随羽翼，青节降云烟李清。昔去遗丹灶，今来变海田刘蕃。养形[7]奔二景，炼骨度千年谢良弼。骑竹投陂里，携壶挂牖边郑概。洞中尝入静[8]，河上旧谈玄陈元初。伊洛笙歌远，蓬壶日月偏樊珣。青骡蓟训[9]引，白犬伯阳[10]牵丘丹。法受相君后，心存象帝先吕渭。道成能缩地，功满欲升天范淹。何意迷孤性，含情恋数贤吴筠。

【注释】

①鲍端公：指鲍防。吴天师：指吴筠。②柱史：柱下史，为御史的代称。相传老子曾为周柱下史。③内景篇：道教经典有《黄庭经》，欧阳修认为"所谓《内景》者，乃此经之义疏尔"。④卜室：选择居处。⑤宝笥（sì）：放宝物的箱箧。⑥华池：传说中的仙池，在昆仑山上。⑦养形：保养形体。⑧入静：道教的一种修炼方法，谓静坐屏除杂念。⑨青骡：《太平御览》卷九〇一引《鲁女生别传》曰，"李少君死后百余日，后人有见少君在河东蒲坂，乘青骡。帝闻之，发棺，无所有"。蓟训：蓟子训，汉代建安时人，有仙术。⑩伯阳：指老子，其字伯阳。

还丹[1]可成诗联句

羽化自仙骨，延年资养生清昼。金经启灵秘，玉液流至精潘述。八石[2]思共炼，九丹知可成汤衡。吾心苟无妄，神理期合并[3]清昼。封灶用六一[4]，置门考休京潘述。浮光含日彩，圆质焕云英汤衡。持此保寿命，服之颐性情清昼。跂[5]予望仙侣，高咏升天行潘述。鹤驾方可致，霓裳定将迎汤衡。不因五色药，安著七真[6]名清昼。挥妙在微密，全功知感诚潘述。与君弃城市，携手游蓬瀛汤衡。

【注释】

①还丹：金丹。②八石：指古代道士炼丹常用的朱砂、雄黄、雌黄、空青、云母、硫黄、戎盐、硝石等八种矿石药物。③神理合并：谓天人感应。④六一：指六一泥，道教炼丹用以封炉的一种泥。⑤跂(qǐ)：抬起脚后跟站着。⑥七真：道教尊崇的七位仙人。因茅盈、茅固、茅衷、杨羲、许穆、许翙和郭崇真皆在茅山得道，故合称“七真”。

宫词（其十二）

花蕊夫人徐氏

旋移红树斫新苔，宣使龙池更凿开。展得绿波宽似海，水心楼殿胜蓬莱。

宫词（其五十三）

花蕊夫人徐氏

天门晏闭九重关，楼倚银河气象间。一点星球重绛阙，五云仙仗下蓬山。

赠　别

严续姬

风柳摇摇无定枝，阳台云雨梦中归。他年蓬岛音尘绝，留取尊前旧舞衣。

会仙诗（其二）

葛鸦儿

烟霞迤逦接蓬莱，宫殿参差晓日开。群玉山[1]前人别处，紫鸾飞起望仙台。

【注释】

①群玉山：传说为西王母居处。

和友人次韵

鱼玄机

何事能销旅馆愁，红笺开处见银钩[1]。蓬山雨洒千峰小，嶰谷[2]风吹万叶秋。字字朝看轻碧玉，篇篇夜诵在衾裯。欲将香匣收藏却，且惜时吟在手头。

【注释】

①银钩：比喻书法刚劲有力。②嶰（xiè）谷：昆仑山北谷名。

诗三百三首（其三十九）

寒　山

白鹤衔苦桃，千里作一息。欲往蓬莱山，将此充粮食。未达毛摧落，离群心惨恻。却归旧来巢，妻子不相识。

诗三百三首（其四十七）

寒　山

骝马珊瑚鞭，驱驰洛阳道。自矜美少年，不信有衰老。白发会应生，红颜岂长保。但看北邙山，个是[①]蓬莱岛。

【注释】

①个是：这是。

与英才言聚赋得[①]升天行

慧　净

驭风过阆苑，控鹤下瀛洲。欲采三芝秀[②]，先从千仞游。驾凤吟虚管[③]，乘槎泛浅流。颓龄[④]一已驻，方验大椿秋。

【注释】

①赋得：凡摘取古人成句为题之诗，题首多冠以“赋得”二字。②三芝秀：指灵芝，其一年开花三次。③“驾凤”句：化用萧史、弄玉典。虚管，指笙、箫一类的管乐器。④颓龄：垂暮之年。

奉和郎中题仙岩瀑布[①]十四韵

灵　澈

致闲在一郡，民安已三年。每怀贞士[②]心，孙许犹差肩[③]。采异百代后，得之古人前。扪险路坱圠[④]，临深闻潺湲。上有千岁树，下飞百丈泉。清谷长雷雨，丹青凝霜烟。遥将大壑近，暗与方壶连。白石颜色寒，老藤花叶鲜。轩皇[⑤]自兹去，乔木空依然。碧山东极海，明月高升天。平野生竹柏，虽远地不偏。永愿酬国恩，自将布金田[⑥]。穆穆早朝人，英英丹陛[⑦]贤。谁思沧洲意，方欲涉巨川[⑧]。

【注释】

①仙岩瀑布：在今浙江温州。②贞士：坚贞之士。③孙许：孙绰和许询的并称，他们均为东晋玄言诗的代表人物。《晋书·孙绰传》："（孙）绰与（许）询一时名流，或爱询高迈，则鄙于绰，或爱绰才藻，而无取于询。"差肩：比肩。④坱（yǎng）圠（yà）：高低不平貌。⑤轩皇：黄帝轩辕氏。⑥金田：借指佛寺。⑦丹陛：宫殿前的台阶，借指皇帝。⑧涉巨川：喻将得到重用。

贻李汤

皎　然

茅氏[1]常论七真记，壶公爱说三山事。宁知梅福在人间，独为苍生作仙吏。日服丹砂骨自清，肤如冰雪心更明。山中玉笋[2]是仙药，袖里素书题养生。愿随黄鹤一轻举，仰望青霄独延伫。平生好骏君已知，何必山阴访王许[3]。

【注释】

①茅氏：指汉茅盈、茅固、茅衷三兄弟。②玉笋：指钟乳石。③王许：王羲之和许迈的并称。《晋书·王羲之传》载，王羲之"与道士许迈共修服食，采药石不远千里，遍游东中诸郡，穷诸名山，泛沧海"。

奉陪郑使君谔游太湖至洞庭山登上真观却望湖水

皎　然

郡斋得无事，放舟下南湖。湖中见仙邸，果与心赏俱。不远风物变，忽如寰宇殊。背云视层崖，别是登蓬壶。突兀盘水府，参差沓天衢。回瞻平芜尽，洪流豁中区[1]。气吞江山势，色净氛霭无。灵长[2]习水德，胜势当地枢。朝宗[3]动归心，万里思鸿途。

【注释】

①中区：人世间。②灵长：谓神灵中居于首位者。③朝宗：诸侯朝见天子，后泛指臣子朝见帝王。

夏日同崔使君论登城楼赋得远山

皎　然

远山湖上小，青翠望依稀。才向窗中列，还从林表微。色浓春草在，峰起夏云归。不是蓬莱岛，如何人去稀。

杂寓兴

皎　然

嗟嗟号呶[1]子，世称谪仙俦。媚俗被鲛绡，欺天荐昫修[2]。奔景[3]谓可致，驰龄言易流。燕昭昧往事，嬴政亡前筹。三山果不见，九仙忽悠悠。君看牛山[4]乐，君见麋浦游。昨日千金子，联绵成古丘。吾将揽明月，照尔生死流。至乐享爰居[5]，惭贻达者尤。冥冥光尘[6]内，机丧成海沤[7]。

【注释】

①号呶（náo）：喧哗叫嚷。②昫（xù）修：昫，疑作“呴（xǔ）”。“呴修”即道家所说呼吸吐纳。③奔景：流失的光阴。④牛山：在今山东淄博。《晏子春秋》载，春秋时齐景公游于牛山，想到人生短暂，不觉泣下。⑤至乐：最大的快乐。爰居：迁居。⑥光尘：比喻世俗。⑦海沤：海中的水泡，比喻事物变幻无常。

杂兴六首（其二）

皎　然

短龄役长世[1]，扰扰[2]悟不早。嫔女[3]身后空，欢娱梦中好。

从教西陵[4]树，千载伤怀抱。鹤驾何冥冥，鳌洲去浩浩。柔颜感三花[5]，凋发悲蔓草。月中伐桂人是谁，翻使年年不衰老。

【注释】

①短龄：指人短暂的一生。役：役使。长世：漫长的人世。②扰扰：纷乱貌。③嫔女：妃嫔和侍女。④西陵：曹操陵。⑤三花：三次开花，指灵芝。

答韦山人隐起龙文药瓢歌

皎　然

野人药瓢天下绝，全如浑金[1]割如月。彪炳[2]文章智使然，生成在我不在天。若言有物不由物，何意中虚道性全。韦生能诗兼好异，获此灵瓢远相遗[3]。仙侯玉帖人漫传，若士[4]青囊世何秘。一捧一开如见君，药盛五色香氛氲。背上骊龙蟠不睡，张鳞摆颔生风云。世人强知金丹道，默仙[5]不成秽仙老。年少纷如陌上尘，不见吾瓢尽枯槁。聊将系肘步何轻，便有三山孤鹤情。东方小儿乏此物，遂令仙籍独无名。

【注释】

①浑金：未冶炼的金。②彪炳：文采焕发。③遗：赠。④若士：指仙人。⑤默仙：默然成仙。

买药歌送杨山人

皎　然

华阴少年何所希，欲饵丹砂化骨[1]飞。江南药少淮南有，暂别胥门上京口[2]。京口斜通江水流，斐回应上青山头。夜惊潮没鸬鹚[3]堰，朝看日出芙蓉楼。摇荡春风乱帆影，片云无数是扬州。扬州喧喧卖药市，浮俗无由识仙子。河间姹女直千金，紫阳夫人[4]服不死。吾于此道复何如，昨朝新得蓬莱书。

【注释】

①化骨：化去凡骨，指成仙。②胥门：指苏州城西门。京口：古城名，故址在今江苏镇江。③鸬（lú）鹚（cí）：水鸟名，其善捕鱼，通称鱼鹰。④紫阳夫人：丹药名。

降诞日[①]内庭献寿应制

广　宣

庆寿千龄远，敷仁[②]万国通。登霄[③]欣有路，捧日[④]愧无功。仙驾三山上，龙生二月中。修斋长乐殿，讲道大明宫。此地人难到，诸天事不同。法筵花散后，空界满香风。

【注释】

①降诞日：生日。此指唐宪宗李纯，其出生于大历十三年（778）二月，故诗云“龙生二月中”。②敷仁：施行仁政。③登霄：登上云霄，比喻升迁。④捧日：比喻忠心辅佐帝王。

赠李粲秀才字辉用

僧　鸾

陇西辉用真才子，搜奇探险无伦比。笔下铦磨巨阙[①]锋，胸中静滟[②]西江水。哀弦古乐清人耳，月露激寒哭秋鬼。苔地无尘到晓吟，杉松老叶风干起。十轴示余三百篇，金碧烂光烧蜀笺[③]。雄芒逸气测不得，使我踯躅成狂颠。大郊远阔空无边，凝明淡绿收余烟。旷怀相对景何限，落日乱峰青倚天。又惊大舶帆高悬，行涛劈浪凌飞仙。回首瞥见五千仞，扑下香炉瀑布泉。何事古人夸八斗，焉敢今朝定妍丑。飒风驱雷暂不停，始向场中称大手。骏如健鹘鹗与雕[④]，拿云猎野翻重霄。狐狸窜伏不敢动，却下双鸣当迅飙。愁如湘灵哭湘浦，咽咽哀音隔云雾。九嶷深翠转巍峨，仙骨寒消不知处。清同野客敲越瓯，丁当急响涵清秋。鸾雏相引叫未定，霜结夜阑仍在楼。高若太空露云物，片白激青皆仿佛。仙鹤闲从净碧飞，巨鳌头戴蓬莱出。前辈歌诗惟翰林[⑤]，神仙老格何高深。鞭驰造化绕笔转，灿烂不为酸苦吟。梦乘明月清沈沈，飞到天台天姥岑。倾湖涌海数百字，字字不朽长摐[⑥]金。此日多君可俦侣，堆珠叠玑满玄圃。终日并辔游昆仑，十二楼中宴王母。

【注释】

①铦：锋利。巨阙：越王勾践的宝剑名，相传为春秋时期欧冶子铸。②漇：水波流动貌。③蜀笺：蜀地制造的精美纸张。④鹘、鹗、雕：均为大型猛禽。⑤翰林：指李白。⑥摐（chuāng）：撞击。

了仙谣

贯　休

海中紫雾蓬莱岛，安期子乔去何早。游戏多骑白骐䮵，须发如银未曾老。亦留仙诀在人间，啮镞[①]终言药非道。始皇不得此深旨，远遣徐福生忧恼。紫术黄精[②]心上苗，大还小还行中宝。若师方术弃心师[③]，浪似雪山何处讨。

【注释】

①啮镞：咬住箭头。唐段成式《酉阳杂俎续集》卷四引《朝野佥载》言，昝谟善射，王灵智拜他为师，“以为曲尽其妙，欲射杀谟，独擅其美。谟执一短刀，箭来辄截之，唯有一矢，谟张口承之，遂啮其镝。笑曰：‘学射三年，未教汝啮镞法。’”此处指成仙秘诀。②紫术黄精：两种药材，服之可以延年益寿。③心师：佛教语，以己之真心为师。

与刘象正字

贯 休

独居三岛上，花竹映柴关。道广群仙惜，名成万事闲。病多唯纵酒，静极不思山。唯有逍遥子，时时自往还。

寄翰林陆学士

贯 休

颜冉商参甲[①]，鸾凰密勿才。帘垂仙鸟下，吟次圣人来。宝辇千官捧，宫花九色开。何时重一见，为我话蓬莱。

【注释】

①颜冉商参：指孔子的弟子颜渊、冉耕、卜商、曾参。甲：居第一位。

谢武陵徐巡官远寄五七字[①]诗集

齐 己

五字才将七字争，为君聊敢试悬衡[②]。鼎湖菡萏摇金影，蓬岛鸾皇舞翠声。还是灵龟巢得稳，要须仙子驾方行。两边珍重遥相惠，何夕灯前尽比情。

【注释】

①五七字：指五言诗、七言诗。②悬衡：天平，此处谓比较、评价。

遣 怀

齐 己

病肠休洗老休医，七十能饶[①]百岁期。不死任还蓬岛客，无生自有雪山师[②]。浮云聚散俱关虑，明月相逢好展眉。既兆未萌闲酌度[③]，不如中抱[④]是寻思。

【注释】

①饶：让。②雪山师：指释迦牟尼。③兆未萌：指死亡的征兆未出现。酌度：酌量，思量。④中抱：犹中怀，指内心。

观李琼处士画海涛

齐 己

巨鳌转侧长鳅翻，狂涛颠浪高漫漫。李琼夺得造化本[①]，都卢缩在秋毫端[②]。一挥一画皆筋骨，滉漾崩腾大鲸臬[③]。叶[④]扑仙槎摆欲沉，下头应是骊龙窟。昔年曾要涉蓬瀛，唯闻撼动珊瑚声。今来正叹陆沉[⑤]久，见君此画思前程。千寻万派[⑥]功难测，海门山小涛头白。令人错认钱塘城[⑦]，罗刹石[⑧]底奔雷霆。

【注释】

①造化本：指大自然的法则。②都卢：统统，总是。秋毫端：笔端。③滉漾：水广大无边际貌。臬（niè）：极致，终极。④叶：指船。⑤陆沉：陆地无水而沉，喻隐居。⑥千寻万派：指众多水流。⑦钱塘城：今浙江杭州。⑧罗刹石：钱塘江中的险石名。

升天行

齐 己

身不沉，骨不重。驱青鸾，驾白凤。幢盖[①]飘摇入冷空，天风瑟瑟星河动。瑶阙参差阿母家，楼台戏闭凝彤霞。三五仙子乘龙车，堂前碾烂蟠桃花。回头却顾蓬莱顶，一点浓岚在深井[②]。

【注释】

①幢盖：仪仗用的旌旗和伞盖。②浓岚：浓重的山间雾气。深井：指大海。

题马迹山[1]

文　鉴

瀛洲西望沃洲[2]山，山在平湖缥缈间。常说使君千里马，至今龙迹尚堪攀。

【注释】

①马迹山：简称“马山”，在今江苏无锡西南太湖北岸。②沃洲：山名，此处借指马迹山。

游仙二十四首（其七）

吴　筠

碧海广无际，三山高不极。金台罗中天[1]，羽客恣游息。霞液[2]朝可饮，虹芝[3]晚堪食。啸歌自忘心，腾举宁假翼。保寿同三光[4]，安能纪[5]千亿。

【注释】

①罗：罗列。中天：天空，指神仙世界。②霞液：晨露。③虹芝：虹草，传说其花色似朝虹。④三光：古时指日、月、星。⑤纪：同“记”，记住。

游仙二十四首（其二十一）

吴　筠

整驾[1]辞五岳，排烟[2]凌九霄。纷然太虚中，羽旆更相招。且盼蓬壶近，谁言昆阆遥。悠悠竟安适，仰赴三天[3]朝。

【注释】

①整驾：备好车马，准备出发。②排烟：腾云驾雾。③三天：道教称清微天、禹余天、大赤天为三天。

览古十四首（其六）

吴 筠

尝稽[1]真仙道，清寂祛众烦。秦皇及汉武，焉得游其藩[2]。情扰万机屑，位骄四海尊。既欲先宇宙，仍规[3]后乾坤。崇高与久远，物莫能两存。矧[4]乃恣所欲，荒淫伐灵根。金膏恃延期，玉色[5]复动魂。征战穷外域，杀伤被中原。天鉴谅难诬，神理不可谖[6]。安期返蓬莱，王母还昆仑。异术终莫告，悲哉竟何言。

【注释】

①稽：计较，争论。②藩：境界，地域。③规：通“窥”，窥探。④矧（shěn）：况且。⑤玉色：指女色。⑥谖：欺诈。

登北固山望海

吴 筠

此山镇京口，迥出沧海湄。跻览何所见，茫茫潮汐驰。云生蓬莱岛，日出扶桑枝。万里混一色，焉能分两仪[1]。愿言策烟驾[2]，缥缈寻安期。挥手谢人境，吾将从此辞。

【注释】

①两仪：指天地。②烟驾：指神仙所乘的云车。

题北平沼

杜光庭

桐柏真人曾此居，焚香崖下诵灵书。朝回时宴三山客，涧尽闲飞五色鱼[1]。天柱一峰凝碧玉，神灯千点散红蕖。宝芝常在知谁得，好驾金蟾入太虚。

【注释】

①五色鱼：仙鱼。《水经注·渭水》：“其水东北流，历涧，注以成渊，

潭涨不测，出五色鱼，俗以为灵，而莫敢采捕。”

题福唐观二首（其一）

杜光庭

盘空蹑翠到山巅，竹殿云楼势逼天。古洞草深微有路，旧碑文灭不知年。八州物象通檐外，万里烟霞在目前。自是人间轻举[①]地，何须蓬岛访真仙。

【注释】

①轻举：谓飞升，登仙。

题莫公台[①]

杜光庭

奇绝巍台峙[②]浊流，古来人号小瀛洲。路通霄汉云迷晚，洞隐鱼龙月浸秋。举首摘星河有浪，自天图画笔无钩。将军悟却希夷诀，赢得清名万古流。

【注释】

①莫公台：又名“飞仙阁”，在今四川蒲江。②峙：耸立。

七言（其二十二）

吕　岩

本来无作亦无行，行着之时是妄情[①]。老氏语中犹未决，瞿昙[②]言下更难明。灵竿有节通天去，至药[③]无根得地生。今日与君无吝惜，功成只此是蓬瀛。

【注释】

①妄情：虚妄不实之情识。②瞿昙：释迦牟尼的姓。③至药：犹妙药。

七言（其三十五）

吕 岩

谁识寰中达者人，生平解法水中银。一条拄杖撑天地，三尺昆吾[①]斩鬼神。大醉醉来眠月洞，高吟吟去傲红尘。自从悟里终身后，赢得蓬壶永劫春。

【注释】

①昆吾：用昆吾石冶炼而成的刀剑。

七言（其四十四）

吕 岩

半红半黑[①]道中玄，水养真金火养铅。解接往年三寸气[②]，还将运动一周天[③]。烹煎尽在阴阳力，进退须凭日月权。只此功成三岛外，稳乘鸾凤谒诸仙。

【注释】

①半红半黑：指阴阳合体。红指火，属阳；黑指水，属阴。②三寸气：指丹田之气。三寸，指上、中、下三丹田。③周天：指炼丹的功法与周期。

七言（其三）

吕 岩

碧潭深处一真人，貌似桃花体似银。鬓发未斑缘有术，红颜不老为通神。蓬莱要去如今去，架上黄衣化作云。任彼桑田变沧海，一丸丹药定千春。

七言（其十一）

吕 岩

遥指高峰笑一声，红霞紫雾面前生。每于廛市[①]无人识，长到山中有鹤行。时弄玉蟾驱鬼魅，夜煎金鼎煮琼英。他时若赴蓬莱洞，知我仙家有姓名。

【注释】

①廛市：市廛，店铺集中之处。

七言（其十二）

吕　岩

堪笑时人问我家，杖担云物惹烟霞。眉藏火电[1]非他说，手种金莲[2]不自夸。三尺焦桐[3]为活计，一壶美酒是生涯。骑龙远出游三岛，夜久无人玩月华。

【注释】

①火电：喻闪烁的目光。②手种金莲：手中种出来金色莲花，谓稀有或难得。③焦桐：泛指好琴。

七言（其十五）

吕　岩

公卿虽贵不曾酬，说著仙乡便去游。为讨石肝[1]逢蜃海，因寻甜雪[2]过瀛洲。山川醉后壶中放，神鬼闲来匣里收。据见目前无个识，不如杯酒混凡流。

【注释】

①石肝：一种矿石，可用作药物。陶弘景《名医别录》："石肝，味酸，无毒。主治身痒，令人色美。生常山，色如肝。"②甜雪：甘甜的雪水。

七言（其十七）

吕　岩

火种丹田金自生[1]，重重楼阁[2]自分明。三千功行[3]百旬见，万里蓬莱一日程。羽化自应无鬼录，玉都[4]长是有仙名。今朝得赴瑶池会，九节幢幡[5]洞里迎。

【注释】

①金自生：元气会自然而然地生成。②重重楼阁：指修行的不同境界。③三千功行：道教认为“三千功满，不为尘世之人”。④玉都：犹玉京，指仙境。⑤幢幡：旌旗。

七言（其二十）

吕　岩

莫怪爱吟天上诗，盖缘吟得世间稀。惯餐玉帝宫中饭，曾著蓬莱洞里衣。马踏日轮红露卷，凤衔月角擘云飞。何时再控青丝辔[1]，又掉[2]金鞭入紫微。

【注释】

①青丝辔：代指装饰华美的马。②掉：挥动。

七言（其二十二）

吕　岩

云鬓双明骨更轻，自言寻鹤到蓬瀛。日论药草皆知味，问著神仙自得名。簪冷夜龙穿碧洞[1]，枕寒晨虎卧银城[2]。来春又拟携筇去，为忆轩辕海上行。

【注释】

①夜龙：指元神。碧洞：喻丹田。②晨虎：指元气。银城：喻肾脏。

七言（其三十）

吕　岩

六龙齐驾得升乾[1]，须觉潜通造化权。真道每吟秋月澹，至言长运碧波寒。昼乘白虎游三岛，夜顶金冠立古坛。一载已成千岁药，谁人将袖染尘寰。

【注释】

①六龙：指太阳。传说日神乘车，驾以六龙。升乾：升天。

七言（其三十二）

吕 岩

欲陪仙侣得身轻，飞过蓬莱彻上清。朱顶鹤来云外接，紫鳞鱼向海中迎。姮娥月桂花先吐，王母仙桃子渐成。下瞰日轮天欲晓，定知人世久长生。

七言（其三十四）

吕 岩

割断繁华掉却荣，便从初得是长生。曾于锦水为蝉蜕，又向蓬莱别姓名。三住住来无否泰①，一尘②尘在世人情。不知功满归何处，直跨虬龙上玉京。

【注释】

①三住：道家修炼之术，指气住、神住、形住。否泰：指世道盛衰和人事通塞。②一尘：道家称一世为一尘。

七言（其四十三）

吕 岩

紫极宫中我自知，亲磨神剑剑还飞。先差玉子开南殿①，后遣青龙入紫微②。九鼎黄芽③栖瑞凤，一躯仙骨养灵芝。蓬莱不是凡人处，只怕愚人泄世机。

【注释】

①南殿：喻指下丹田。②紫微：喻指上丹田。③黄芽：为先天之气开始萌发的象征。

七言（其五十三）

吕　岩

闲来掉臂入天门，拂袂徐徐撮彩云。无语下窥黄谷子，破颜[1]平揖紫霞君。拟登瑶殿参金母，回访瀛洲看日轮。恰值嫦娥排宴会，瑶浆新熟味氤氲。

【注释】

①破颜：露出笑容。

七言（其五十九）

吕　岩

头角苍浪[1]声似钟，貌如冰雪骨如松。匣中宝剑时频吼，袖里金锤逞露风。会饮酒时为伴侣，能行诗句便参同。来年定赴蓬莱会，骑个生狞[2]九色龙。

【注释】

①苍浪：斑白，花白。②生狞：凶猛，凶恶。

七言（其六十一）

吕　岩

九鼎烹煎一味砂，自然火候放童花[1]。星辰照出青莲[2]颗，日月能藏白马牙[3]。七返返成生碧雾，九还[4]还就吐红霞。有人夺得玄珠饵，三岛途中路不赊。

【注释】

①童花：指内丹。②青莲：喻内丹。③白马牙：丹砂的一种，外观如马牙，色白。④七返、九还：皆内丹修炼术语。

真人行巴陵[1]市太守怒其不避使案吏具其罪真人曰须酒醒耳顷忽失之但留诗曰

吕　岩

暂别蓬莱海上游，偶逢太守问根由。身居北斗星杓[2]下，剑挂南宫月角头。道我醉来真个醉，不知愁是怎生愁。相逢何事不相认，却驾白云归去休。

【注释】

①真人：指诗人自己。巴陵：郡名，治今湖南岳阳。②星杓（biāo）：古代指北斗星柄部的三颗星。

绝句（其九）

吕　岩

时人若拟去瀛洲，先过巍巍十八楼[1]。自有电雷声震动，一池金水[2]向东流。

【注释】

①“先过”句：指修炼气功。巍巍，形容修炼不易。②一池金水：指肾中之水。

绍兴道会

吕　岩

会稽山道会，有道人携凉笠挂于壁，无挂笠之物而不坠。

偶乘青帝[1]出蓬莱，剑戟峥嵘遍九垓。我在目前人不识，为留一笠莫沉埋。

【注释】

①青帝：司春之神，此处指春天。

答僧见

吕　岩

三千里外无家客，七百年来云水身。行满蓬莱为别馆，道成瓦砾尽黄金。待宾榼[①]里常存酒，化药炉中别有春。积德求师何患少，由来天地不私亲。

【注释】

①榼（kē）：古代盛酒或水的器具。

又　记

吕　岩

数载乐幽幽，欲逃寒暑逼。不求名与利，犹恐身心役。苦志慕黄庭，殷勤求道迹。阴功暗心修，善行长日积。世路果逢师，时人皆不识。我师机行密，怀量性孤僻。解把五行移，能将四象易。传余造化门，始悟希夷则。服取两般真[①]，从头路端的[②]。烹煎日月壶，不离乾坤侧。至道眼前观，得之元咫尺。真空空不空，真色色非色。推倒玉葫芦，迸出黄金液。紧把赤龙头，猛将骊珠吸。吞归脏腑中，夺得神仙力。妙号一黍珠[③]，延年千万亿。同途听我吟，与道相亲益。未晓真黄芽，徒劳游紫陌[④]。把住赤乌魂[⑤]，突出银蟾魄[⑥]。未省此中玄，常流[⑦]容易测。三天应有路，九地终无厄。守道且藏愚，忘机要混迹。群生莫相轻，已是蓬莱客。

【注释】

①两般真：指元神和元气。②端的：的确，果然。③一黍珠：内丹。

④紫陌：指京郊的道路。⑤赤乌魂：日魂。⑥银蟾魄：月魄。⑦常流：平凡之辈。

题四明[1]金鹅寺壁

吕　岩

方丈有门出不钥，见个山童露双脚。问伊方丈何寂寥，道是虚空也不著。闻此语，何欣欣，主翁岂是寻常人。我来谒见不得见，谒心耿耿生埃尘。归去也，波浩渺，路入蓬莱山杳杳。相思一上石楼时，雪晴海阔千峰晓。

【注释】

①四明：山名，在今浙江宁波。

谷神[1]歌

吕　岩

我有一腹空谷虚，言之道有又还无。言之无兮不可舍，言之有兮不可居。谷兮谷兮太玄妙，神兮神兮真大道。保之守之不死名，修之炼之仙人号。神得一以灵，谷得一以盈。若人能守一[2]，只此是长生。本不远离，身还不见。炼之功若成，自然凡骨变。谷神不死玄牝门，出入绵绵道若存。修炼还须夜半子，河车般载上昆仑[3]。龙又吟，虎又啸，风云际会黄婆叫。火中姹女正含娇，回观水底婴儿俏。婴儿姹女见黄婆，儿女相逢两意和。金殿玉堂门十二[4]，金翁木母正来过。重门过后牢关锁，点检斗牛先下火。进火消阴始一阳，千岁仙桃初结果。曲江东岸金乌飞，西岸清光玉兔辉。乌兔走归峰顶上，炉中姹女脱青衣。脱却青衣露素体，婴儿领入重帏里。十月情浓产一男[5]，说道长生永不死。劝君炼，劝君修，谷神不死此中求。此中悟取玄微处，与君白日登瀛洲。

【注释】

①谷神：老子描述“道”的用语。“谷”即山谷，象征空虚，“神”有变化莫测之意。②守一：道家谓排除杂念而守元神。③河车：元气。昆仑：喻指上丹田。④门十二：指喉部。⑤“十月”句：指内丹初成。

敲爻歌[①]

吕　岩

汉[②]终唐国飘蓬客，所以敲爻不可测。纵横逆顺没遮栏，静则无为动是色。也饮酒，也食肉，守定胭花断淫欲。行歌唱咏胭粉词，持戒酒肉常充腹。色是药，酒是禄，酒色之中无拘束。只因花酒误长生，饮酒带花神鬼哭。不破戒，不犯淫，破戒真如[③]性即沈。犯淫坏失长生宝，得者须由道力人。道力人，真散汉，酒是良朋花是伴。花街柳巷觅真人，真人只在花街玩。摘花戴饮长生酒，景里无为道自昌。一任群迷多笑怪，仙花仙酒是仙乡。到此乡，非常客，姹女婴儿生喜乐。洞中常采四时花，时花结就长生药。长生药，采花心，花蕊层层艳丽春。时人不达花中理，一诀天机直万金。谢天地，感虚空，得遇仙师是祖宗。附耳低言玄妙旨，提上蓬莱第一峰[④]。第一峰，是仙物，惟产金花[⑤]生恍惚。口口相传不记文，须得灵根[⑥]骨髓坚。坚骨髓，炼灵根，片片桃花洞里春[⑦]。七七白虎双双养，八八青龙总一斤。真父母[⑧]，送元宫[⑨]，木母金公[⑩]性本温。十二宫中蟾魄现，时时地魄降天魂。铅初就，汞初生[⑪]，玉炉金鼎未经烹。一夫一妇同天地，一男一女合乾坤。庚[⑫]要生，甲[⑬]要生，生甲生庚道始萌。拔取天根并地髓，白雪黄芽[⑭]自长成。铅亦生，汞亦生，生汞生铅一处烹。烹炼不是精和液，天地乾坤日月精。黄婆[⑮]匹配得团圆，时刻无差口付传。八卦三元全藉汞，五行四象岂离铅。铅生汞，汞生铅，夺得乾坤造化权。杳杳冥冥生恍惚，恍恍惚惚结成团。性须空，意要专，莫遣猿猴取次攀。花露初开切忌触，锁居上釜[16]勿抽添。玉炉中，文火烁，十二时中惟守一。此时黄道会阴阳，三性元宫无漏泄。气若行，真火炼，莫使玄珠离宝殿。加添火候切防危，初九潜龙不可炼。消息火，刀圭变，大地黄芽都长遍。五行数内一阳生[17]，二十四气[18]排珠宴。火足数，药方成，便有龙吟虎啸声。三铅[19]只得一铅就，金果仙芽未现形[20]。再安炉，重立鼎，跨虎乘龙离凡境。日精才现月华凝，二八相交在壬丙[21]。龙汞结，虎铅成[22]，咫尺蓬莱只一程。坤铅乾汞金丹祖，龙铅虎汞最通灵。达此理，道方成，三万神龙护水晶。守时定日明符刻，专心惟在意虔诚。黑铅过，采清真，一阵交锋定太平。三车搬运珍珠宝，送归宝藏自通灵。天神佑，地祇迎，混合乾坤日月精。虎啸一声龙出窟，鸾飞凤舞出金城。朱砂配，水银停，一派红霞列太清。铅池迸出金光现[23]，汞火流珠入帝京[24]。龙虎媾，外持盈，走圣飞灵在宝瓶[25]。一时辰内金丹就，上朝金阙紫云生。仙桃熟，摘取饵，万化来朝天地喜。斋戒等候一阳生[26]，便进周天参同理[27]。参同理，炼金丹，水火薰蒸透百关。养胎十月神丹结[28]，男子怀胎岂等闲。内丹成，外丹就，内外相接和谐偶。结成一块紫金丸，变化飞腾天地久。丹入腹，非寻常，阴阳剥尽化纯阳。飞升羽化三清客，名遂功成达上苍。三清客，驾琼舆，跨凤腾霄入太虚。似此逍遥多快乐，遨游三界最清奇。太虚之上修真士，朗朗圆成一物无。一物无，唯显道，五方透出真人貌。仙童仙女彩云迎，五明宫内传真诰。传真诰，话幽情，只是真铅炼汞精。声闻缘觉冰消散，外道修罗缩项惊。点枯骨，立成形，信道天梯似掌平。九祖先灵得超脱，谁羡繁华贵与荣。寻烈士，觅贤才，同安炉鼎化凡胎。若是悭财并惜宝，千万神仙不肯来。修真士，不妄说，妄说一句天公折。万劫尘沙道不成，七窍眼睛皆迸血。贫穷子，发誓切，待把凡流尽提接。同越蓬莱仙会中，凡景煎熬无了歇。

尘世短，更思量，洞里乾坤日月长。坚志苦心三二载，百千万劫寿弥疆。达圣道，显真常[29]，虎兕刀兵更不伤。水火蛟龙无损害，拍手天宫笑一场。这些功，真奇妙，分付与人谁肯要。愚徒死恋色和财，所以神仙不肯召。真至道，不择人，岂论高低富与贫。且饶帝子共王孙，须去繁华锉锐分。嗔不除，憨不改，堕入轮回生死海。堆金积玉满山川，神仙冷笑应不采。名非贵，道极尊，圣圣贤贤显子孙。腰间跨玉骑骄马，瞥见如同隙里尘。隙里尘，石中火[30]，何在留心为久计。苦苦煎熬唤不回，夺利争名如鼎沸。如鼎沸，永沈沦，失道迷真业所根。有人平却心头棘，便把天机说与君。命要传，性要悟，入圣超凡由汝做。三清路上少人行，畜类门前争入去。报贤良，休慕顾，性命机关须守护。若还缺一不芳菲，执著波查[31]应失路。只修性，不修命，此是修行第一病。只修祖性不修丹，万劫阴灵难入圣。达命宗，迷祖性，恰似鉴容无宝镜。寿同天地一愚夫，权物家财无主柄。性命双修[32]玄又玄，海底洪波驾法船。生擒活捉蛟龙首，始知匠手不虚传。

【注释】

①敲爻歌：咏内丹修炼的歌诀。敲，当为探求之意。爻，组成八卦的长短横道，分阴爻和阳爻两种，此处指阴阳。②汉：当指五代十国时期的北汉。③真如：事物的真实状况和性质。④第一峰：喻内丹修炼的最高层次。⑤金花：指内丹。⑥灵根：指先天的真灵之气。⑦桃花洞里春：指元气、元神于丹田交汇。⑧真父母：指元神、元气。⑨元宫：指丹田。⑩木母：元神。金公：元气。⑪铅初就，汞初生：指阴阳二气开始在丹田交汇。⑫庚：指元气。⑬甲：指元神。⑭白雪黄芽：白雪和黄芽皆指内丹。⑮黄婆：指引导真气运行的意念。⑯上釜：上丹田。⑰一阳生：指入定后肾气上升。⑱二十四气：谓五行之气运。⑲三铅：指元精、元气、元神。⑳未现形：指内丹尚未成形。㉑二八相交：元神、元气相汇。壬丙：水中之火，

指内丹。㉒龙汞结，虎铅成：指阴阳合体，内丹炼成。㉓“铅池”句：指元气、元神汇于下丹田。㉔“汞火”句：指元气、元神合为一体后汇入上丹田。㉕走圣飞灵：指炼成真气。宝瓶：指丹田。㉖一阳生：指内丹修炼中阴中生阳的变化。㉗参同：指通过气功修炼，人体内部元精、元气、元神和谐一致。㉘“养胎”句：指内丹刚炼成。㉙真常：真实常在，指本性。㉚隙里尘，石中火：皆喻光阴易逝。㉛波查：困苦。㉜性命双修：性功、命功同时修炼。性功，指修炼心神。命功，指养身炼气。

题长安酒肆壁三绝句（其二）

钟离权

得道高僧不易逢，几时归去愿相从。自言住处连沧海，别是蓬莱第一峰。

赠吕洞宾

钟离权

知君幸有英灵骨，所以教君心恍惚。含元殿上水晶宫，分明指出神仙窟。大丈夫，遇真诀，须要执持心猛烈。五行匹配自刀圭①，执取龟蛇颠倒诀。三尸神，须打彻，进退天机明六甲②。知此三要万神归，来驾火龙离九阙。九九道至③成真日，三界四府朝元④节。气翱翔兮神烜赫，蓬莱便是吾家宅。群仙会饮天乐喧，双童引入升玄客。道心不退故传君，立誓约言亲洒血。逢人兮莫乱说，遇友兮不须诀。莫怪频发此言辞，轻慢必有阴司折。执手相别意如何，今日为君重作歌。说尽千般玄妙理，未必君心信也么。子后分明说与汝，保惜吾言上大罗。

【注释】

①刀圭：指炼精化气时口中所生的津液。②六甲：道教符箓名。《云

笈七签》卷一四载："若辟除恶神鬼者，书六甲、六乙符持行，并呼甲寅神，鬼皆散走。"③九九：指修炼的时日。道至：大道修成。④朝元：成仙后朝见诸神。

上升歌

吴涵虚

玉皇有诏登仙职，龙吐云兮凤著力。眼前蓦地见楼台，异草奇花不可识。我向大罗观世界，世界即如指掌大。当时不为上升忙，一时提向瀛洲卖。

大言诗

谭　峭

线作长江扇作天，靸鞋[①]抛向海东边。蓬莱信道无多路，只在谭生拄杖前。

【注释】

①靸（sǎ）鞋：拖鞋。

自　吟

徐钓者

曾见秦皇架石桥，海神忙迫涨惊潮。蓬莱隔海虽难到，直上三清却不遥。

货丹吟

邻道场人

寻仙何必三山上，但使神存九窍[①]清。炼得绵绵元气定，自然不食亦长生。

【注释】

①九窍：指人的耳、目、口、鼻七窍和前阴、后阴的总称。

龟市告别

刘道昌

还丹功满气成胎[①]，九百年来混俗埃[②]。自此三山一归去，无因重到世间来。

【注释】

①气成胎：指道家炼气成形。②俗埃：俗世。

玩月诗（其一）

曲龙山仙

曲龙桥顶玩瀛洲，凡骨空陪汗漫游。不假丹梯蹑霄汉，水晶盘[①]冷桂花秋。

【注释】

①水晶盘：指圆月。

玩月诗（其三）

曲龙山仙

造化天桥碧海东，玉轮[①]还过辗晴虹。霓襟似拂瀛洲顶，颢气潜消橐籥[②]中。

【注释】

①玉轮：指圆月。②颢气：浩气，浩然之气。橐（tuó）籥（yuè）：古代冶炼用的鼓风器具。

与薛昭合婚诗[1]（其四）

薛　昭

误入宫垣漏网人[2]，月华静洗玉阶尘。自疑飞到蓬莱顶，琼艳三枝[3]半夜春。

【注释】

①张云容与薛昭的合婚诗，此诗是薛昭的和诗。②宫垣：代指兰昌宫。张云容和薛昭在兰昌宫相遇。漏网人：逃脱法网的人，指薛昭。③琼艳三枝：指张云容、萧凤台、刘兰翘三人。

答张郁歌（其一）

洛川仙女

彩云入帝乡[1]，白鹤又回翔。久留深不可，蓬岛路遐长。

【注释】

①帝乡：传说中“天帝”居住的地方。

会真诗（其四）

郭修真

华岳无三尺，东瀛[1]仅一杯。入云骑彩凤，歌舞上蓬莱。

【注释】

①东瀛：东海。

赠封陟

上元夫人

谪居蓬岛别瑶池，春媚烟花有所思。为爱君心能洁白，愿操箕帚奉屏帏[1]。

【注释】

①箕帚：指操持家内杂务。屏帏：指内室。

留　别

上元夫人

萧郎不顾凤楼人，云涩回车泪脸新。愁想蓬瀛归去路，难窥旧苑碧桃春。

太　真[①]

蜀宫群仙

春梦悠扬生下界，一堪成笑一堪悲。马嵬不是无情地，自遇蓬莱睡觉时[②]。

【注释】

①太真：指杨贵妃。②“自遇”句：白居易《长恨歌》言，杨贵妃死后化为蓬莱仙子，唐玄宗派方士前去寻觅，杨贵妃十分激动，“云鬓半偏新睡觉，花冠不整下堂来”。

与何光远赠答诗（其五）

何光远

宝车辗驻彩云开，误到蓬莱顶上来。琼室既登花得折，永将凡骨逐风雷。

太白山魔诳道士诗

怪

三秋稽颡[①]叩真灵，龙虎交时金液[②]成。绛雪既凝身可度[③]，蓬壶顶上彩云生。

【注释】

①稽颡（sǎng）：古代一种跪拜礼，屈膝下跪，以额触地。此句谓道士用三年时间炼成丹。②金液：金丹。③身可度：谓可成仙。

第二编·皇家机构

一、宫廷藏书与著作之处

十月诞辰内殿宴群臣效柏梁体[1]联句

润色鸿业寄贤才李显，叨居右弼愧盐梅李峤。运筹帷幄荷时来宗楚客，职掌图籍滥蓬莱[2]刘宪。两司谬忝谢钟裴崔湜，礼乐铨管效涓埃[3]郑愔。陈师振旅清九垓赵彦昭，欣承顾问侍天杯李适。衔恩献寿柏梁台苏颋，黄缣[4]青简奉康哉卢藏用。鲰生侍从忝王枚[5]李乂，右掖司言实不才马怀素。宗伯秩礼天地开薛稷，帝歌难续仰昭回宋之问。微臣捧日变寒灰陆景初，远惭班左愧游陪上官婕妤。

【注释】

①柏梁体：汉武帝筑柏梁台，与群臣联句赋诗，能七言者乃得上。这种一人一句、句句押韵的七言古诗，称为“柏梁体”。②蓬莱：仙家秘籍藏所。《后汉书·窦章传》载：“是时学者称东观为老氏臧室，道家蓬莱山。”东观为东汉宫中藏书之所，后唐朝人多以“蓬莱”喻指宫廷藏书与著作之处。③涓埃：细流与微尘，比喻微末。④黄缣（jiān）：黄色细绢。⑤鲰（zōu）生：犹小生，自谦之辞。王枚：王褒、枚皋的并称，二人均为西汉著名的辞赋家。

暮秋言怀

魏　徵

首夏别京辅，杪秋滞三河[1]。沈沈蓬莱阁[2]，日夕乡思多。霜剪凉阶蕙，风捎幽渚荷。岁芳坐沦歇，感此式微歌[3]。

【注释】

①杪秋：晚秋。三河：汉朝人称河内、河南、河东三郡为“三河”，为畿辅之地。②蓬莱阁：藏书之所，指秘书省。③式微歌：《诗经·邶风·式微》：“式微式微，胡不归？”意为天将暮，为什么还不回家。

早秋出塞寄东台详正学士[①]

骆宾王

促驾逾三水[②]，长驱望五原[③]。天阶分斗极[④]，地理接楼烦[⑤]。溪月明关陇，戎云聚塞垣。山川殊物候，风壤异凉暄。戍古秋尘合，沙寒宿雾繁。昔余迷学步，投迹忝词源[⑥]。兰渚浮延阁[⑦]，蓬山款禁园。彯缨陪绂冕[⑧]，载笔偶玙璠[⑨]。汲冢宁详蠹[⑩]，秦牢讵辨冤[⑪]。一朝从篚服[⑫]，千里骛轻轩[⑬]。乡梦随魂断，边声入听喧。南图终铩翮[⑭]，北上遽催辕。吊影惭连茹[⑮]，浮生倦触藩[⑯]。数奇[⑰]何以托，桃李自无言。

【注释】

①东台：官署名，指门下省。详正学士：唐代弘文馆校理图书之官。②促驾：催车急行。三水：唐县名，在今陕西旬邑。③五原：唐县名，在今陕西定边。④天阶：星名，即三台星。斗极：指北斗星与北极星。⑤楼烦：郡名，治所在今山西静乐。⑥投迹：投身。词源：比喻滔滔不绝的文辞。⑦延阁：帝王藏书之所，此处借指弘文馆。⑧彯（piāo）缨：冠缨飘动，指在朝为官。彯，通“飘”。绂冕：喻高官。⑨载笔：携带书具以录王事，借指史官。偶：伴随。玙璠：美玉，喻品德高洁的人。⑩汲冢详蠹：《晋书·束皙传》载，“太康二年，汲郡人不准盗发魏襄王墓，或言安釐王冢，得竹书数十车。……武帝以其书付秘书校缀次第，寻考指归，而以今文写之。（束）皙在著作，得观竹书，随疑分释，皆有义证”。后用作考辨古籍之典。⑪“秦牢”句：唐虞世南《北堂书钞》卷四五引《东方

朔别传》载，汉武帝幸甘泉，至长陵平阪上，见驰道中有虫。东方朔曰："秦始皇拘系无道，悲哀无所告诉，仰天叹曰'怪哉'，感动皇天，此愤气之所生也，故名之曰'怪哉'。是地必秦之狱处也。"丞相按图，果秦狱也。⑫篚（fěi）服：匪服，不胜任，不称职。⑬骛：奔驰。轻轩：轻便的小车，此处指兵车。⑭南图：比喻远大的抱负。铩翮：犹铩羽，比喻不得志。⑮吊影：对影自怜，谓孤独寂寞。茹：根相牵连的样子。⑯触藩：比喻碰壁，进退两难。⑰数奇（jī）：命运多舛。

久戍边城有怀京邑

骆宾王

扰扰风尘地，遑遑名利途。盈虚一易舛，心迹两难俱。弱龄小山志[①]，宁期大丈夫。九微光贲[②]玉，千仞忽弹珠[③]。棘寺游三礼[④]，蓬山簉八儒[⑤]。怀铅[⑥]惭后进，投笔愿前驱。北走非通赵[⑦]，西之似化胡[⑧]。锦车朝促候，刁斗[⑨]夜传呼。战士青丝络[⑩]，将军黄石符[⑪]。连星入宝剑[⑫]，半月上雕弧[⑬]。拜井开疏勒[⑭]，鸣桴动密须[⑮]。戎机习短蔗[⑯]，袄祲静长榆[⑰]。季月炎初尽，边亭草早枯。层阴笼古木，穷色变寒芜。海鹤声嘹唳，城乌尾毕逋[⑱]。葭繁秋色引，桂满夕轮虚。行役风霜久，乡园梦想孤。灞池遥夏国[⑲]，秦海望阳纡[⑳]。沙塞三千里，京城十二衢。杨沟连凤阙[㉑]，槐路拟鸿都[㉒]。璧殿规宸象，金堤法斗枢。云浮西北盖，月照东南隅。宝帐垂连理，银床转辘轳[㉓]。广筵留上客，丰馔引中厨。漏缓金徒箭[㉔]，娇繁玉女壶[㉕]。秋涛飞喻马，秋水泛仙舻。意气风云合，言忘道术趋。共矜名已泰，讵肯沫相濡。有志惭雕朽，无庸类散樗。关山暂超忽，形影叹艰虞。结网空知羡，图荣岂自诬。忘情同塞马，比德类宛驹[㉖]。陇阪[㉗]肝肠绝，阳关亭候迂[㉘]。迷魂惊落雁，离恨断飞凫。春去荣华尽，年来岁月芜。边愁伤郢调[㉙]，乡思绕吴歈[㉚]。

河气通中国[31]，山途限外区。相思若可寄，冰泮有衔芦[32]。

【注释】

①小山志：指隐逸之志。②九微：灯名。贲（bì）：装饰得很美的样子。③“千仞”句：《庄子·让王》云，“以随侯之珠，弹千仞之雀，世必笑之”。④棘寺：本指九卿官署，此指太常寺。三礼：古代指祭祀天、地、宗庙的礼节。⑤簉（zào）：通“萃”，聚集。八儒：孔子以后的儒家内部分派。⑥怀铅：谓从事著述。⑦“北走”句：《史记·张释之冯唐列传》载，汉文帝至霸陵，向北眺望，指着通往新丰的道路对慎夫人说：“此走邯郸道也。”他让慎夫人鼓瑟，自己倚瑟而歌，意惨凄悲怀。⑧“西之”句：《列仙传·关令尹》载，“关令尹喜者，周大夫也”。他与老子俱游流沙，教化胡人，莫知其所终。⑨刁斗：古代军中用具，铜质，白天用来做饭，夜里敲以巡逻。⑩青丝络：青丝制成的网状物，用以系马尾。⑪“将军”句：化用黄石公传授张良《太公兵法》典。⑫“连星”句：形容宝剑的光芒与星辰交相辉映。⑬雕弧：雕弓，刻有花纹的弓。⑭“拜井”句：《后汉书·耿恭传》载，耿恭驻守疏勒城，匈奴围之，绝其水源。耿恭仰叹曰：“闻昔贰师将军拔佩刀刺山，飞泉涌出；今汉德神明，岂有穷哉。”乃整衣服向井再拜，为吏士祷。有顷，水泉奔出。匈奴以为他是神明，遂引去。⑮鸣桴：击鼓示警。密须：古国名，故址在今甘肃灵台县西。⑯“戎机”句：三国魏曹丕《典论》载，曹丕与奋威将军邓展等共饮，他听说邓展精于剑术，遂与之比试。“时酒酣耳热，方食芋蔗，便以为杖，下殿数交，三中其臂。”⑰祆（xiān）祲：不祥之气。长榆：塞名，汉时树榆为塞。⑱毕逋：鸟尾摆动貌。⑲灞池：池名，在今陕西西安东。夏国：指大夏，西域古国名。⑳秦海：指大秦国，又叫“海西国”，指罗马帝国。阳纡：杨纡，古泽薮名，在陕西境内。㉑杨沟：指长安御沟。凤阙：汉宫阙名。㉒槐路：指槐市，汉长安读书人聚会、贸易之市。鸿都：东汉灵帝设在鸿都门的学校。㉓银床：井栏。辘轳：井上汲水的起重装置。㉔漏：指刻漏，古代计时器。金徒箭：南朝梁陆倕《新刻漏铭》载，

“铜史司刻，金徒抱箭”。李善注：“张衡《漏水转浑天仪制》曰：盖上又铸金铜仙人，居左壶，为胥徒，居右壶，皆以左手抱箭，右手指刻，以别天时早晚。”㉕“娇繁”句：汉东方朔《神异经·东荒经》云，“东王公……恒与一玉女投壶，每投千二百矫……矫出而脱误不接者，天为之笑”。娇，通“矫”，投壶时箭从壶中跃出。㉖宛驹：指大宛所产的汗血马。㉗陇阪：陇山，六盘山南段别称。㉘亭候：古代边境上用以瞭望和监视敌情的岗亭。迂：远。㉙郢调：楚地的歌曲。㉚吴歈（yú）：吴国的歌曲。㉛“河气”句：《汉书·西域传上》载，离玉门、阳关三百余里的蒲昌海，“其水亭居，冬夏不增减，皆以为潜行地下，南出于积石，为中国河云”。㉜“相思”二句：化用苏武鸿雁传书典。冰泮，冰冻融解。衔芦，雁口含芦草，以备矰弋。

送綦毋三谒房给事

李　颀

夫子大名下，家无钟石[①]储。惜哉湖海上，曾校蓬莱书。外物非本意，此生空澹如。所思但乘兴，远适唯单车。高道时坎坷，故交愿吹嘘。徒言青琐闼[②]，不爱承明庐。百里[③]人户满，片言[④]争讼疏。手持莲花经[⑤]，目送飞鸟余。晚景南路别，炎云中伏[⑥]初。此行傥不遂，归食芦洲鱼。

【注释】

①钟石：均为容量单位，一钟为六斛四斗，一石为十斗。②青琐闼：指宫门，因绘有连环状图纹，涂以青色，故称。③百里：古时一县约辖百里，因以其为县之代称。④片言：片言折狱，指用简单的几句话就能判决讼事。⑤莲花经：佛经名，即《妙法莲花经》。⑥中伏：三伏之一，指夏至后第四庚日。

洛中贻朝校书衡[①]朝即日本人也

储光羲

万国朝天中[②]，东隅[③]道最长。吾生美无度，高驾仕春坊[④]。出入蓬山里，逍遥伊水傍。伯鸾[⑤]游太学，中夜一相望。落日悬高殿，秋风入洞房[⑥]。屡言相去远，不觉生朝光。

【注释】

①朝校书衡：指晁衡。校书，校书郎，负责校勘宫中所藏典籍。②天中：指唐王朝。③东隅：指日本。④高驾：对对方的敬称。春坊：代指东宫。⑤伯鸾：汉梁鸿的字，他曾受业太学。此处为诗人自喻。⑥洞房：深邃的内室。

郑县宿陶太公馆[①]中赠冯六元二

王昌龄

儒有轻王侯，脱略[②]当世务。本家蓝田下，非为渔弋[③]故。无何困躬耕，且欲驰永路[④]。幽居与君近，出谷同所骛[⑤]。昨日辞石门[⑥]，五年变秋露。云龙未相感，干谒亦已屡。子为黄绶羁[⑦]，余忝蓬山顾[⑧]。京门望西岳，百里见郊树。飞雨祠[⑨]上来，霭然[⑩]关中暮。驱车郑城宿，秉烛论往素。山月出华阴，开此河渚[⑪]雾。清光比故人，豁达展心晤。冯公尚戢翼[⑫]，元子仍局步[⑬]。拂衣[⑭]易为高，沦迹难有趣。张范善终始[⑮]，吾等岂不慕。罢酒当凉风，屈伸[⑯]备冥数。

【注释】

①郑县：唐县名，即今陕西渭南华州。公馆：官舍。②脱略：不经意，轻慢。③渔弋：捕鱼猎禽。④永路：长途，远路，指入仕之路。⑤出谷：喻科举及第。骛：追求。⑥石门：石门谷，在今陕西蓝田西南。⑦黄绶：系官印的黄色丝带，借指官位。羁：羁绊。⑧蓬山：指秘书省，诗人曾为秘书省校书郎。顾：照顾，关照。⑨祠：指西岳庙，在今陕西华阴。

⑩霭然：昏暗不明貌。⑪河渚：黄河中的小块陆地。⑫戢（jí）翼：敛翅停飞，喻未能施展抱负。⑬局步：曲身行走，喻处境艰辛。⑭拂衣：振衣而去，谓归隐。⑮“张范”句：《后汉书·范式传》载，范式与张劭为友。后张劭病故，托梦于范式：“吾以某日死，当以尔时葬。”临葬，张劭的棺柩不肯进。范式白马素车，号哭而来，叩丧曰：“行矣元伯！死生路异，永从此辞。”柩乃发。⑯屈伸：屈曲和伸直，引申为进和退、得意和失意。

奉和圣制送张说上集贤学士赐宴得筵字

王　翰

东堂[①]起集贤，贵得从神仙[②]。首命台阶老，将崇御府员[③]。送人锵[④]玉佩，中使[⑤]拂琼筵。和乐薰风解，湛恩时雨[⑥]连。长材[⑦]成磊落，短翮强翩翾[⑧]。徒仰蓬莱地[⑨]，何阶不让缘。

【注释】

①东堂：古代多指皇宫或官舍东厢的厅堂。②神仙：喻指集贤学士。③“首命”二句：指唐玄宗首命张说知集贤殿书院事，以招纳贤才、校理经籍。台阶老，指张说。御府，掌禁中图书秘记的官署。④锵：形容玉佩撞击的声音。⑤中使：指宦官。⑥湛恩：深恩，指皇帝的恩泽。时雨：应时之雨。⑦长材：才能出众的人，指张说。⑧短翮：言翅膀短小，喻己，乃诗人自谦之辞。翩翾：轻飞貌。⑨蓬莱地：藏书之所，指集贤殿书院。

宣州谢朓楼饯别校书叔云

李　白

弃我去者昨日之日不可留，乱我心者今日之日多烦忧。长风万里送秋雁，对此可以酣高楼[①]。蓬莱[②]文章建安骨，中间小谢又清发[3]。俱怀逸兴[4]壮思飞，欲上青天览[5]日月。抽刀断水水更流，举杯销愁愁更愁。人生在世不称意，明朝散发[6]弄扁舟。

【注释】

①酣高楼：在高楼上畅饮。②蓬莱：藏书之所，指秘书省。③小谢：指谢朓，世称谢灵运为大谢，谢朓为小谢。清发：清新焕发。④逸兴：超脱豪迈的兴致。⑤览：通“揽”，摘取。⑥散发：弃冠簪，谓隐居不仕。

泾川[1]送族弟錞

李　白

泾川三百里，若耶[2]羞见之。锦石照碧山，两边白鹭鸶。佳境千万曲，客行无歇时。上有琴高水[3]，下有陵阳祠[4]。仙人不见我，明月空相知。问我何事来，卢敖结幽期。蓬山振雄笔，绣服[5]挥清词。江湖发秀色，草木含荣滋。置酒送惠连[6]，吾家称白眉。愧无海峤作[7]，敢阙河梁诗[8]。见尔复几朝，俄然告将离。中流漾彩鹢，列岸丛金羁[9]。叹息苍梧[10]凤，分栖琼树枝。清晨各飞去，飘落天南垂[11]。望极落日尽，秋深暝猿悲。寄情与流水，但有长相思。

【注释】

①泾川：泾溪，在今安徽泾县西南。②若耶：亦名“若邪”，溪名，在今浙江绍兴南。③琴高水：琴溪，在泾县东北，相传为仙人琴高控鲤之处。④陵阳祠：在陵阳山，相传为汉窦子明升仙之处。⑤绣服：指侍御史。⑥惠连：指南朝宋谢灵运从弟谢惠连，诗文中常用作对从弟或弟的美称。⑦海峤作：指谢灵运《登临海峤初发强中作与从弟惠连可见羊何共和之》一诗。⑧河梁诗：指汉李陵《李少卿与苏武诗》“携手上河梁，游子暮何之?”⑨金羁：金饰的马络头，此处借指马。⑩苍梧：指九嶷山。⑪垂：通“陲”，边陲。

送褚校书归旧山[①]歌

韦应物

握珠[②]不返泉，匣玉[③]不归山。明皇重士亦如此，忽怪褚生何得还。方称羽猎赋[④]，未拜兰台[⑤]职。汉箧亡书[⑥]已暗传，嵩丘遗简[⑦]还能识。朝朝待诏青锁闱，中有万年之树蓬莱池。世人仰望栖此地，生独徘徊意何为。故山可往薇可采，一自人间星岁改。藏书壁[⑧]中苔半侵，洗药泉中月还在。春风饮饯灞陵原，莫厌归来朝市喧。不见东方朔，避世从容金马门[⑨]。

【注释】

①归旧山：指辞官还乡隐居。旧山，指故乡。②握珠：曹植《与杨德祖书》云，“人人自谓握灵蛇之珠，家家自谓抱荆山之玉”。灵蛇之珠即隋侯之珠。③匣玉：匣中宝玉。④羽猎赋：扬雄所作赋名。⑤兰台：指秘书省。唐高宗龙朔二年（662），改秘书省为兰台。⑥汉箧亡书：汉末战乱，兰台、东观等所藏之书散失，汉箧亡书即指这些书。⑦嵩丘遗简：《晋书·束皙传》载，“时有人于嵩高山下得竹简一枚，上两行科斗书，传以相示，莫有知者。司空张华以问皙，皙曰：‘此汉明帝显节陵中策文也。’检验果然”。⑧藏书壁：汉孔安国《尚书序》载，“至鲁共王，好治宫室，坏孔子旧宅以广其居，于壁中得先人所藏古文虞、夏、商、周之书及传、《论语》、《孝经》”。⑨“不见”二句：《史记·滑稽列传》载，东方朔歌曰：“陆沈于俗，避世金马门。宫殿中可以避世全身，何必深山之中，蒿庐之下。”

秋日夔府咏怀奉寄郑监审李宾客之芳一百韵

杜　甫

郑审官秘书少监，时谪贬江陵。李之芳留吐蕃归，拜礼部尚书，改太子宾客。

绝塞乌蛮北，孤城白帝边。飘零仍百里，消渴[①]已三年。雄剑鸣开匣[2]，群书满系船。乱离心不展，衰谢日萧然。筋力妻孥问，菁华岁月迁。登临多物色，陶冶赖诗篇。峡束沧江起，岩排石树[3]圆。拂云霾楚气，朝海蹴[4]吴天。煮井为盐速[5]，烧畬[6]度地偏。有时惊叠嶂，何处觅平川。鸂鶒双双舞，猕猿垒垒悬。碧萝长似带，锦石小如钱。春草何曾歇，寒花亦可怜。猎人吹戍火，野店引山泉。唤起搔头急，扶行几屐穿。两京犹薄产，四海绝随肩[7]。幕府初交辟，郎官幸备员[8]。瓜时[9]犹旅寓，萍泛苦夤缘[10]。药饵虚狼藉，秋风洒静便。开襟驱瘴疠，明目扫云烟。高宴诸侯礼，佳人上客前。哀筝伤老大，华屋艳神仙。南内开元曲，常时弟子[11]传。法歌[12]声变转，满座涕潺湲。吊影夔州僻，回肠杜曲[13]煎。即今龙厩[14]水，莫带犬戎膻[15]。耿贾[16]扶王室，萧曹[17]拱御筵。乘威灭蜂虿，戮力效鹰鹯。旧物森犹在，凶徒恶未悛。国须行战伐，人忆止戈铤。奴仆何知礼，恩荣错与权。胡星[18]一彗孛，黔首遂拘挛[19]。哀痛丝纶切，烦苛法令蠲[20]。业成陈始王[21]，兆喜出于畋[22]。宫禁经纶[23]密，台阶翊戴[24]全。熊罴载吕望，鸿雁美周宣[25]。侧听中兴主，长吟不世贤。音徽一柱数，道里下牢千。郑李光时论，文章并我先。阴何[26]尚清省，沈宋欻[27]联翩。律比昆仑竹，音知燥湿弦。风流俱善价，惬当久忘筌。置驿常如此[28]，登龙盖有焉[29]。虽云隔礼数，不敢坠周旋。高视收人表，虚心味道玄。马来皆汗血，鹤唳必青田。羽翼商山起，蓬莱汉阁连。管宁纱帽净，江令锦袍鲜。东郡时题壁，南湖日扣舷。远游凌绝境，佳句染华笺。每欲孤飞去，徒为百虑牵。生涯已寥落，国步[30]乃迍邅。衾枕成芜没，池塘作弃捐。别离忧怛怛[31]，伏腊涕涟涟。露菊班丰镐[32]，秋蔬影涧瀍[33]。共谁论昔事，几处有新阡。富贵空回首，喧争懒著鞭。兵戈尘漠漠，江汉月娟娟。局促看秋燕，萧疏听晚蝉。雕虫[34]蒙记忆，烹鲤问沈绵[35]。卜羡君平杖，偷存子敬毡。囊虚把钗钏，米尽拆花钿。甘子阴凉叶，茅斋八九椽。阵图沙北岸，市暨瀼西巅。羁绊心常折，栖迟病即痊。紫收岷岭芋，白种陆池莲。色好梨胜颊，穰多栗过拳。敕厨唯一味，求饱或三鳣[36]。儿去看鱼笱[37]，人来坐马鞯[38]。缚柴门窄窄，通竹溜涓涓。堑[39]抵公畦棱，村依野庙壖[40]。缺篱将棘拒，倒石赖藤缠。借问频朝谒，何如稳醉眠。谁云行不逮，自觉坐能坚。雾雨银章[41]涩，馨香粉署[42]妍。紫鸾[43]无近远，黄雀[44]任翩翾。困学违从众，明公各勉旃。声华夹宸极，早晚到星躔[45]。恳谏留匡鼎[46]，诸儒引服虔[47]。不逢输鲠直[48]，会是正陶甄[49]。宵旰忧虞轸，黎元疾苦骈。云台终日画，青简为谁编。行路难何有，招寻兴已专。由来具飞楫，暂拟控鸣弦。身许双峰寺，门求七祖[50]禅。落帆追宿昔，衣褐向真诠。安石[51]名高晋，昭王[52]客赴燕。途中非阮籍[53]，查上似张骞[54]。披拂云宁在，淹留景不延。风期终破浪，水怪莫飞涎。他日辞神女，伤春怯杜鹃。淡交随聚散，泽国绕回旋。本自依迦叶[55]，何曾藉偓佺[56]。炉峰生转盼，橘井尚高褰。东走穷归鹤[57]，南征尽跕鸢。晚闻多妙教，卒践塞前愆。顾凯丹青列[58]，头陀琬琰镌[59]。众香深黯黯，几地肃芊芊。勇猛为心极，清羸任体孱。金篦[60]空刮眼，镜象未离铨[61]。

【注释】

①消渴：指糖尿病。②“雄剑”句：晋王嘉《拾遗记》卷一载，帝颛顼“有曳影之剑，腾空而舒，若四方有兵，此剑则飞起指其方，则克伐；未用之时，常于匣里如龙虎之吟”。③石树：石楠。④蹴：踏。⑤“煮井”句：指夔州一带，煮井水为盐。⑥畬：指焚烧田地里的草木，用草木灰做肥料的耕作方法。这样耕种的田地叫“畬田”。⑦随肩：朋友，故交。⑧“幕府”二句：指严武镇蜀，诗人被举为节度参谋、检校尚书工部员外郎。备员，充数，自谦之辞。⑨瓜时：瓜熟之时，后借指任期届满、等候移交之时。⑩萍泛：谓如浮萍般随处漂泊。夤缘：连续不断。

⑪弟子：指梨园弟子。《唐会要》载："开元二年，上以天下无事，听政之暇，于梨园自教法曲，必尽其妙，谓之皇帝梨园弟子。"⑫法歌：法曲。⑬杜曲：古地名，在今陕西西安东南。⑭龙厩：指长安龙厩门，亦称苑马门，渭水流苑马门内。⑮"莫带"句：谓吐蕃陷京师。⑯耿贾：指东汉光武帝时大将耿弇、贾复，此处借指唐将帅。⑰萧曹：指汉丞相萧何和曹参，此处借指唐朝臣。⑱胡星：昴星，古人认为昴星象征胡人。⑲黔首：百姓。拘挛：困窘。⑳蠲（juān）：免除。㉑"业成"句：《毛诗序》云，"《七月》，陈王业也。周公遭变故，陈后稷先公风化之所由，致王业之艰难也"。㉒"兆喜"句：化用周文王出猎遇太公望典。㉓经纶：指治理国家大事。㉔台阶：喻指三公宰辅。翊戴：辅佐拥戴。㉕"鸿雁"句：《毛诗序》云，"《鸿雁》，美宣王也"。㉖阴何：指南朝诗人阴铿和何逊。㉗沈宋：指唐朝诗人沈佺期和宋之问。欻（xū）：迅疾。㉘"置驿"句：《汉书·郑当时传》载，汉景帝时，郑当时为太子舍人，任侠好客，"常置驿马长安诸郊，请谢宾客，夜以继日，至明旦，常恐不遍"。此处以郑当时比郑审。㉙"登龙"句：《后汉书·李膺传》载，"（李）膺独持风裁，以声名自高。士有被其容接者，名为登龙门"。此处以李膺比李之芳。㉚国步：国运。㉛怛（dá）怛：忧伤貌。㉜丰镐：西周国都，此处代指长安。㉝涧瀍（chán）：二水名，均流经洛阳境内，此处代指洛阳。㉞雕虫：比喻小技，小道，此处为诗人谦称自己的诗文。㉟烹鲤：指收到亲友来信。沈绵：谓疾病缠绵，经久不愈。㊱三鳣（shàn）：《后汉书·杨震传》载，杨震居湖城，有冠雀衔三鳣鱼飞集讲堂前，都讲取鱼进曰："蛇鳣者，卿大夫服之象也。数三者，法三台也。"后杨震果然位至太尉。后喻指登公卿高位的吉兆。鳣，通"鳝"，黄鳝。㊲鱼笱（gǒu）：捕鱼的竹器。㊳鞯（jiān）：衬托马鞍的垫子。㊴堑：防御用的壕沟。㊵壖（ruán）：城郭旁、宫殿庙宇外或河边的空地。㊶银章：指银印。《汉书·百官公卿表上》："凡吏秩比二千石以上，皆银印青绶。"㊷粉署：指尚书省。㊸紫鸾：传说中的神鸟，此处喻郑审、李之芳。㊹黄雀：诗人自喻。㊺星躔：日月

星辰运行的位次。此指三台之位。㊻匡鼎：匡衡。㊼服虔：东汉著名经学家。㊽输：献。鲠直：正直。㊾陶甄：比喻造就、培育。㊿七祖：佛教称传法相承的七代。(51)安石：谢安的字。(52)昭王：指燕昭王。(53)“途中”句：《晋书·阮籍传》载，“（阮籍）时率意独驾，不由径路，车迹所穷，辄恸哭而反”。(54)“查上”句：化用汉武帝令张骞寻河源，张骞乘槎至天河典。查，通“槎”。(55)迦叶：摩诃迦叶，中国禅宗说他是传承佛法的第一代祖师。此处借指禅宗。(56)偓佺：古代传说中的仙人。《列仙传·偓佺》：“偓佺者，槐山采药父也。好食松实，形体生毛，长数寸，两目更方，能飞行逐走马。”(57)“东走”句：化用丁令威典。(58)“顾凯”句：顾凯，即顾恺之。唐张彦远《历代名画记》载，顾恺之“曾于瓦棺寺北小殿画维摩诘，画讫，光彩耀目数日”。(59)头陀：指《头陀寺碑》，王简栖所作。镌：雕刻。(60)金篦：古代治眼病的工具，形似箭镞。(61)铨：衡量轻重。

秋日寄题郑监湖上亭三首（其三）

杜　甫

暂阻蓬莱阁，终为江海人。挥金应物理[①]，拖玉[②]岂吾身。羹煮秋莼滑，杯迎露菊[③]新。赋诗分气象，佳句莫频频。

【注释】

①挥金：《汉书·疏广传》载，汉宣帝时，太傅疏广告老还乡，他认为置产业会贻害子孙，便将朝廷赐下的黄金全部用来与族人故旧宴饮享乐。应物理：顺应自然之理。②拖玉：衣襟下垂带玉佩，喻指显贵。③露菊：指菊花酒。

紫参歌并序

钱　起

紫参，幽芳也。五葩连萼，状飞禽羽举，俗名之五鸟花。起故山道人兰若[①]尤丰此药，校书刘公咏歌之，俾予继组。

远公[②]林下满青苔，春药偏宜间石开。往往幽人寻水见，时时仙蝶隔云来。阴阳[③]雕刻花如鸟，对凤连鸡一何小。春风宛转虎溪[④]傍，紫翼红翘翻霁光。贝叶经前无住[⑤]色，莲花会[⑥]里暂留香。蓬山才子[⑦]怜幽性，白云阳春动新咏[⑧]。应知仙卉老云霞，莫赏夭桃满蹊径。

【注释】

①故山：指诗人家乡吴兴（今浙江湖州）的山。道人兰若：指佛寺。②远公：指慧远，东晋时高僧。此喻故山佛寺的僧人。③阴阳：造物主。④虎溪：溪名。相传慧远居庐山东林寺，寺外有溪，每送客至此，辄有虎号鸣，因名“虎溪”。此指故山佛寺外的溪水。⑤贝叶经：指佛经。古印度人将佛经写在贝多树叶上，故称。无住：佛教语，谓法无自性，无所住着，随缘而起。⑥莲花会：指白莲社。慧远于庐山东林寺和刘遗民、雷次宗等一百二十三人结社，同修净土之法，因寺中有白莲池，故名。⑦蓬山才子：指秘书省校书郎刘公。⑧新咏：指刘公咏紫参之诗。

山中寄时校书

钱　起

蓬莱紫气温如玉，唯予知尔阳春曲[①]，别来几日芳荪绿。百花酒满不见君，青山一望心断续。

【注释】

①阳春曲：宋玉《对楚王问》载，“客有歌于郢中者，其始曰《下里》《巴人》，国中属而和者数千人……其为《阳春》《白雪》，国中属而和者不过数十人”。后用来喻高深典雅的文艺作品。

东皋早春寄郎四校书

钱 起

禄微[1]赖学稼，岁起归衡茅[2]。穷达恋明主，耕桑亦近郊。夜来霁山雪，阳气动林梢。兰蕙暖初吐，春鸠鸣欲巢。蓬莱时入梦，知子忆贫交。

【注释】

①禄微：俸禄微薄。②衡茅：简陋的居室。

送严维尉河南[1]

钱 起

蕙叶青青花乱开，少年趋府下蓬莱。甘泉未献扬雄赋，吏道[2]何劳贾谊才。征陌独愁飞盖[3]远，离筵只惜暝钟催。欲知别后相思处，愿植琼枝向柏台[4]。

【注释】

①河南：唐县名，在今河南洛阳。②吏道：指任河南尉。③征陌：征路，征程。飞盖：疾驰的车。④琼枝：玉树。柏台：柏梁台。

奉和中书常舍人晚秋集贤院即事寄赠徐薛二侍御

独孤及

汉家金马署[1]，帝座紫微郎[2]。图籍凌群玉[3]，歌诗冠柏梁。阴阴万年树，肃肃五经堂。挥翰忘朝食，研精待夕阳。晴空露盘迴，秋月琐窗[4]凉。远兴生斑鬓，高情寄缥囊[5]。葳蕤双鹭鸶[6]，夙昔并翱翔。汲冢同刊谬，蓬山共补亡。差池摧羽翮[7]，流落限江湘[8]。禁省一分袂[9]，昊天三雨霜。石渠[10]遗迹满，水国暮云长。早晚朝宣室，归时道路光。

【注释】

①金马署：金马门，后用以泛指宫廷官署。②紫微郎：此指中书舍人。开元元年（713），唐玄宗改中书省为紫微省，中书令为紫微令，中书侍郎为紫微侍郎，中书舍人为紫微舍人。③群玉：山名，传说为西王母居处，此处喻指帝王藏书之所。④琐窗：绘有连环状图案的窗户。⑤缥囊：用淡青色丝绸制成的书囊。⑥葳蕤：华丽貌。双鸑鷟：喻徐、薛二侍御。⑦差池：意外。摧羽翮：羽翼被摧残，喻失意遭贬谪。⑧“流落”句：写徐、薛二人遭贬事。⑨禁省：皇宫。分袂：分开，离别。⑩石渠：指石渠阁，西汉宫廷藏书之所，此喻集贤院。

送李秘书往儋州[①]

严　维

魑魅曾为伍，蓬莱近拜郎[②]。臣心瞻北阙，家事在南荒[③]。莎草山城小，毛洲海驿[④]长。玄成[⑤]知必大，宁是泛沧浪。

【注释】

①儋（dān）州：地名，治所在今海南儋州西北。②拜郎：被任命为秘书郎。③南荒：南方荒远之地，指儋州。④毛洲：微小的洲，指儋州所在的海南岛。海驿：水路。⑤玄成：指韦玄成。汉韦贤官至丞相，其少子韦玄成亦以明经位至丞相。后用以指能继承先辈官职或事业之人。

敕目至家兄蒙淮南仆射杜公[①]奏授秘校兼节度参谋同书寄上

窦　庠

朝市三千里，园庐二十春。步兵[②]终日饮，原宪[③]四时贫。桂树留人[④]久，蓬山入梦新。鹤书[⑤]承处重，鹊语[⑥]喜时频。草奏才偏委，嘉谋事最亲。榻因徐孺解[7]，醴为穆生陈[8]。卫国今多士，荆州好寄身[9]。烟霄定从此，非假问陶钧[10]。

【注释】

①敕目：任命官员的名单。家兄：指窦常。杜公：指杜佑。《旧唐书·窦常传》载，贞元十四年（798），“杜佑镇淮南，奏授校书郎，为节度参谋”。②步兵：指阮籍，其曾任步兵校尉。③原宪：孔子的弟子，其一生安贫乐道，不肯与世俗合流。④桂树留人：谓隐居山林。⑤鹤书：古时用来招贤纳士的诏书。⑥鹊语：犹鹊噪，俗谓喜兆。⑦“榻因”句：《后汉书·徐稚传》载，徐稚，字孺子，恭俭义让，屡征不仕。陈蕃为太守，“在郡不接宾客，唯稚来特设一榻，去则县之”。⑧“醴为”句：《汉书·楚元王传》载，“元王敬礼申公等，穆生不耆酒，元王每置酒，常为穆生设醴”。⑨“荆州”句：王粲因长安局势混乱，乃离开长安，南下依附荆州牧刘表。其作《七哀诗》云：“西京乱无象，豺虎方遘患。复弃中国去，委身适荆蛮。”⑩陶钧：制陶器所用的转轮，此喻造物主。

送崔校书赴梓幕[1]

司空曙

碧峰天柱下，鼓角镇南军[2]。管记[3]催飞檄，蓬莱辍校文。栈霜朝似雪，江雾晚成云。想出褒中[4]望，巴庸[5]方路分。

【注释】

①梓幕：指东川节度使府。唐代东川节度使治梓州（今四川三台）。②镇南军：指东川。③管记：管理文书的官职名。④褒中：旧县名，故城在今陕西勉县东北。⑤巴庸：巴，古国名，故址在今四川东部。庸，古国名，故址在今湖北竹山东部。

酬谈校书长安秋夜对月寄诸故旧

武元衡

故园千里渺遐情，黄叶萧条白露生。惊鹊绕枝风满幌，寒钟送晓月当楹。蓬山高价传新韵，槐市芳年挹盛名。莫怪孔融悲岁序，五侯门馆重娄卿[①]。

【注释】

①“五侯”句：娄卿，即楼护，字君卿。《汉书·楼护传》载，楼护“为人短小精辩，论议常依名节”。他与谷永俱为五侯上客，长安号曰“谷子云笔札，楼君卿唇舌”。

过张监阁老[①]宅对酒奉酬见赠其年停贡举

权德舆

里仁无外事[②]，徐步一开颜。荆玉[③]收难尽，齐竽[④]喜暂闲。秋风倾菊酒，霁景下蓬山。不用投车辖[⑤]，甘从倒载[⑥]还。

【注释】

①张监阁老：指张荐，时任秘书监。②里仁：与仁者为邻。外事：世事。③荆玉：荆山之玉，即和氏璧。④齐竽：滥竽充数，此处是诗人的自谦之辞。⑤投车辖：《汉书·陈遵传》载，陈遵嗜酒好客，“每大饮，宾客满堂，辄关门，取客车辖投井中，虽有急，终不得去”。后用来比喻主人留客的殷勤。辖，车轴的键，去之则车不能行。⑥倒（dǎo）载：倒卧车中，形容沉醉之态。

酬张秘监阁老喜太常中书[①]二阁老与德舆同日迁官相代之作时秘书监亦同日拜命

权德舆

珠树[②]共飞栖，分封受紫泥。正名推五字[③]，贵仕仰三珪[④]。

继组[5]心知忝，腰章[6]事颇齐。蓬山有佳句[7]，喜气在新题。

【注释】

①太常：官名，掌礼乐郊庙社稷事宜。此处代指高郢。中书：中书舍人的省称。所指不详。②珠树：传说中的珍木，此处喻指官位。③正名：辨正名称。五字：指好的表章。④贵仕：做高官。三珪：亦作“三圭”，指诸侯爵位中的公、侯、伯，后泛指高官重臣。⑤组：组绶，古代玉佩上系玉的丝带，后用来借指官爵。⑥腰章：系印章于腰间，指任新职。⑦有佳句：指张荐所作之诗。

离合诗[1]赠张监阁老

权德舆

黄叶从风散，暗嗟时节换。忽见鬓边霜，勿辞林下觞。躬行君子道，身负芳名早。帐殿汉官仪[2]，巾车[3]塞垣草。交情剧断金，文律[4]每招寻。始知蓬山下，如见古人心。

【注释】

①离合诗：杂体诗名，有数种。普通的一种是在诗句内拆开字形，取其一半，再和另一字的一半拼成它字，先离后合。实际上是一种文字游戏。②帐殿：古代帝王出行，休息时以帐幕为行宫，故称“帐殿”。汉官仪：汉官威仪，泛指礼仪制度。③巾车：古代一种有被盖的车。④文律：文章的音律，此处喻指诗文。

节度宣武酬乐天梦得[1]

令狐楚

蓬莱仙监客曹郎[2]，曾枉高车客大梁[3]。见拥旌旄治军旅，知亲笔砚事文章。愁看柳色悬离恨，忆递花枝助酒狂。洛下相逢肯相寄，南金璀错玉凄凉[4]。

【注释】

①宣武：方镇名，治所在汴州（今河南开封）。乐天：白居易的字。梦得：刘禹锡的字。②蓬莱仙监：指白居易，其于大和元年（827）官秘书监。客曹郎：指刘禹锡，其于大和二年（828）为主客郎中。③大梁：汴州。④南金：南方出产的铜。璀错：光泽闪耀貌。凄凉：清冷。

早秋集贤院即事时为学士

刘禹锡

金数[①]已三伏，火星正西流[②]。树含秋露晓，阁倚碧天秋。灰琯[③]应新律，铜壶添夜筹[④]。商飙[⑤]从朔塞，爽气入神州。蕙草香书殿，槐花点御沟。山明真色见，水静浊烟收。早岁忝华省，再来成白头。幸依群玉府[⑥]，末路尚瀛洲。

【注释】

①金数：谓秋令。②“火星”句：形容天气转凉。《诗经·豳风·七月》：“七月流火，九月授衣。”③灰琯：亦作“灰管”，古代候验节气变化的器具。以葭莩之灰置于律管中，故名。④夜筹：夜间的时刻。筹，铜壶中的漏箭。⑤商飙：秋风。⑥群玉府：谓古代帝王藏书之所。

酬卢秘书[①]并序

元稹

予自唐[②]归京之岁，秘书郎卢拱作《喜遇白赞善[③]学士》诗二十韵，兼以见贻。白诗酬和先出，予草蹙未暇。皇频有致师[④]之挑，故篇末不无愦辞。其次用本韵，习然也。

偶有冲天气，都无处世才。未容荣路稳，先蹋祸机开。分久沉荆掾[⑤]，惭经厕柏台。理推愁易惑，乡思病难裁。夜伴吴牛喘，春惊朔雁回。北人肠断送，西日眼穿颓。唯望魂归去，那知诏下来。涸鱼千丈水，僵燕一声雷。幽匣提清镜，衰颜拂故埃。梦云期紫阁，厌雨别黄梅。亲戚迎时到，班行见处陪。文工[6]犹畏忌，朝士绝嫌猜。新识蓬山杰[7]，深交翰苑材[8]。连投珠作贯[9]，独和玉成堆[10]。剧敌[11]徒相轧，羸师亦自媒[12]。磨砻刮骨刃[13]，翻掷委心灰。恐被神明哭，忧为造化灾。私调破叶箭[14]，定饮搴旗[15]杯。金宝潜砂砾，芝兰似草莱。凭君毫发鉴，莫遣翳莓苔。

【注释】

①卢秘书：指卢拱。秘书，即秘书郎，属秘书省，掌四部图籍。②唐：指唐州，治所在今河南泌阳。③白赞善：指白居易，时任太子左赞善大夫。④致师：挑战。⑤分：应当。荆掾：指江陵府士曹参军。江陵古属荆州，故云。⑥文工：文人。⑦蓬山杰：指卢拱。⑧翰苑材：指白居易，其曾为翰林学士。⑨珠作贯：指卢拱诗。⑩玉成堆：指白居易酬和诗。⑪剧敌：犹劲敌。⑫自媒：只顾谋取自己的利益。⑬磨砻（lóng）：磨石。刮骨刃：言刀刃锋利。⑭破叶箭：百步穿杨的箭。⑮搴旗：拔取敌方旗帜。

有鸟二十章（其二）

元　稹

有鸟有鸟毛似鹤，行步虽迟性灵恶。主人但见闲慢容，许占蓬莱最高阁。弱羽长忧俊鹘拳，疽肠暗著鹓雏[1]啄。千年不死伴灵龟，枭心鹤貌何人觉。

【注释】

①疽（jū）肠：恶毒的心肠。鹓雏：传说中与鸾凤同类的鸟。

酬卢秘书二十韵时初奉诏除赞善大夫

白居易

谬历文场选，惭非翰苑才。云霄高暂致，毛羽弱先摧。识分忘轩冕，知归返草莱[1]。杜陵[2]书积蠹，丰狱剑[3]生苔。晦厌鸣鸡雨[4]，春惊震蛰雷。旧恩收坠履[5]，新律动寒灰。凤诏[6]容徐起，鹓行许重陪。衰颜虽拂拭，蹇步尚低徊[7]。睡少钟偏警，行迟漏苦摧。风霜趁朝去，泥雪拜陵回。上感君犹念，傍惭友或推。石顽镌费匠，女丑嫁劳媒。倏忽青春度，奔波白日颓。性将时共背，病与老俱来。闻有蓬壶客[8]，知怀杞梓[9]材。世家标甲第，官职滞麟台[10]。笔尽铅黄[11]点，诗成锦绣堆。尝思豁云雾[12]，忽喜访尘埃。心为论文合，眉因劝善开。不胜珍重意，满袖写琼瑰[13]。

【注释】

①草莱：犹草野，指乡野，民间。②杜陵：指杜甫。杜甫祖籍杜陵，他也曾在杜陵附近居住，常自称“杜陵野老”“杜陵野客”等。③丰狱剑：指丰城狱中掘得的龙泉、太阿双剑，比喻杰出的人才待有识者发现。④“晦厌”句：《诗经·郑风·风雨》云，“风雨如晦，鸡鸣不已”。⑤坠履：喻故物失而复得。《新书·谕诚》：“昔楚昭王与吴人战，楚军败，昭王走，屦决眦而行失之，行三十步，复旋取屦。”此处诗人以“坠履”自比，谓被召回京任职。⑥凤诏：诏书。⑦低徊：徘徊。⑧蓬壶客：指卢拱。时卢拱为秘书郎。⑨杞梓：喻优秀人才。⑩麟台：指秘书省。武后天授年间改称麟台，神龙时复原名。⑪铅黄：铅粉和雌黄，古人常用其点校书籍。⑫豁云雾：比喻相见。⑬琼瑰：喻华美的诗文。

答苏庶子[1]

白居易

偶作关东[2]使，重陪洛下游。病来从断酒，老去可禁愁。款曲[3]偏青眼，蹉跎各白头。蓬山闲气味，依约似龙楼[4]。

【注释】

①苏庶子：指苏弘。庶子，官职名，为太子属官。②关东：指函谷关以

东地区。③款曲：殷勤应酬。④龙楼：汉太子宫门名，借指太子所居宫室。

将发洛中枉令狐相公手札兼辱二篇宠行以长句[①]答之

白居易

尺素忽惊来梓泽[②]，双金[③]不惜送蓬山。八行[④]落泊飞云雨，五字枪钬[⑤]动佩环。玉韵乍听堪醒酒，银钩细读当披颜。收藏便作终身宝，何啻三年怀袖间。

【注释】

①令狐相公：指宣武军节度使令狐楚。宠行：赠诗文送别，以壮行色。长句：指七言诗。②尺素：指书信。梓泽：晋石崇金谷园的别称，此处借指送别之地。③双金：喻指优秀的两篇诗文，指令狐楚所赠二诗。④八行：指书信。⑤五字：指五言诗。枪钬（cōng）：象声词，形容声音清脆响亮。枪，通“锵”，金玉撞击声。

秋日与张宾客舒著作同游龙门[①]醉中狂歌凡二百三十八字

白居易

秋天高高秋光清，秋风袅袅秋虫鸣。嵩峰余霞锦绮卷，伊水细浪鳞甲生。洛阳闲客知无数，少出游山多在城。商岭老人[②]自追逐，蓬丘逸士[③]相逢迎。南出鼎门[④]十八里，庄店逦迤桥道平。不寒不热好时节，鞍马稳快衣衫轻。并辔踟蹰下西岸，扣舷容与[⑤]绕中汀。开怀旷达无所系，触目胜绝不可名。荷衰欲黄荇犹绿，鱼乐自跃鸥不惊。翠藻蔓长孔雀尾，彩船橹急寒雁声。家酝一壶白玉液，野花数把黄金英。昼游四看西日暮，夜话三及东方明。暂停杯觞辍吟咏，我有狂言君试听。丈夫一生有二志，兼济独善难得并。不能救疗生民病，即须先濯尘土缨。况吾头白眼已暗，终日戚促[⑥]何所成。不如展眉开口笑，龙门醉卧香山行。

【注释】

①张宾客：指张仲方，时为太子宾客分司东都。舒著作：指舒元舆，时为著作郎分司东都。龙门：山名，在今河南洛阳南。②商岭老人：指商山四皓，此借指张仲方。③蓬丘逸士：指舒元舆，因著作郎属秘书省，故云。④鼎门：城门名，在洛阳城南。⑤扣舷：手击船边，多用作歌吟的节拍。容与：闲暇自得貌。⑥戚促：穷迫，紧促。

吴秘监每有美酒独酌独醉但蒙诗报不以饮招辄此戏酬兼呈梦得

白居易

蓬山仙客下烟霄，对酒唯吟独酌谣[①]。不怕道狂挥玉爵[②]，亦曾乘兴解金貂。君称名士夸能饮[③]，我是愚夫肯见招。赖有伯伦[④]为醉伴，何愁不解傲松乔？

【注释】

①独酌谣：乐府《杂歌谣辞》名。②玉爵：玉制的酒杯。③“君称”句：《世说新语·任诞》载，王孝伯言：“名士不必须奇才，但使常得无事，痛饮酒，熟读《离骚》，便可称名士。”④伯伦：晋刘伶字。此处指刘禹锡，其亦有和诗。

和李校书[①]雨中自秘省见访知早入朝便入集贤不遇诗有序

王　起

起顷任集贤校书，及升柏台，又与秘阁相对。今直书殿有张学士，尝忝同幕，而与秘书稍远，故瞻望之词多。

台庭才子来款扉[②]，典校初从天禄[③]归。已惭陋巷回玉趾，仍闻细雨沾彩衣。诘朝始趋凤阙[④]去，此日遂愁鸡黍[⑤]违。忆昨谬官在乌府[⑥]，喜君对门讨鱼鲁[⑦]。直庐相望夜每阑，高阁遥临月时吐。

昔闻三入承明庐，今来重入中秘书[⑧]。校文复忝丞相属，博物更与张侯[⑨]居。新冠[⑩]峨峨不变铁，旧泉脉脉犹在渠[⑪]。忽枉情人吐芳讯[⑫]，临风不羡潘锦[⑬]舒。忆见青天霞未卷，吟玩瑶华[⑭]不知晚。自怜岂是风引舟，如何渐与蓬山远。

【注释】

①李校书：指李德裕。②台庭：宰相府。李德裕的父亲李吉甫时为宰相，故云。款扉：敲门。③天禄：此指秘书省。④诘朝：早晨。凤阙：宫阙，此指集贤殿书院。⑤鸡黍：招待宾客的饭菜，借指深厚的友谊。⑥乌府：御史台的别称。⑦鱼鲁：将鱼误写成鲁，泛指文字错讹。⑧中秘书：宫廷藏书之所，此指集贤殿书院。⑨张侯：张华，其著有《博物志》，此处借指张学士。⑩新冠：指御史冠，别称铁冠。⑪渠：指石渠阁，西汉宫廷藏书之所。⑫情人：感情深厚的友人。吐芳讯：指赠诗。⑬潘锦：指潘岳的诗。⑭瑶华：诗文的美称。

喜晴联句（节选）

王　起

山阁蓬莱客[①]，储宫羽翼师[②]。每忧陪丽句[③]，何暇觌英姿。

【注释】

①蓬莱客：指刘禹锡，时官秘书监。②储宫：借指太子。羽翼师：指白居易，时为太子少傅分司东都。③陪丽句：陪唱和。

送萧十二校书赴郢州[①]婚姻

李群玉

蓬莱才子即萧郎，彩服青书卜凤皇[②]。玉佩定催红粉色，锦衾应惹翠云香[③]。马穿暮雨荆山远，人宿寒灯郢梦[④]长。领取和鸣好风景，石城[⑤]花月送归乡。

【注释】

①郢州：州名，治所在今湖北钟祥。②卜凤皇：谓选得佳婿。③翠云香：指女子的头发所散发出来的香气。④郢梦：化用楚襄王梦巫山神女典，指男女欢合之事。⑤石城：指郢州。

奉和袭美二游诗·徐诗

陆龟蒙

尝闻四书曰，经史子集焉。苟非天禄[1]中，此事无由全。自从秦火来，历代逢迍邅。汉祖入关日，萧何为政年。尽力取图籍[2]，遂持天下权。中兴熹平[3]时，教化还相宣。立石刻五经，置于太学前[4]。贼卓[5]乱王室，君臣如转圜[6]。洛阳且煨烬[7]，载籍宜为烟。逮晋武革命[8]，生民才息肩。惠怀亟寡昧[9]，戎羯俄腥膻[10]。已觉天地闭，竞为东南迁[11]。日既不暇给，坟索[12]何由专。尔后国脆弱，人多尚虚玄。任学者得谤，清言者为贤。直至沈范[13]辈，始家藏简编。御府有不足，仍令就之传。梁元渚宫[14]日，尽取如蚳蝝[15]。兵威忽破碎[16]，焚爇无遗篇[17]。近者隋后主，搜罗势骈阗[18]。宝函映玉轴，彩翠明霞鲜。伊唐受命初，载史声连延。砥柱不我助[19]，惊波涌沦涟。遂令因去书，半在余浮泉。贞观购亡逸[20]，蓬瀛渐周旋。炅然东壁[21]光，与月争流天。伟矣开元中，王道真平平。八万五千卷，一一皆涂铅[22]。人间盛传写，海内奔穷研。目云[23]西斋书，有过东皋田。吾闻徐氏子[24]，奕世皆才贤。因知遗孙谋，不在黄金钱。插架几万轴，森森若戈铤。风吹签牌声，满室铿锵然。佳哉鹿门子，好问如除痟[25]。倏来参卿[26]处，遂得参卿怜。开怀展橱簏[27]，唯在性所便。素业[28]已千仞，今为峻云巅。雄才旧百派，相近浮日川。君抱王佐图，纵步凌陶甄。他时若报德，谁在参卿先。

【注释】

①天禄：汉宫中藏书阁名，此处借指宫中藏书处。②取图籍：《史记·萧相国世家》载，“沛公至咸阳，诸将皆争走金帛财物之府分之，（萧）何独先入收秦丞相御史律令图书藏之”。③熹平：东汉灵帝刘宏的年号。④“立石”二句：汉灵帝熹平四年（175），蔡邕等人将儒家七经《诗》《书》《易》《春秋》《公羊传》《仪礼》《论语》刻于石碑上，立于太学门前，称“熹平石经”。⑤贼卓：指董卓。董卓擅权，自立为相，废汉少帝，立汉献帝。⑥转圜：比喻变化大。⑦“洛阳”句：董卓兵败，挟持汉献帝西迁长安，并驱使都城洛阳的百姓跟随，临行前下令焚洛阳宫庙及人家。⑧晋武革命：咸熙二年（265），晋武帝司马炎逼迫魏元帝禅位，建立晋朝。他励精图治，振兴经济，厉行节约，使整个社会呈现出繁荣景象，史称“太康之治”。⑨惠怀：指晋惠帝司马衷和晋怀帝司马炽。亟（qì）：屡次。寡昧：愚昧，不明事理。⑩“戎羯”句：指西晋末年五胡乱华事。⑪东南迁：指西晋末年，北方汉人为避难大批渡江南迁。后来司马睿便在长江流域建立东晋。⑫坟索：三坟八索的并称，泛指古代典籍。⑬沈范：指沈约、范云，他们皆藏书数万卷。⑭梁元：指梁元帝萧绎。渚宫：春秋时楚国宫名，故址在今湖北江陵。梁元帝在江陵即位，曾于渚宫故地修造台榭。⑮如蚳（chí）蝝（yuán）：喻书数量多。蚳，蚁卵。蝝，蝗的幼虫。⑯“兵威”句：指西魏军队攻陷江陵，梁元帝被俘。⑰“焚爇（ruò）”句：指梁元帝在江陵被攻陷后，命人焚古今图书十四万卷。爇，焚烧。⑱骈阗：连续不断，聚集。言其搜罗之丰。⑲“砥柱”句：《新唐书·艺文志一》载，“王世充平，得隋旧书八千余卷，太府卿宋遵贵监运东都，浮舟溯河，西致京师，经砥柱舟覆，尽亡其书”。砥柱，山名，在今河南三门峡北黄河中。⑳“贞观”句：《新唐书·艺文志一》载，“贞观中，魏徵、虞世南、颜师古继为秘书监，请购天下书，选五品以上子孙工书者为书手，缮写藏于内库，以宫人掌之”。㉑炅：明亮。东壁：指皇宫藏书之所。㉒涂铅：指校勘。铅，铅粉，校勘书籍用。㉓目云：视为。㉔徐氏子：指徐修矩，他“守世书万卷”，本诗即咏其藏书之事。㉕痟（yuān）：酸痛。㉖参卿：

指徐修矩。㉗橱篚（lù）：指装书用的橱箱。㉘素业：儒业。

读李贺歌集

齐　己

赤水①无精华，荆山亦枯槁。玄珠与虹玉②，璨璨李贺抱。清晨醉起临春台，吴绫蜀锦胸襟开③。狂多两手掀蓬莱，珊瑚掇尽空土堆④。

【注释】

①赤水：古代神话传说中的水名。②“玄珠”句：玄珠与虹玉均象征李贺在写诗方面的才华。③“吴绫”句：吴绫与蜀锦均为当时有名的丝织品，此喻李贺才华满腹。④“珊瑚”句：谓李贺将珊瑚都采尽了，称赞其才华出众。

二、文学馆

请告南归留别同馆①中元作

李群玉

一点灯前独坐身，西风初动帝城砧。不胜庾信乡关思②，遂作陶潜归去吟③。书阁乍离情黯黯④，彤庭回望肃沈沈。应怜一别瀛洲侣⑤，万里单飞云外深。

【注释】

①请告：请假或致仕。馆：指弘文馆。②庾信乡关思：庾信初仕南朝梁，奉命出使西魏，因梁为西魏所灭，遂留在北方；西魏亡，又仕北周。他虽身居高位，但仍怀念南方故土，曾作《哀江南赋》。③陶潜归去吟：

陶渊明归隐后曾作《归去来兮辞》。④黯黯：心神沮丧貌。⑤瀛洲侣：文字之交。瀛洲，指文学馆。秦王李世民置文学馆，选十八学士，讨论文典，时人谓入馆者为“登瀛洲”。

暇日感怀因寄同院吴蜕拾遗

罗　隐

璧池清秩访燕台①，曾捧瀛洲札翰来。今日二难俱大夜②，当时三幅谩高才。戏悲槐市便便笥③，狂忆樟亭满满杯。犹幸小兰同舍在，每因相见即衔哀。

【注释】

①璧池：古代学官前半圆形的水池，借指太学或皇帝的选士之所。清秩：清贵的官职。燕台：指燕昭王建的黄金台。②二难：贤兄弟，难得的好朋友。大夜：长夜，谓人去世。③便便笥：指满腹才学之人。《后汉书·边韶传》载，边韶，字孝先，以文章知名，教授数百人。他曾昼日假卧，弟子私嘲之曰：“边孝先，腹便便。懒读书，但欲眠。”边韶听到后，对曰：“边为姓，孝为字。腹便便，《五经》笥。”

三、翰林院

奉和浙西大夫李德裕述梦四十韵大夫本题言赠于梦中诗赋以寄一二僚友故今所和者亦止述翰苑旧游而已次本韵

元　稹

闻有池塘什，还因梦寐遭。攀禾工类蔡，咏豆敏过曹。庄蝶玄言秘，罗禽藻思高[①]。戈矛排笔阵[②]，貔虎[③]让文韬。彩缋[④]鸾凰颈，权奇骥騄髦[⑤]。神枢[⑥]千里应，华衮[⑦]一言褒。李广留飞箭[⑧]，王祥得佩刀[⑨]。传乘司隶[⑩]马，继染翰林毫[⑪]。辨颖□超脱，词锋岂足櫜。金刚锥透玉，镔铁[⑫]剑吹毛。顾我曾陪附，思君正郁陶[⑬]。近酬新乐录，仍寄续离骚。阿阁[⑭]偏随凤，方壶[⑮]共跨鳌。借骑银杏叶，横赐锦垂萄[⑯]。冰井分珍果，金瓶贮御醪。独辞珠有戒[⑰]，廉取玉非叨[⑱]。麦纸侵红点，兰灯焰碧高。代予言[⑲]不易，承圣旨偏劳。绕月同栖鹊，惊风比夜獒。吏传开锁契，神撼引铃绦。渥泽深难报，危心过自操。犯颜诚恳恳，腾口惧忉忉。佩宠虽緺绶[⑳]，安贫尚葛袍。宾亲多谢绝，延荐必英豪。分阻杯盘会，闲随寺观遨。祇园一林杏，仙洞万株桃。澥海沧波灭，昆明[㉑]劫火熬。未陪登鹤驾，已讣堕乌号[㉒]。痛泪过江浪，冤声出海涛。尚看恩诏湿，已梦寿宫[㉓]牢。再造承天宝[㉔]，新持济巨篙。犹怜弊簪履，重委旧旌旄。北望心弥苦，西回首屡搔。九霄难就日，两浙仅容舠[㉕]。暮竹寒窗影，衰杨古郡濠。鱼虾[㉖]集橘市，鹤鹳起亭皋。朽刃休冲斗[㉗]，良弓枉在弢[㉘]。早弯摧虎凶，便铸垦蓬蒿。渔艇宜孤棹，楼船称万艘。量材分用处，终不学滔滔。

【注释】

①“罗禽”句：《晋书·罗含传》载，“（罗含）少有志尚，尝昼卧，梦一鸟文彩异常，飞入口中，因惊起说之。朱氏曰：‘鸟有文彩，汝后必有文章。’自此后藻思日新”。②笔阵：谓诗文谋篇布局如行军列阵。③貔虎：喻勇猛的军队。此句谓武略不如文韬。④缋（huì）：同“绘”。⑤权奇：形容良马善行。骥騄：指良马。髦：比喻英俊杰出之士。⑥神枢：中枢。⑦华衮：古代王公贵族的礼服。⑧“李广”句：《史记·李将军列传》载，“（李）广出猎，见草中石，以为虎而射之，中石没镞，视之石也”。⑨“王祥”句：《晋书·王祥传》载，“初，吕虔有佩刀，工相之，

以为必登三公，可服此刀。虔谓（王）祥曰：‘苟非其人，刀或为害。卿有公辅之量，故以相与。’祥固辞，强之乃受”。⑩司隶：汉武帝置司隶校尉，领兵一千二百人，捕巫蛊，督大奸猾。⑪“继染”句：李德裕父李吉甫元和初曾任翰林学士，李德裕亦于元和间任翰林学士。⑫镔（bīn）铁：精炼的铁。⑬郁陶：忧思郁积貌。⑭阿阁：四面都有檐溜的楼阁。⑮方壶：指翰林学士。⑯横赐：额外的赏赐。锦垂萄：指李德裕曾蒙赐锦袍。⑰“独辞”句：《后汉书·钟离意传》载，东汉明帝时，“交阯太守张恢，坐臧千金，征还伏法，以资物簿入大司农，诏班赐群臣。（钟离）意得珠玑，悉以委地而不拜赐”。⑱叨：受到（好处）。⑲代予言：代帝王草拟诏命。⑳緺绶：紫青色的绶带，为高级官员的服饰。㉑昆明：汉池名。《太平御览》卷八七一引《汉书》曰：“武帝穿昆明池，得黑灰，有外国胡云：‘此是天地劫灰之余也。’”㉒堕乌号：喻帝王驾崩，此指穆宗去世。㉓寿宫：帝王生前预筑的陵墓。㉔“再造”句：谓敬宗即位。㉕舠（dāo）：小船。㉖鰕（xiā）：同“虾”。㉗“朽刃”句：化用张华获得宝剑典，谓自己如朽刃，不可能像张华的宝剑那样夜冲斗牛。㉘良弓：喻李德裕。枉在弢：喻藏而不用。

趋翰苑遭诬构四十六韵

李　绅

九五当乾德[①]，三千应瑞符[②]。纂尧昌圣历[③]，宗禹盛丕图[④]。画象[⑤]垂新令，消兵易旧谟[⑥]。选贤方去智[⑦]，招谏忽升愚。大乐调元气，神功运化炉。脱鳞超沆瀣[⑧]，翻翼集蓬壶[⑨]。捧日[⑩]恩光别，抽毫[⑪]顾问殊。凤形怜彩笔[⑫]，龙颔借骊珠。掷地[⑬]声名寡，摩天羽翮孤。洁身酬雨露，利口扇[⑭]谗谀。碧海同宸眷[⑮]，鸿毛比贱躯。辨疑分黑白，举直抵朋徒。庭兽[⑯]方呈角，阶蓂[⑰]始效莩。日倾乌掩魄，星落斗摧枢。坠剑悲乔岳[⑱]，号弓泣鼎湖。乱群逢害马，择肉纵狂貙⑲。胆为隳⑳肝竭，心因沥血枯。满帆摧骇浪，征棹折危途。燕客书方诈㉑，尧门信未孚㉒。谤兴金就铄，毁极玉生愈㉓。砺吻矜㉔先搏，张罗㉕骋疾驱。地嫌稀魍魉，海恨止番禺。瘴岭冲蛇入，蒸池蹑虺趋。望天收雪涕㉖，看镜揽霜须。草毒人惊剪，茅荒室未诛㉗。火风晴处扇，山鬼雨中呼。穷老乡关远，羁愁骨肉无。鹊灵窥牖户，龟瑞出泥途。烟岛深千瘴，沧波淼四隅。海标传信使，江棹认妻孥。到接三冬暮，来经六月徂㉘。暗滩朝不怒，惊濑夜无虞㉙。俯首安羸业，齐眉慰病夫。涸鱼思雨润，僵燕望雷苏。诏下因颁朔㉚，恩移讵省辜。诳天㉛犹指鹿，依社尚凭狐。度岭瞻牛斗㉜，浮江淬辘轳㉝。未平人睚眦，谁惧鬼揶揄。盆浦㉞潮通楚，匡山㉟地接吴。庾楼㊱清桂满，远寺素莲㊲敷。仿佛皆停马，悲欢尽隙驹。旧交封宿草，衰鬓重生刍㊳。万载分梁苑㊴，双旌寄鲁儒㊵。骎骎㊶移岁月，冉冉近桑榆㊷。疲马愁千里，孤鸿念五湖㊸。终当赋归去㊹，那更学杨朱。

【注释】

①乾德：上天的恩泽。本句颂唐穆宗即位。②三千：极言唐王朝国祚长久。瑞符：瑞应，符应。③纂：通“缵”，继承。圣历：国祚。④宗：尊崇。丕图：大业，宏图。⑤画象：此指开明的刑律。⑥旧谟：昔日的谋划。⑦去智：《道德经》云，“绝圣弃智，民利百倍”。⑧脱鳞：谓蛇化成龙。超沆瀣：谓登天。⑨蓬壶：此指翰林院。⑩捧日：喻辅佐帝王。⑪抽毫：抽笔出套，指写作。⑫凤形：凤藻，比喻华美的文辞。彩笔：辞藻富丽的文笔。⑬掷地：掷地有声，比喻文章文辞优美，语言铿锵有力。⑭扇：通“煽”，煽动。⑮碧海：喻帝王恩德之广。宸眷：帝王的恩宠。⑯庭兽：指獬豸。⑰阶蓂：蓂荚，瑞草名，因夹阶而生，故称。⑱坠剑：喻人去世。乔岳：泰山。⑲貙（chū）：古书上说的一种虎属猛兽，此处比喻奸佞之臣。⑳隳（huī）：毁坏。㉑“燕客”句：《汉书·霍光传》载，

汉昭帝姊盖主、上官桀及桑弘羊等与燕王旦通谋，诬告霍光专权自恣，有不臣之心。昭帝识破了他们的阴谋，不予理睬，并安抚霍光。后常用作贤臣遭谤之典。㉒“尧门”句：此句谓敬宗听信谗言，以误为真。尧，喻敬宗。㉓玉生愈：玉上出现瑕疵。㉔砺：磨。吻：鸟嘴。矜：夸耀。㉕张罗：设罗网，喻设圈套陷害。㉖雪涕：擦拭眼泪。㉗诛：剪除。㉘徂：过去，流逝。㉙濑：湍急的水。虞：忧虑。㉚颁朔：古代每年季冬时颁布次年历书。此谓敬宗改元。㉛诳天：欺骗帝王。㉜岭：指大庾岭。牛斗：指二十八星宿中的牛宿和斗宿。㉝辘轳：指鹿卢，剑名。㉞盆浦：溢浦，指溢水边。㉟匡山：指庐山。相传殷周时匡俗兄弟七人隐居在庐山，故名。㊱庾楼：传说为晋庾亮镇守江州时建，北临大江，南对庐山。陆游《入蜀记》谓江州庾楼乃出于附会，实际上庾楼在武昌。㊲远寺：指庐山东林寺。素莲：白莲。晋慧远等于庐山东林寺结白莲社。㊳生刍：新割的草。《后汉书·徐稚传》：“及林宗（郭泰）有母忧，（徐）稚往吊之，置生刍一束于庐前而去。”后遂称吊丧礼物为生刍。㊴梁苑：西汉梁孝王营建的苑囿。㊵双旌：指任节度使。唐节度使赴任时，赐双旌、双节。鲁儒：诗人自指。㊶骎（qīn）骎：马疾行貌，喻时光飞逝。㊷桑榆：喻人之暮年。㊸五湖：指太湖。㊹赋归去：化用陶渊明归隐后赋《归去来兮辞》典。

和高谏议蒙兼宾客①时入翰苑

姚　合

兼秩恩归第一流，时寻仙路向瀛洲。钟声迢递银河晓，林色葱笼玉露秋。紫殿②讲筵邻御座，青宫③宾榻入龙楼。从来共结归山侣，今日多应独自休。

【注释】

①谏议：指谏议大夫，掌谏谕得失。宾客：指太子宾客。②紫殿：帝王宫殿。③青宫：东宫，太子居处。

感事三十四韵丁卯已后

韩 偓

紫殿承恩①岁，金銮入直②年。人归三岛路，日过八花砖③。鸳鹭皆回席④，皋夔⑤亦慕膻。庆霄舒羽翼，尘世有神仙。虽遇河清圣，惭非岳降贤。皇慈容散拙⑥，公议逼陶甄。江总参文会，陈暄侍狎筵⑦。腐儒亲帝座⑧，太史认星躔。侧弁⑨聆神算，濡毫俟密宣⑩。宫司持玉研，书省擘香笺。唯理心无党⑪，怜才膝屡前⑫。焦劳皆实录，宵旰岂虚传。始议新尧历⑬，将期整舜弦。去梯言⑭必尽，仄席⑮意弥坚。上相思惩恶⑯，中人讵省愆⑰。鹿穷唯抵触，兔急且猕猴⑱。本是谋赊死，因之致劫迁⑲。氛霾言下合，日月暗中悬。恭显诚甘罪⑳，韦平㉑亦恃权。畏闻巢幕㉒险，宁寤积薪然。谅直寻钳口，奸纤益比肩。晋谗㉓终不解，鲁瘠竟难痊。只拟诛黄皓㉔，何曾识霸先㉕。嗾獒翻丑正㉖，养虎欲求全。万乘㉗烟尘里，千官剑戟边。斗魁当北坼，地轴向西偏。袁董㉘非徒尔，师昭㉙岂偶然。中原成劫火，东海遂桑田。溅血惭嵇绍㉚，迟行笑褚渊㉛。四夷同效顺，一命敢虚捐。山岳还青耸，穹苍旧碧鲜。独夫长啜泣，多士已忘筌。郁郁空狂叫，微微几病癫。丹梯倚寥廓，终去问青天。

【注释】

①承恩：蒙受皇恩，指登科入仕。②金銮：翰林学士的美称。入直：谓官员入宫值班供职。③八花砖：喻任职翰林院。《新唐书·李程传》："（翰林）学士入署，常视日影为候，（李）程性懒，日过八砖乃至，时号'八砖学士'。"④回席：犹避席，古人席地而坐，离座起立，表示敬意。⑤皋夔：皋陶与夔的并称，皋陶为舜刑官，夔为乐官。后常借指贤臣。⑥散拙：散漫粗疏。⑦"江总"二句：江总、陈暄俱南朝陈后主幸臣。《陈书·江总传》："后主之世，（江）总当权宰，不持政务，但日与后主游宴后庭，共陈暄、孔范、王瑳等十余人，当时谓之狎客。"⑧腐儒：诗人自

谦之辞。亲帝座：喻其与唐昭宗的关系亲近。⑨侧弁：帽子歪戴，谓君臣饮酒失态。⑩濡毫：蘸墨于笔。密宣：密旨。⑪党：偏私。⑫膝屡前：形容重视贤才。⑬尧历：尧年。传说尧时天下太平，因以“尧年”喻盛世。⑭去梯言：指极机密的话。⑮仄席：不正坐，古时形容帝王礼贤下士。⑯上相：对宰相的尊称。惩恶：指昭宗光化三年（900），宰相崔胤平定宦官刘季述之乱。⑰省愆：反省过失。⑱獮（lián）豨（chuān）：兽奔跑貌。⑲“因之”句：指天复元年（901），宦官韩全诲劫持昭宗至凤翔事。⑳恭显：指西汉宦官弘恭、石显。此处喻指刘季述、韩全诲二宦官。甘罪：服罪。㉑韦平：指西汉韦贤、韦玄成与平当、平晏两父子，父子皆相继为相。此处喻指朱温父子。㉒巢幕：筑巢于帷幕之上，喻处境危险。㉓晋谗：《左传·僖公四年》载，春秋时，晋献公宠爱骊姬。骊姬为了让其子奚齐上位，谗害太子申生。献公怒，申生惧而出逃，后自缢。㉔黄皓：三国蜀宦官，为蜀后主所宠信，擅权乱政。此处喻指宦官韩全诲。《新唐书·韩偓传》载，韩全诲伏诛后，昭宗欲尽除余党，韩偓曰：“尽诛则伤仁。愿去尤者，自内安外，以静群心。”帝从之。故云“只拟诛黄皓”。㉕霸先：指陈霸先，南朝陈开国皇帝，初仕梁，后自立为帝。此处喻朱温。㉖嗾獒：使狗咬人。丑正：嫉害正直之人。㉗万乘：周制，天子地方千里，有兵车万乘，后世因以“万乘”指代天子。此处指唐昭宗。㉘袁董：指东汉袁绍与董卓。此喻唐末李茂贞、李克用等节度使。㉙师昭：指三国魏司马师与司马昭。此喻朱温。㉚“溅血”句：《晋书·嵇绍传》载，“（嵇）绍以天子蒙尘，承诏驰诣行在所。值王师败绩于荡阴，百官及侍卫莫不散溃，唯绍俨然端冕，以身捍卫，兵交御辇，飞箭雨集，绍遂被害于帝侧，血溅御服，天子深哀叹之”。㉛“迟行”句：褚渊为宋明帝所信任，受明帝遗诏辅政，后见萧道成势大，转而投靠，助萧道成建齐代宋。宋明帝尝叹曰：“褚渊能迟行缓步，便持此得宰相矣。”

同年前虞部李郎中自长沙赴行在余以紫石砚赠之赋诗代书

韩　偓

斧柯[1]新样胜珠玑，堪赞星郎染翰[2]时。不向东垣修直疏[3]，即须西掖草妍词[4]。紫光[5]称近丹青笔，声韵宜裁锦绣诗。蓬岛侍臣[6]今放逐，羡君回去逼龙墀[7]。

【注释】

①斧柯：山名，在今广东肇庆高要区，以产端砚石著称。此处借指紫石砚。②星郎：指李郎中。染翰：以笔蘸墨，指写字作文。③东垣：唐代指门下省。直疏：直抒己见的奏章。④西掖：唐代指中书省。妍词：优美的文辞。⑤紫光：指石砚的紫色光泽。⑥蓬岛侍臣：指翰林学士。⑦逼：接近。龙墀：皇宫的台阶，借指皇帝。

贺殷游二舍人入翰林江给事拜中丞

徐　铉

清晨待漏[1]独徘徊，霄汉悬心不易裁[2]。阁老[3]深严归翰苑，夕郎[4]威望拜霜台。青绫对覆蓬壶晚，赤棒[5]前驱道路开。犹有西垣[6]厅记在，莫忘同草紫泥来。

【注释】

①待漏：谓百官清早集于殿庭，等待朝见皇帝。②霄汉：天空的极高处，喻指皇帝。裁：裁断，处理。③阁老：唐代对中书舍人年资长久者的敬称，此指殷、游二舍人。④夕郎：唐时指给事中，此指江给事。⑤赤棒：赤色的棒，多作扈从开路用的仪仗，此指御史中丞的仪仗。⑥西垣：中书省的别称。

第三编 · 皇家宫苑

一、大明宫

中书寓直咏雨简褚起居上官学士[①]

杨师道

云暗苍龙阙[②]，沈沈殊未开。窗临凤凰沼，飒飒雨声来。电影[③]入飞阁，风威凌吹台[④]。长檐响奔溜[⑤]，清簟肃浮埃。早荷叶稍没，新篁枝半摧。兹晨怅多绪，怀友自难裁。况复重城内，日暮独裴回。玉阶良史笔，金马掞天[⑥]才。高甍通散骑，复道驾蓬莱[⑦]。思君赠桃李，于此冀琼瑰。

【注释】

①褚起居：指起居郎褚遂良。上官学士：指弘文馆直学士上官仪。②苍龙阙：西汉未央宫的东阙，后泛指宫阙。③电影：闪电之光。④吹台：相传为春秋时师旷吹乐之台，故址在今河南开封东南。⑤奔溜：大雨时瓦沟里倾注而下的水流。⑥掞（yàn）天：光芒照天。⑦蓬莱：指蓬莱宫。原名大明宫，高宗时改为蓬莱宫，故址在今陕西西安。

送司马道士[①]游天台

宋之问

羽客笙歌此地违，离筵数处白云飞。蓬莱阙下长相忆，桐柏山[②]头去不归。

【注释】

①司马道士：指司马承祯。②桐柏山：在今河南桐柏县西南。

蓬莱三殿[1]侍宴奉敕咏终南山应制

杜审言

北斗[2]挂城边，南山倚殿前。云标金阙[3]迥，树杪玉堂悬。半岭通佳气，中峰绕瑞烟。小臣持献寿，长此戴尧天。

【注释】

①蓬莱三殿：指麟德殿，在大明宫内，含中、前、后三殿，故称。②北斗：星座名。又汉长安故城南为南斗形，北为北斗形，故又称“斗城”。③金阙：皇宫。

泛舟送郑卿入京

杜审言

帝坐蓬莱殿，恩追社稷臣。长安遥向日，宗伯[1]正乘春。相宅开基地，倾都送别人。行舟萦渌水，列戟满红尘。酒助欢娱洽，风催景气新。此时光乃命[2]，谁为惜无津[3]。

【注释】

①宗伯：官名，周代六卿之一。后世称礼部尚书为大宗伯，礼部侍郎为小宗伯。②光乃命：谓郑卿晋升。③无津：喻无进身之路。

奉和圣制从蓬莱向兴庆阁道[1]中留春雨中春望之作应制

李　憕

别馆春还淑气[2]催，三宫路转凤皇台[3]。云飞北阙轻阴散，雨歇南山积翠来。御柳遥随天仗发，林花不待晓风开。已知圣泽深无限，更喜年芳入睿才[4]。

【注释】

①兴庆：指兴庆宫。阁道：复道，楼阁之间架空的通道。②淑气：温和之气。③三宫：指唐长安城内的大明宫、兴庆宫、太极宫。凤皇台：借

指长安的宫苑。④睿才：聪慧超群的才能。

奉和喜雪[1]应制

徐安贞

两宫斋祭[2]近登临，雨雪纷纷天昼阴。只为经寒无瑞色[3]，顿教正月满春林。蓬莱北上旌门暗，花萼[4]南归马迹深。自有三农歌帝力[5]，还将万庾[6]答尧心。

【注释】

①喜雪：唐玄宗有《喜雪》诗。②两宫：指蓬莱宫、兴庆宫。斋祭：斋戒祭祀。③瑞色：吉祥之气。④花萼：楼名，全称“花萼相辉楼”，在兴庆宫内。⑤三农：古谓居住在平地、山区、水泽三类地区的农民。歌帝力：相传尧时有老人击壤而歌，颂太平盛世的景象。⑥万庾：指粮食丰盛。庾，古代容量单位，一庾为十六斗。

奉和圣制从蓬莱向兴庆阁道中留春雨中春望之作应制

王 维

渭水自萦秦塞曲，黄山旧绕汉宫斜。銮舆迥出千门[1]柳，阁道回看上苑[2]花。云里帝城双凤阙，雨中春树万人家。为乘阳气[3]行时令，不是宸游玩物华[4]。

【注释】

①千门：宫门。②上苑：指皇家园林。③阳气：暖气，生长之气。④宸游：帝王之巡游。物华：自然景物。

送刘四赴夏县[1]

李 颀

九霄特立红鸾[2]姿，万仞孤生玉树枝。刘侯致身能若此，天骨[3]自然多叹美。声名播扬二十年，足下长途几千里。举世皆亲丞相阁[4]，我心独爱伊川水。脱略势利犹埃尘，啸傲时人而已矣。新诗数岁即文雄，上书昔召蓬莱宫。明主拜官麒麟阁，光车骏马看玉童。高人往来庐山远，隐士往来张长公[5]。扶南[6]甘蔗甜如蜜，杂以荔枝龙州[7]橘。赤县繁词满剧曹[8]，白云孤峰晖永日。朝持手板望飞鸟，暮诵楞伽对空室。一朝出宰汾河[9]间，明府下车[10]人吏闲。端坐讼庭更无事，开门咫尺巫咸山[11]。男耕女织蒙惠化，麦熟雉鸣长秋稼。明年九府[12]议功时，五辟三征当在兹。闻道桐乡有遗老，邑中还欲置生祠[13]。

【注释】

①夏县：唐县名，今山西夏县。②红鸾：喻贤才。③天骨：形容人物杰出。④丞相阁：《汉书·公孙弘传》载，“（公孙弘）数年至宰相封侯，于是起客馆，开东阁以延贤人，与参谋议”。后借指招贤纳客的处所。⑤张长公：指张挚，字长公，“官至大夫，免。以不能取容当世，故终身不仕”。⑥扶南：唐郡名，在今广西西南部。⑦龙州：唐置州，治今广西龙州北。⑧赤县：唐时京都所治的县。剧曹：公务繁重的郎官曹吏。⑨出宰：由京官外出任县官。汾河：指汾水、黄河。⑩下车：到任。⑪巫咸山：山名，在夏县东。⑫九府：九卿府，此处泛指官府。⑬“闻道”二句：《汉书·朱邑传》载，朱邑少时为桐乡啬夫，廉平不苛，百姓皆爱敬之。他卒前对其子说：“我故为桐乡吏，其民爱我，必葬我桐乡。”后葬于桐乡西郭外，“民果共为邑起冢立祠，岁时祠祭，至今不绝”。

述华清宫五首（其一）

储光羲

上在蓬莱宫，莫若居华清。朝朝礼玄阁[1]，日日闻体轻[2]。大圣[3]不私己，精禋为群氓[4]。

【注释】

①玄阁：指朝元阁，为祭祀老子的道观。②体轻：道教认为通过斋戒和祭祀等活动，可使人体轻。③大圣：指帝王。④禋（yīn）：泛指祭祀。群氓：百姓。

述华清宫五首（其二）

储光羲

上出蓬莱时，六龙俨[①]齐首。长道舒羽仪[②]，彤云映前后。天声[③]殷宇宙，真气[④]到林薮。

【注释】

①六龙：指帝王车驾。俨：俨然。②羽仪：帝王的仪仗。③天声：指帝王车驾盛大的声威。④真气：指帝王的气概。

贻王侍御出台掾丹阳[①]

储光羲

高高琅琊台[②]，台下生箘簬[③]。照车十二乘[④]，光彩不足谕。既当少微星，复隐高山雾。金丘华阳[⑤]下，仙伯养晦[⑥]处。茅茨对三峰，梧桐开一路。神溪绕皋陆，樵牧自成趣。时登青冥游，若从天江度。墟里献薇蕨，群公致衣缕。深沈复清净，偃仰视太素。猛兽识宾仆，赪霞知早暮。峨峨云龙[⑦]开，忽有方伯[⑧]遇。达人无不可，壮志且驰骛[⑨]。融泄[⑩]长鸡鸣，缤纷大鹏翥。赤墀高峛岈[⑪]，一见如三顾。礼服正邦祀[⑫]，刑冠肃王度[⑬]。三辰明昭代[⑭]，光启玄元祚[⑮]。章台[⑯]收杞梓，太液满鹓鹭。丰泽耀纯仁，八方晏黔庶。沈沈阊阖起，殷殷蓬莱曙。旌戟俨成行，鸡人[⑰]传发煦。翔翼一如鹗，百辟[⑱]莫不惧。清庙奉烝尝[⑲]，灵山扈銮辂[⑳]。天街时蹴蹋[㉑]，直指宴栓栢[㉒]。四月纯阳初，雷雨始奋豫[㉓]。逆星孛皇极，钛镊静天步㉔。鄷镐舒曜灵，干戈藏武库。析槲㉕增广运，直道㉖有好恶。回迹㉗清宪台，传骑㉘东南去。列城异畴昔，近饯寡徒御㉙。缠绵西关道，婉娈新丰树。伊洛不敢息，淮河任沿溯。乡亭茱萸津，先后非疏附。炎时方怵惕㉚，有若践霜露。惆怅长岑长㉛，寂寞梁王傅㉜。纷吾家延州㉝，结友在童孺。岑阳沐天德，邦邑持民务。踯躅望朝阴，如何复沦误㉞。牙旷㉟三千里，击辕㊱非所慕。秋涛联沧溟，舟楫凑北固。江汜日绵眇，朝夕空寐寤。中洞松栝㊲新，东皋阡陌故。余辉方焜耀，可以欢邑聚㊳。南华在濠上㊴，谁辩魏王瓠㊵。登陟芙蓉楼，为我时一赋。

【注释】

①台：指御史台。丹阳：唐郡名，治所在今江苏镇江。②琅琊台：在山东青岛琅琊山上。《史记·秦始皇本纪》载，秦始皇“作琅邪台，立石刻，颂秦德”。③箘（jùn）簬（lù）：竹名，此处喻指王侍御。④“照车”句：《史记·田敬仲完世家》载，“梁王曰：‘若寡人国小也，尚有径寸之珠照车前后各十二乘者十枚。’”⑤金丘：《淮南子·地形训》载，“西方曰金丘”。华阳：华山之南。⑥仙伯：仙人。养晦：指隐居匿迹。⑦云龙：形容云。⑧方伯：地方长官。⑨驰骛：奔走趋赴。⑩融泄：飘动貌。⑪崱（zè）屴（lì）：高耸貌。⑫邦祀：国家的祭祀。⑬王度：王朝法令。⑭三辰：指日、月、星辰。昭代：政治清明的时代。⑮玄元祚：指李唐的国运。⑯章台：战国时秦离宫的台名，此处指朝廷。⑰鸡人：报晓之官。⑱百辟：百官。⑲烝尝：泛指祭祀。⑳銮辂：指帝王的车驾。㉑天街：京城中的街道。踘：同“鞠”。㉒直指：官名，汉武帝时曾设绣衣直指，赴地方镇压起义。此指御史。梐（bì）枑（hù）：古代官署前阻拦行人的栅栏。㉓奋豫：发作，震动。㉔铁（fū）锧（zhì）：古代腰斩用的刑具。天步：国运，时运。㉕析槲（sī）：劈去向下长的枝条。槲，木枝向下。㉖直道：正道。㉗回迹：回转脚步，重归。㉘传骑：驿使。㉙徒御：挽车和御马的随从。㉚怵（chù）惕：恐惧警惕。㉛长岑长：指崔骃，他曾担任长岑长。

㉜梁王傅：指贾谊，他曾为梁怀王太傅。㉝延州：指延陵，治所在今江苏丹阳延陵镇。㉞沦误：沉沦于谬误。㉟牙旷：春秋时著名乐师伯牙与师旷的并称，喻指卓越不凡之人。㊱击辕：喻指村野生活。㊲中洞：指茅山上的华阳洞。栝（guā）：指桧树。㊳邑聚：村落。㊴"南华"句：化用庄子与惠子观鱼之辩典。南华，指庄子。㊵魏王瓠：《庄子·逍遥游》载，惠子对庄子说，自己曾用魏王送的大瓠之种，种出巨大的葫芦，又将其制成瓢，但大而无用，只好打破。庄子曰："何不虑以为大樽而浮乎江湖，而忧其瓠落无所容？"瓠，葫芦。

京口留别徐大补阙赵二零陵[①]

储光羲

皇州[②]月初晓，处处鼓钟喧。树出蓬莱殿，城开阊阖门[③]。近臣朝琐闼，词客向文园[④]。独有三川路，空伤游子魂。

【注释】

①零陵：唐郡名，治所在今湖南永州零陵。②皇州：京都。③阊阖门：指宫门。④文园：泛指文人聚集之地。

效古二首（其一）

李　白

朝入天苑中，谒帝蓬莱宫。青山映辇道，碧树摇苍空。谬题金闺籍[①]，得与银台[②]通。待诏奉明主，抽毫颂清风。归时落日晚，躞蹀浮云骢[③]。人马本无意，飞驰自豪雄。入门紫鸳鸯，金井双梧桐。清歌弦古曲，美酒沽新丰[④]。快意且为乐，列筵坐群公。光景不可留，生世如转蓬。早达胜晚遇，羞比垂钓翁。

【注释】

①金闺籍：指金马门上悬挂的名籍竹牒，牒上有名者准其进入。后用

以指在朝为官。金闺，即金马门。②银台：宫门名，唐翰林院、学士院均在银台门内。③躞（xiè）蹀（dié）：小步行走貌。浮云骢：骏马名。④新丰：汉县名，故址在今西安临潼东北。该地产美酒，世称“新丰酒”。

雪夜下朝呈省①中一绝

韦应物

南望青山满禁闱②，晓陪鸳鹭正差池。共爱朝来何处雪，蓬莱宫里拂松枝。

【注释】

①省：指尚书省。②禁闱：指宫内或朝廷。

酬成少尹骆谷①行见呈

岑　参

闻君行路难②，惆怅临长衢。岂不惮险艰，王程③剩相拘。忆昨蓬莱宫，新授刺史符。明主仍赐衣，价直千万余。何幸承命日，得与夫子俱。携手出华省④，连镳⑤赴长途。五马当路嘶，按节⑥投蜀都。千崖信萦折⑦，一径何盘纡。层冰滑征轮，密竹碍隼旟⑧。深林迷昏旦，栈道凌空虚。飞雪缩马毛，烈风擘我肤。峰攒望天小，亭午⑨见日初。夜宿月近人，朝行云满车。泉浇石罅坼⑩，火入松心枯。亚尹⑪同心者，风流贤大夫。荣禄上及亲，之官随板舆⑫。高价振台阁，清词出应徐⑬。成都春酒香，且用俸钱沽。浮名何足道，海上堪乘桴。

【注释】

①骆谷：在今陕西周至西南，为关中与汉中间的交通要道。②行路难：乐府《杂曲歌辞》名，此指成少尹的《骆谷行》。③王程：奉公出差的行程。④华省：指尚书省。岑参、成少尹赴蜀前，都在尚书省为郎官。⑤连镳：骑马同行。⑥按

节：停挥马鞭，谓徐行。⑦萦折：回旋曲折。⑧隼旟（yú）：指绘有隼鸟的旗帜，为州郡长官的仪仗。⑨亭午：正午，中午。⑩罅（xià）：缝隙。坼：裂开。⑪亚尹：少尹的别称。⑫板舆：古代一种由人扛抬的代步工具，多为老人乘坐。此处指携父母赴任。⑬应徐：指应场、徐幹，二人皆为“建安七子”之一。

古　兴

李嘉祐

十五小家女，双鬟人不如。蛾眉暂一见，可直千金余。自从得向蓬莱里，出入金舆[①]乘玉趾。梧桐树上春鸦鸣，晓伴君王犹未起。莫道君恩长不休，婕妤[②]团扇苦悲秋。君看魏帝邺都[③]里，惟有铜台[④]漳水流。

【注释】

①金舆：帝王的车驾，喻指宫闱。②婕妤：指班婕妤。③魏帝：指魏武帝曹操。邺都：故址在今河北大名东北。④铜台：铜雀台。

访韩司空不遇

李嘉祐

图画风流似长康[①]，文词体格效陈王[②]。蓬莱对去归常晚，丛竹闲飞满夕阳。

【注释】

①长康：晋顾恺之的字，其“尤善丹青，图写特妙”，有“才绝、画绝、痴绝”之称。②陈王：指曹植。

洛阳道[①]

冯　著

洛阳宫中花柳春，洛阳道上无行人。皮裘毡帐不相识，万户千门闭春色。春色深，春色深，君王一去何时寻。春雨洒，春雨洒，周南[2]一望堪泪下。蓬莱殿中寝胡人，鳷鹊楼[3]前放胡马。闻君欲行西入秦，君行不用过天津[4]。天津桥上多胡尘，洛阳道上愁杀人。

【注释】

①洛阳道：乐府《横吹曲辞》名。②周南：一说指成周（今河南洛阳）以南，一说即洛阳。③鳷（zhī）鹊楼：汉武帝所建观名，此处借指洛阳的宫观。④天津：桥名，在今洛阳隋唐皇城正南洛水上。

病　橘

杜　甫

群橘少生意[1]，虽多亦奚为。惜哉结实小，酸涩如棠梨[2]。剖之尽蠹虫，采掇爽其宜[3]。纷然不适口，岂只存其皮。萧萧半死叶，未忍别故枝。玄冬[4]霜雪积，况乃回风吹。尝闻蓬莱殿，罗列潇湘姿[5]。此物岁不稔，玉食失光辉。寇盗[6]尚凭陵，当君减膳时。汝病是天意，吾谂罪有司[7]。忆昔南海[8]使，奔腾献荔支。百马死山谷，到今耆旧悲。

【注释】

①生意：生机。②棠梨：似梨而小，可食，味甜酸。③爽：违背。④玄冬：冬天。⑤潇湘姿：指橘子。潇湘，泛指湖南地区，其地以产橘著称。⑥寇盗：指安史叛军。⑦有司：古代设官分职，各有专司，因称职官为“有司”。⑧南海：指南海郡。

自　平

杜　甫

自平宫中吕太一[1]，收珠南海千余日。近供生犀翡翠稀，复恐征戎干戈密。蛮溪豪族小动摇②，世封刺史非时朝③。蓬莱殿前诸主将，才如伏波④不得骄。

【注释】

①吕太一：唐代宦官。《资治通鉴》卷二二三载，唐代宗广德元年（763）十一月，“宦官广州市舶使吕太一发兵作乱，节度使张休弃城奔端州。太一纵兵焚掠，官军讨平之”。②蛮溪豪族：指南方边远地区的豪强大族。小动摇：小的动乱。③世封刺史：唐太宗时，朝廷对于南方的溪洞蛮酋归顺者，皆世授刺史。朝：朝觐，进贡。④伏波：指东汉名将马援，其光武时拜伏波将军，曾平定交趾。

莫相疑行

杜　甫

男儿生无所成头皓白，牙齿欲落真可惜。忆献三赋蓬莱宫①，自怪一日声②辉赫。集贤学士如堵墙③，观我落笔中书堂④。往时文彩动人主，此日饥寒趋路旁。晚将末契⑤托年少，当面输心⑥背面笑。寄谢悠悠世上儿，不争好恶莫相疑。

【注释】

①“忆献”句：指天宝十载（751），诗人向唐玄宗进献三大礼赋，即《朝献太清宫赋》《朝享太庙赋》《有事于南郊赋》。②声：声名。③如堵墙：形容围观者众多，排列如墙。④中书堂：中书省之政事堂。⑤晚：晚年。末契：称他人对自己情谊的谦辞。⑥输心：表示真心。

宣政殿退朝晚出左掖① 掖门在两旁，如人之臂掖

杜　甫

天门日射黄金榜②，春殿晴曛赤羽旗③。宫草微微承委佩④，炉烟细细驻游丝⑤。云近蓬莱常好色，雪残鳷鹊亦多时。侍臣缓步

归青琐[6]，退食[7]从容出每迟。

【注释】

①宣政殿：唐殿名，在大明宫内。左掖：唐代门下省的代称。杜甫时任左拾遗，属门下省。②天门：宫殿门。黄金榜：饰以黄金的门匾。③赤羽旗：画着朱雀的旗。④委佩：俯身行礼时佩饰垂地。委，垂。⑤游丝：指缭绕的炉烟。⑥侍臣：诗人自指。归青琐：指退朝后回到办公地点。⑦退食：退朝后进食。

夕　烽

杜　甫

夕烽来不近[1]，每日报平安[2]。塞上传光小，云边落点残[3]。照秦[4]通警急，过陇[5]自艰难。闻道蓬莱殿，千门立马看。

【注释】

①来不近：指从远处传来。②“每日”句：唐代边关每日初夜举烽火一炬，谓之“平安火”。③落点残：落下残剩的火光。④秦：指长安。⑤陇：指陇关。

伤春五首（其一）

杜　甫

天下兵虽满，春光日自浓。西京疲百战，北阙任群凶[1]。关塞三千里，烟花[2]一万重。蒙尘[3]清路急，御宿且谁供。殷复前王道[4]，周迁旧国容[5]。蓬莱足云气，应合总从龙。

【注释】

①群凶：指吐蕃与叛将高晖、王献忠等。②烟花：指春日的景色。③蒙尘：指唐代宗蒙难。④“殷复”句：指殷高宗武丁复先王之政，致殷道复兴。⑤“周迁”句：指周平王东迁洛邑。因周公曾营建洛邑，故称“旧国”。

秋兴八首（其五）

杜　甫

蓬莱宫阙对南山，承露金茎[1]霄汉间。西望瑶池降王母，东来紫气[2]满函关。云移雉尾[3]开宫扇，日绕龙鳞识圣颜[4]。一卧沧江惊岁晚，几回青琐照朝班。

【注释】

①承露金茎：用以擎承露盘的铜柱。②东来紫气：《艺文类聚》卷七八引《关令内传》载，关令尹喜曾登楼四望，“见东极有紫气西迈”，认为“应有圣人经过京邑”。至期，果见老子骑着青牛而来。后用来表示祥瑞。③雉尾：指雉尾扇，古代帝王仪仗用具之一。④龙鳞：指龙袍。圣颜：天子之颜，此指唐玄宗。

宿　昔

杜　甫

宿昔青门里，蓬莱仗[1]数移。花娇迎杂树，龙喜出平池[2]。落日留王母[3]，微风倚少儿[4]。宫中行乐秘，少有外人知。

【注释】

①仗：仪仗。②“龙喜”句：传说兴庆池常有小龙出现，故又名“龙池”。③王母：喻杨贵妃。④少儿：指卫少儿，卫子夫的姐姐。此处喻杨贵妃诸姊妹。

骊　山

杜　甫

骊山绝望幸，花萼罢登临。地下无朝烛[1]，人间有赐金[2]。鼎湖龙去远，银海雁[3]飞深。万岁蓬莱日，长悬旧羽林。

【注释】

①朝烛：早朝时照明之烛。②赐金：唐玄宗在世时所赐之金。③银海雁：《汉书·楚元王传》载，“秦始皇帝葬于骊山之阿……水银为江海，黄金为凫雁”。

送襄阳卢判官奏开河事

钱　起

千里趋魏阙，一言简圣聪。河流引关外，国用赡秦中[①]。有诏许其策，随山兴此功。连云积石阻，计日安波通。飞棹转年谷，利人胜岁丰。言归汉阳[②]路，拜手[③]蓬莱宫。紫殿赐衣出，青门酣酌同。晚阳过微雨，秋水见新鸿。坐惜去车远，愁看离馆空。因思郢川守[④]，南楚满清风。

【注释】

①赡：供给。秦中：指长安。②汉阳：汉水北边，此指襄阳。③拜手：古代的一种跪拜礼。④郢川守：指襄阳郡太守。

赠张千牛[①]

韩　翃

蓬莱阙下是天家，上路新回白鼻䯄。急管昼催平乐[②]酒，春衣夜宿杜陵花。

【注释】

①千牛：唐置左右千牛卫，掌侍卫及供御兵仗。②平乐：汉宫观名，后泛指园林馆阁。

宫词五首（其一）

顾　况

禁柳[①]烟中闻晓乌，风吹玉漏尽铜壶[②]。内官先向蓬莱殿，金合开香泻御炉。

【注释】

①禁柳：宫中或禁苑中的柳树。②玉漏：漏壶的美称。尽铜壶：指漏壶水尽，表示夜尽天明。

吴兴送梁补阙①归朝赋得荻花

朱长文

柳家汀洲②孟冬月，云寒水清荻花发。一枝持赠朝天人，愿比蓬莱殿前雪。

【注释】

①吴兴：地名，今浙江湖州。梁补阙：指梁肃，其历任右补阙、翰林学士。②柳家汀洲：指白蘋洲，在吴兴。

晓闻长乐①钟声

戴叔伦

汉苑钟声早，秦郊曙色分。霜凌万户彻，风散一城闻。已启蓬莱殿，初朝鸳鹭群。虚心方应物②，大扣欲干云③。近杂鸡人唱，新传凫氏④文。能令翰苑客⑤，流听思氛氲⑥。

【注释】

①长乐：汉宫名，此处代指宫廷。②虚心：指钟心中空。应物：顺应事物。③扣：敲击。干云：冲上云霄。④凫氏：官名，掌造钟之事。⑤翰苑客：泛指文士。⑥氛氲：盛貌。

新茶咏寄上西川相公二十三舅大夫二十舅

卢　纶

三献蓬莱始一尝，日调金鼎阅芳香。贮之玉合才半饼①，寄与阿连[2]题数行。

【注释】

①饼：指茶饼。②阿连：指南朝宋谢灵运从弟谢惠连，诗文中常用作对从弟或弟的美称。

元日早朝

王 建

大国礼乐备，万邦朝元正[1]。东方色未动，冠剑[2]门已盈。帝居在蓬莱，肃肃钟漏清。将军领羽林，持戟巡宫城。翠华[3]皆宿陈，雪仗罗天兵。庭燎[4]远煌煌，旗上日月[5]明。圣人龙火衣[6]，寝殿开璇扃[7]。龙楼横紫烟，宫女天中行。六蕃[8]倍位次，衣服各异形。举头看玉牌，不识宫殿名。左右雉扇开，蹈舞分满庭。朝服带金玉，珊珊相触声。泰阶[9]备雅乐，九奏[10]鸾凤鸣。裴回庆云中，竽磬寒铮铮[11]。三公再献寿，上帝锡永贞[12]。天明告四方，群后[13]保太平。

【注释】

①元正：元日，正月初一。②冠剑：着冠佩剑，代指朝臣。③翠华：帝王仪仗中以翠羽为饰的旗帜。④庭燎：指宫中用来照明的火炬。⑤日月：指旗上绘有日月图案，为帝王仪仗。⑥龙火衣：龙衮，为帝王礼服。因绣着山龙藻火图案，故称。⑦璇扃：玉饰的门户。璇，美玉。⑧六蕃：唐代对北方少数民族的统称。⑨泰阶：借指朝廷。⑩九奏：九成，奏乐九曲。⑪铮铮：金属相击声。⑫永贞：谓长享正命。⑬群后：地方官员。

东征行

王 建

桐柏水西贼星[1]落，枭雏[2]夜飞林木恶。相国刻日[3]波涛清，当朝自请东南征。舍人为宾侍郎副[4]，晓觉蓬莱欠佩声。玉阶舞蹈谢旌节，生死向前山可穴。同时赐马并赐衣，御楼看带弓刀发。马前猛士三百人[⑤]，金书[⑥]左右红旗新。司庖常膳皆得对，好事将军封尔身。男儿生杀在手里，营门老将皆忧死。曈曈[⑦]白日当南山，不立功名终不还。

【注释】

①桐柏：山名。贼星：妖星，此喻叛贼。贼星落指吴少阳卒。此诗咏讨淮西叛镇事。②枭雏：指吴少阳之子吴元济。③相国：指宰相裴度。刻日：限定日期。④宾：幕僚。侍郎副：指以刑部侍郎马总为副使。⑤三百人：《旧唐书·裴度传》载，"（裴）度赴淮西，诏以神策军三百骑卫从"。⑥金书：指红旗上书以金字。⑦曈（tóng）曈：日出时光亮的样子。

行宫词

王　建

上阳宫到蓬莱殿，行宫岩岩遥相见。向前天子行幸多，马蹄车辙山川遍。当时州县每年修，皆留内人看玉案。禁兵夺得明堂[①]后，长闭桃源与绮绣。开元歌舞古草头，梁州乐人世嫌旧。官家乏人作宫户[②]，不泥宫墙斫宫树。两边仗屋[③]半崩摧，夜火入林烧殿柱。休封中岳[④]六十年，行宫不见人眼穿。

【注释】

①明堂：古代天子宣明政教的地方，此指皇宫。②宫户：看管行宫的民户。③仗屋：放置仪仗的房屋。④封：封禅。中岳：嵩山。武则天于万岁登封元年（696）封中岳，此后唐代皇帝未曾封中岳。

赠田将军

王　建

初从学院别先生，便领偏师得战名。大小独当三百阵，纵横只用五千兵。回残匹帛归天库[1]，分好旌旗入禁营。自执金吾长上直[2]，蓬莱宫里夜巡更。

【注释】

①天库：帝王的府库。②执金吾：汉时掌徼循京师之官，唐代改名为左右金吾卫，掌宫中及京城昼夜巡警之法，此指任金吾卫将军。上直：当值。

和少府[1]崔卿微雪早朝

王　建

蓬莱春雪晓犹残，点地成花绕百官。已傍祥鸾迷殿角，还穿瑞草入袍襕[2]。无多白玉阶前湿，积渐青松叶上干。粉画南山[3]棱郭出，初晴一半隔云看。

【注释】

①少府：指少府监，掌百工技巧之事。②祥鸾、瑞草：皆官服上所绣花纹图案。袍襕（lán）：泛指袍服。③南山：终南山。

赠人二首（其二）

王　建

多在蓬莱少在家，越绯衫[1]上有红霞。朝回不向诸余处[2]，骑马城西检校[3]花。

【注释】

①越绯衫：越地所产丝绢做的红色官服。按唐制，四、五品官员服绯。②诸余处：其他去处。③检校：指观赏。

宫词一百首（其一）

王　建

蓬莱正殿压金鳌，红日初生碧海涛。闲著五门[1]遥北望，柘黄新帕②御床高。

【注释】

①五门：大明宫南面的五座宫门。②柘黄：用柘木汁所染的赤黄色。帕：头巾，又称“抹额”。唐时帝王常服为“赤黄袍衫，折上头巾”。

早　朝

杨巨源

钟声清禁才应彻，漏报仙闱①俨已开。双阙薄烟笼菡萏，九成②初日照蓬莱。朝时但向丹墀拜，仗下方从碧殿回。圣道逍遥更何事，愿将巴曲赞康哉③。

【注释】

①仙闱：指皇宫。②九成：犹九重，言极高。③巴曲：指《巴人》，喻通俗的文艺作品。此为诗人谦称其诗。康哉：《尚书·虞书·益稷》云，“（皋陶）乃赓载歌曰：‘元首明哉，股肱良哉，庶事康哉！’”后遂以其称颂太平盛世。

汉苑行

王　涯

二月春风遍柳条，九天仙乐奏云韶①。蓬莱殿后花如锦，紫阁②阶前雪未销。

【注释】

①九天：指皇宫。仙乐：指宫中所奏之乐。云韶：黄帝《云门》乐和虞舜《大韶》乐的合称，后泛指宫廷音乐。②紫阁：金碧辉煌的殿阁，指皇宫的楼阁。

答表臣①赠别二首（其一）

刘禹锡

昔为瑶池侣②，飞舞集蓬莱。今作江汉③别，风雪一徘徊。

【注释】

①表臣：指李程，表臣为其字。②瑶池侣：谓同在朝为官。③江汉：长江和汉水。

将军行

张　籍

弹筝峡东有胡尘①，天子择日拜将军。蓬莱殿前赐六纛，还领禁兵为部曲②。当朝受诏不辞家，夜向咸阳原③上宿。战车彭彭④旌旗动，三十六军齐上陇。陇头战胜夜亦行，分兵处处收旧城。胡儿杀尽阴碛⑤暮，扰扰唯有牛羊声。边人亲戚曾战没，今逐官军收旧骨。碛西行见万里空⑥，幕府独奏将军功。

【注释】

①弹筝峡：地名，在今甘肃平凉西北。胡尘：胡人兵马扬起的沙尘，喻敌人的凶焰。②部曲：部属，部下。③咸阳原：地名，亦作“五陵原”，在渭水北。④彭彭：盛多貌。⑤阴碛：塞外的沙漠。塞外寒冷，故称。⑥行：将。万里空：指没有敌军。

百炼镜　辨皇王鉴也

白居易

百炼镜，镕范非常规，日辰处所灵且祇。江心波上舟中铸，五月五日日午时①。琼粉金膏磨莹已，化为一片秋潭水。镜成将献蓬莱宫，扬州长吏手自封。人间臣妾不合照，背有九五飞天龙。人人呼为天子镜，我有一言闻太宗。太宗常以人为镜，鉴古鉴今不鉴容。四海安危居掌内，百王治乱悬心中。乃知天子别有镜，不是扬州百炼铜。

【注释】

①“江心”二句：《唐国史补》卷下载，“扬州旧贡江心镜，五月五日扬子江中所铸也。或言无有百炼者，或至六七十炼则已，易破难成，往往有自鸣者”。

醉后走笔酬刘五主簿长句之赠兼简张大贾二十四先辈昆季

白居易

刘兄文高行孤立，十五年前名翕习。是时相遇在符离[①]，我年二十君三十。得意忘年心迹亲，寓居同县日知闻。衡门寂寞朝寻我，古寺萧条暮访君。朝来暮去多携手，穷巷贫居何所有。秋灯夜写联句诗，春雪朝倾暖寒酒。陴湖[②]绿爱白鸥飞，濉水[③]清怜红鲤肥。偶语闲攀芳树立，相扶醉蹋落花归。张贾弟兄同里巷，乘闲数数来相访。雨天连宿草堂中，月夜徐行石桥上。我年渐长忽自惊，镜中冉冉髭须生。心畏后时同励志，身牵前事各求名。问我栖栖[④]何所适，乡人荐为鹿鸣客[⑤]。二千里别谢交游，三十韵诗慰行役。出门可怜唯一身，敝裘瘦马入咸秦。冬冬街鼓红尘暗，晚到长安无主人。二贾二张与余弟[⑥]，驱车逦迤来相继。操词握赋为干戈，锋锐森然胜气多。齐入文场同苦战，五人十载九登科。二张得隽[⑦]名居甲，美退争雄重告捷[⑧]。棠棣辉荣并桂枝[⑨]，芝兰芳馥和荆叶[⑩]。唯有沅犀屈未伸，握中自谓骇鸡珍[⑪]。三年不鸣鸣必大，岂独骇鸡当骇人。元和运启千年圣，同遇明时余最幸。始辞秘阁[⑫]吏王畿，遽列谏垣升禁闱[⑬]。蹇步[⑭]何堪鸣佩玉，衰容不称著朝衣。阊阖晨开朝百辟，冕旒不动香烟碧。步登龙尾[⑮]上虚空，立去天颜无咫尺。宫花似雪从乘舆，禁月如霜坐直庐[⑯]。身贱每惊随内宴，才微常愧草天书。晚松寒竹新昌[⑰]第，职居密近[⑱]门多闭。日暮银台下直回，故人到门门暂开。回头下马一相顾，尘土满衣何处来。敛手炎凉[19]叙未毕，先说旧山今悔出。岐阳[20]旅宦少欢娱，江左羁游费时日。赠我一篇行路吟，吟之句句披沙金[21]。岁月徒催白发貌，泥涂[22]不屈青云心。谁会茫茫天地意，短才获用长才弃。我随鹓鹭入烟云，谬上丹墀为近臣。君同鸾凤栖荆棘，犹著青袍作选人[23]。惆怅知贤不能荐，徒为出入蓬莱殿。月惭谏纸二百张，岁愧俸钱三十万。大底浮荣何足道，几度相逢即身老。且倾斗酒慰羁愁，重话符离问旧游。北巷邻居几家去，东林旧院何人住？武里村花落复开，流沟山[24]色应如故。感此酬君千字诗，醉中分手又何之。须知通塞[25]寻常事，莫叹浮沈先后时。慷慨临歧重相勉，殷勤别后加餐饭。君不见买臣[26]衣锦还故乡，五十身荣未为晚。

【注释】

①符离：古县名，为宿州治所。②陴（pí）湖：亦作“牌湖”，在符离东北。③濉（suī）水：濉河，流经符离北。④栖栖：忙碌不安貌。⑤鹿鸣客：各州府举子通过乡试后，行乡饮酒礼，歌《诗经·小雅·鹿鸣》，故名“鹿鸣客”。⑥二贾：指贾握中与贾沅犀兄弟。二张：指张仲素与张美退兄弟。余弟：指白行简。⑦得隽：古时以小鸟为射的，射中为隽。此谓及第。⑧重告捷：谓进士及第后，复登制科。⑨棠棣：常用来指兄弟。桂枝：喻登科及第。⑩芝兰：喻优秀子弟。荆叶：喻兄弟同枝并茂。⑪骇鸡珍：犀角名。《战国策·楚策一》：“（楚王）乃遣使车百乘，献鸡骇之犀、夜光之璧于秦王。”此处用来形容沅犀之才华。⑫辞秘阁：指诗人不再担任秘书省校书郎一职。⑬谏垣：谏官官署，指诗人任左拾遗事。禁闱：指诗人入翰林院。⑭蹇步：谓步履艰难。⑮龙尾：指龙尾道，大明宫含元殿前的斜坡道。⑯直庐：侍臣值宿之处。⑰新昌：里坊名，作者居处。⑱密近：指接近帝王的机要职位。⑲敛手：拱手。炎凉：犹寒暄。⑳岐阳：唐县名，

以在岐山之南得名，治今陕西岐山东北。㉑披沙金：披沙拣金，比喻细心挑选，去粗取精。㉒泥涂：比喻地位低下。㉓青袍：唐制，八、九品官员服青。借指官卑职微。选人：唐代称候选、候补的官员。㉔武里村、流沟山：皆在符离。㉕通塞：谓境遇之顺逆。㉖买臣：指西汉朱买臣，其四十岁时仍是落魄儒生，后经推荐入朝为官，官至会稽太守、主爵都尉，位列九卿。

和卢给事酬裴员外

姚　合

南山雪色彻皇州①，钟鼓声交晓气浮。鸳鹭簪裾上龙尾，蓬莱宫殿压鳌头②。夕郎夜直吟仙掖③，天乐和声下禁楼④。赠答诗成才思敌，病夫欲和几朝愁。

【注释】

①皇州：指都城长安。②鳌头：指皇宫大殿前刻有巨鳌的石阶，唐时翰林学士上朝排班立于其上。③仙掖：此指门下省。④天乐：指宫廷音乐。禁楼：指翰林院。

分司东都寓居履道叨承川尹刘侍郎①大夫恩知上四十韵

杜　牧

命世须人瑞，匡君在岳灵。气和薰北陆②，襟旷纳东溟。赋妙排鹦鹉，诗能继鹡鸰③。蒲亲香案色，兰动粉闱④馨。周孔⑤传文教，萧曹授武经。家僮谙禁掖，厩马识金铃。性与奸邪背，心因启沃⑥冥。进贤光日月，诛恶助雷霆。阊阖开时召，箫韶奏处听。水精悬御幄⑦，云母展宫屏。捧诏巡汧陇⑧，飞书护井陉⑨。先声威虎兕⑩，余力活蟭螟⑪。荣重秦军箭⑫，功高汉将⑬铭。戈鋋回紫塞⑭，干戚⑮散彤庭。顺美皇恩洽，扶颠⑯国步宁。禹谟⑰推掌诰，汤网属司刑[18]。稚榻蓬莱掩，膺舟[19]巩洛停。马群先去害，民籍更添丁。猾吏门长塞，豪家户不扃。四知台上镜[20]，三惑[21]井中瓶。雅韵凭开匣，雄铓[22]待发硎。火中胶[23]绿树，泉下斸青萍[24]。五岳期双节，三台空一星。凤池[25]方注意，麟阁会图形。寒暑逾流电，光阴甚建瓴。散曹[26]分已白，崇直眼由青[27]。赐第成官舍，佣居起客亭。松筠侵巷陌，禾黍接郊坰。宿雨回为沼，春沙淀作汀。鱼罾栖翡翠[28]，蛛网挂蜻蜓。迟晓河初转，伤秋露已零。梦余钟杳杳，吟罢烛荧荧。字小书难写，杯迟酒易醒。久贫惊早雁，多病放残萤。雪劲孤根竹，风凋数荚蓂。转喉空婀娜，垂手[29]自娉婷。胫细摧新履，腰羸减旧鞓[30]。海边慵逐臭，尘外怯吞腥。隐豹[31]窥重巘，潜虬避浊泾[32]。商歌如不顾，归棹越南溟[33]。

【注释】

①履道：指履道坊，在洛阳。川尹刘侍郎：指河南尹刘瑑。②薰：同"熏"，和暖。北陆：虚宿，二十八宿之一。古人认为日行北陆谓之冬，故常用其代指寒冬。③鹦鹉、鹡（jí）鸰（líng）：均用来称美刘侍郎诗才。鹦鹉，指东汉祢衡的《鹦鹉赋》。鹡鸰，代指《诗经》。《诗经·小雅·常棣》："脊令在原，兄弟急难。"④粉闱：尚书省的别称。⑤周孔：周公旦与孔子。⑥启沃：竭诚开导，辅佐帝王。⑦水精：指水晶帘。御幄：帝王用的帷帐。⑧汧（qiān）陇：代指陇州，治所在今陕西陇县，其地有汧河、陇山。⑨井陉：井陉关，在今河北井陉山上，为九塞之一。⑩虎兕：虎与犀牛，喻指敌人。⑪蟭（jiāo）螟：传说中一种极小的虫，此指微小的生灵。⑫秦军箭：《史记·魏公子列传》载，战国时秦军围赵，魏公子无忌带兵解邯郸之围，"赵王及平原君自迎公子于界，平原君负韊（lán）矢为公子先引"。⑬汉将：指东汉名将窦宪。《后汉书·窦宪传》载，窦宪大败北匈奴，遂登燕然山，"刻石勒功，纪汉威德，令班固作铭"。⑭戈铤：代指军队。紫塞：北方边塞。⑮干戚：盾与斧，古代的两种兵器。⑯扶颠：扶住跌倒者，喻

挽救危局。⑰禹谟：夏禹治国的方略，此指唐宣宗。⑱汤网：《史记·殷本纪》载，商汤见野外张网四面以捕禽兽，乃去其三面，祝曰："欲左，左。欲右，右。不用命，乃入吾网。"后用其指刑律宽大。司刑：此指刘侍郎任刑部侍郎。⑲膺舟：《后汉书·郭太传》载，"(郭太) 始见河南尹李膺，膺大奇之，遂相友善，于是名震京师。后归乡里，衣冠诸儒送至河上，车数千两。林宗唯与李膺同舟而济，众宾望之，以为神仙焉"。此指刘侍郎任河南尹。⑳四知：《后汉书·杨震传》载，东汉杨震曾举荐王密为昌邑令，王密夜怀金十斤送给杨震，杨震不受。王密曰："暮夜无知者。"杨震曰："天知，神知，我知，子知。何谓无知!"王密愧而出。台上镜：秦台镜。此句谓刘侍郎尽忠职守，秉公断案。㉑三惑：指酒、色、财三种惑人之物。㉒雄铓：指宝剑。㉓胶：牢固。㉔泉下：地下。斸（zhú）：大锄，引申为斫、掘。青萍：宝剑名。㉕凤池：指中书省。㉖散曹：散官。㉗由：犹。青：青眼。㉘鱼罾（zēng）：渔网。翡翠：鸟名，嘴长而直，生活在水边。㉙垂手：舞乐名，此处指跳舞。㉚鞓（tīng）：皮革制成的腰带。㉛隐豹：汉刘向《列女传·陶答子妻》载，"妾闻南山有玄豹，雾雨七日而不下食者，何也？欲以泽其毛而成文章也，故藏而远害"。此处用其喻隐居。㉜潜虬：犹潜龙。浊泾：混浊的泾水。㉝南濡：据诗人自注，其在朱方（今江苏镇江丹徒)。

献鄜坊[①]丘常侍

许　浑

诏选将军护北戎[②]，身骑白马臂彤弓[③]。柳营[④]远识金貂贵，榆塞遥知玉帐[⑤]雄。秋槛鼓鼙惊朔雪，晓阶旗纛起边风。蓬莱每望平安火，应奏班超定远功[⑥]。

【注释】

①鄜（fū）坊：唐方镇名，治所在鄜州（今陕西富县)。②诏选：皇帝下诏任命。护北戎：防范北方少数民族的侵扰。③彤弓：朱红色的弓，

古代天子将其赐予有功诸侯。④柳营：指细柳营，为西汉将军周亚夫屯兵处，后泛指军营。⑤榆塞：泛称边塞，边关。玉帐：主帅所居的军帐。⑥“应奏”句：班超因守卫西域有功，被封为定远侯。

和主司[1]王起

黄　颇

二十二年[2]文教主，三千上士[3]满皇州。独陪宣父[4]蓬瀛奏，方接颜生[5]鲁卫游。多羡龙门齐变化，屡看鸡树[6]第名流。升堂[7]何处最荣美？朱紫[8]环尊几处酬。

【注释】

①主司：指科举考试的主考官。②二十二年：王起自长庆元年（821）知贡举，至会昌三年（843），共二十二年。③三千上士：传说孔子有三千弟子，诗中以孔子喻王起，言其门生众多。《新唐书·王起传》载，王起深得唐文宗宠遇，诏画像便殿，赐号“当世仲尼”。④宣父：指孔子。《新唐书·礼乐志五》载，贞观十一年（637），诏尊孔子为宣父。此指王起。⑤颜生：颜回，此指新科进士。⑥鸡树：中书省的别称。⑦升堂：登上厅堂，指考中进士。⑧朱紫：古代高官的服色，比喻高官。

贺王仆射[1]放榜

周　墀

文场三化鲁儒生[2]，三十余年振重名。曾忝木鸡[3]夸羽翼，又陪金马入蓬瀛。虽欣月桂居先折，更羡春兰最后荣。欲到龙门看风雨，关防不许暂离营。

【注释】

①王仆射：指王起。②鲁儒生：泛指儒生。“三化鲁儒生”，谓王起三次知贡举。③木鸡：据诗人自注，其初年《木鸡赋》及第。

古宴曲

于　渍

雉扇合蓬莱，朝车[1]回紫陌。重门集嘶马，言宴金张[2]宅。燕娥奉卮[3]酒，低鬟[4]若无力。十户手胼胝[5]，凤凰钗一只。高楼齐下视，日照罗衣色。笑指负薪人，不信生中国[6]。

【注释】

①朝车：官员上朝所乘之车。②金张：汉代金日（mì）䃅（dī）与张汤的并称，后用为显宦的代称。③燕娥：指美女。卮：古代盛酒的器皿。④低鬟：低头。⑤胼胝：茧子。⑥中国：国中，指京城长安。

天祐元年以右拾遗使册闽王而作

翁承赞

蓬莱宫阙晓光匀，红案舁麻[1]降紫宸。鸾奏八音[2]谐律吕，凤衔五色[3]显丝纶。萧何相印钧衡[4]重，韩信斋坛雨露新。得侍丹墀官异宠，此身何幸沐恩频。

【注释】

①红案：红漆几案。舁（yú）：抬。麻：代指诏书，因唐时诏书用黄、白麻纸书写。②鸾奏八音：指宫廷音乐。③凤衔五色：化用凤凰衔诏典。④钧衡：喻国家政务。

赠长安毕郎中

李　洞

高门寒沼水连云，鹭识朱衣[1]傍主人。地胏[2]半边晴带雪，天街一面静无尘。朝回座客酬琴价，衙退留僧写鹤真。从此几迁为计相[3]，蓬莱三刻奏东巡。

【注释】

①朱衣：绯色官服。唐制，四、五品官员服绯。②地肺：山名，此指终南山。③计相：唐代称拜相的计臣为计相。

朝元引[1]四首（其一）

陈　陶

帝烛荧煌[2]下九天，蓬莱宫晓玉炉烟。无央鸾凤随金母[3]，来贺熏风一万年。

【注释】

①朝元引：乐府《新乐府辞》名。朝元，古代诸侯和臣属每年元旦朝见帝王。②荧煌：辉煌，光明。③无央：无穷尽。金母：指西王母。西方属金，故称。

二、太液池

奉和人日清晖阁[1]宴群臣遇雪应制景龙三年

宗楚客

窈窕神仙阁，参差云汉间。九重中叶启，七日早春还。太液[2]天为水，蓬莱[3]雪作山。今朝上林树，无处不堪攀。

【注释】

①清晖阁：在大明宫蓬莱殿西。②太液：太液池，在大明宫内。③蓬莱：指蓬莱池，亦名“太液池”，池中有三山，象征蓬莱、瀛洲、方丈三神山。

春日行①

李 白

深宫高楼入紫清，金作蛟龙盘绣楹。佳人当窗弄白日，弦将手语②弹鸣筝。春风吹落君王耳，此曲乃是升天行。因出天池③泛蓬瀛，楼船蹙沓④波浪惊。三千双蛾献歌笑，挝钟考⑤鼓宫殿倾，万姓聚舞歌太平。我无为，人自宁。三十六帝欲相迎，仙人飘翩下云軿⑥。帝不去，留镐京⑦。安能为轩辕，独往入窅冥⑧。小臣拜献南山寿，陛下万古垂鸿名。

【注释】

①春日行：乐府《杂曲歌辞》名。②弦将手语：指弹奏。③天池：指宫中御苑池沼。④蹙沓：密集拥挤貌。⑤挝、考：均为击打之意。⑥云軿(píng)：仙人所乘之车。軿，古代一种有帷幕的车。⑦镐京：西周国都，此处借指唐都长安。⑧入窅冥：指升仙。

宫中行乐词八首（其八）

李 白

水绿南薰殿①，花红北阙楼。莺歌闻太液，凤吹②绕瀛洲。素女③鸣珠佩，天人弄彩球④。今朝风日好，宜入未央游。

【注释】

①南薰殿：宫殿名，在唐兴庆宫内。②凤吹：泛称笙、箫等细乐。③素女：神女名，此喻宫女。④天人：仙人，此处亦指宫女。弄彩球：唐代宫中的一种游戏。

侍从宜春苑奉诏赋龙池①柳色初青听新莺百啭歌

李 白

东风已缘瀛洲②草，紫殿红楼觉春好。池南柳色半青青，萦烟袅娜拂绮城。垂丝百尺挂雕楹，上有好鸟相和鸣，间关早得春风情。春风卷入碧云去，千门万户皆春声。是时君王在镐京，五云垂晖耀紫清[3]。仗出金宫随日转，天回玉辇绕花行。始向蓬莱看舞鹤，还过茝石[4]听新莺。新莺飞绕上林苑，愿入箫韶杂凤笙。

【注释】

①龙池：在兴庆宫内。②缘：当为“绿”。瀛洲：兴庆宫北有瀛洲门。③紫清：指紫微清都，传说中“天帝”居处。此指皇宫。④茝（chǎi）石：当为“茝若”，汉宫殿名，在未央宫中。

题玉真观[1]公主山池院

司空曙

香殿留遗影，春朝玉户开。羽衣重素几[2]，珠网俨[3]轻埃。石自蓬山得，泉经太液来。柳丝遮绿浪，花粉落青苔。镜掩鸾空在，霞消凤不回。唯余古桃树，传是上仙栽。

【注释】

①玉真观：玉真公主出家入道，于京师筑玉真观。②素几：白色几案。③俨：整齐。

春游曲三首（其三）

令狐楚

阊阖春风起，蓬莱雪水消。相将折杨柳，争取最长条。

忆春日太液池亭候对[1] 长庆三年

李　绅

宫莺报晓瑞烟开，三岛灵禽拂水回。桥转彩虹当绮殿，舰浮花鹢近蓬莱。草承香辇王孙长，桃艳仙颜阿母栽。簪笔[2]此时方侍从，却思金马笑邹枚[3]。

【注释】

①候对：等候帝王召对。②簪笔：皇帝的近臣掌起居者，将笔插在头发上以备记事。③邹枚：西汉邹阳、枚乘的并称，二人均为梁孝王宾客，皆以才辩著名。后用其借指富于才辩之士或侍从的文臣。

津阳门诗并序

郑　嵎

津阳门者，华清宫之外阙，南局禁闱，北走京道。开成中，嵎常得群书，下帷于石瓮僧院，而甚闻宫中陈迹焉。今年冬，自虢而来，暮及山下，因解鞍谋餐，求客旅邸。而主翁年且艾，自言世事明皇，夜阑酒余，复为嵎道承平故实。翼日，于马上辄裁刻俚叟之话，为长句七言诗，凡一千四百字，成一百韵止，以门题为之目云耳。

津阳门北临通逵，雪风猎猎飘酒旗。泥寒款段[1]蹶不进，疲童退问前何为。酒家顾客催解装，案前罗列樽与卮。青钱琐屑安足数，白醪软美甘如饴。开垆引满相献酬，枯肠渴肺忘朝饥。愁忧似见出门去，渐觉春色入四肢。主翁移客挑华灯，双肩隐膝乌帽攲。笑云鲐老[2]不为礼，飘萧雪鬓双垂颐。问余何往凌寒曦，顾翁枯朽郎岂知。翁曾豪盛客不见，我自为君陈昔时。时平亲卫号羽林，我才十五为孤儿[3]。射熊搏虎众莫敌，弯弧出入随佽飞[4]。此时初创观风楼，檐高百尺堆华榱。楼南更起斗鸡殿，晨光山影相参差。其年十月移禁仗，山下栉比罗百司。朝元阁成老君见，会昌县以新丰移。幽州晓进供奉马，玉珂宝勒黄金羁。五王扈驾夹城路，传声校猎渭水湄。羽林六军各出射，笼山络野张罝维[5]。雕弓绣韣[6]不知数，翻身灭没皆蛾眉。赤鹰黄鹘云中来，妖狐狡兔无所依。人烦马殆禽兽尽，百里腥膻禾黍稀。暖山度腊东风微，宫娃赐浴长汤池。刻成玉莲喷香液，漱回烟浪深逶迤。犀屏象荐杂罗列，锦凫绣雁相追随。破簪碎钿不足拾，金沟残溜和缨緌[7]。上皇宽容易承事，十家三国[8]争光辉。绕床呼卢恣樗博，张灯达昼相谩欺。相君侈拟纵骄横，日从秦虢多游嬉。朱衫马前未满足，更驱武卒罗旌旗。画轮宝轴从天来，云中笑语声融怡。鸣鞭后骑何躞蹀，宫妆襟袖皆仙姿。青门紫陌多春风，风中数日残春遗。骊驹吐沫一奋迅，路人拥彗争珠玑。八姨新起合欢堂，翔鹍[9]贺燕无由窥。万金酬工不肯去，矜能恃巧犹嗟咨。四方节制倾附媚，穷奢极侈沽恩私。堂中特设夜明枕，银烛不张光鉴帷。瑶光楼南皆紫禁，梨园仙宴临花枝。迎娘歌喉玉窅窱[10]，蛮儿舞带金葳蕤。三郎紫笛弄烟月，怨如别鹤呼羁雌。玉奴琵琶龙香拨，倚歌促酒声娇悲。饮鹿泉边春露晞，粉梅檀杏飘朱墀。金沙洞口长生殿，玉蕊峰[11]头王母祠。禁庭术士多幻化，上前较胜纷相持。罗公如意夺颜色，三藏袈裟成散丝。蓬莱池上望秋月，无云万里悬清辉。上皇夜半月中去，三十六宫愁不归。月中秘乐天半间，丁珰玉石和埙篪。宸聪听览未终曲，却到人间迷是非。千秋御节在八月，会同万国朝华夷。花萼楼南大合乐，八音九奏鸾来仪。都卢寻橦[12]诚龌龊，公孙剑伎方神奇。马知舞彻下床榻，人惜曲终更羽衣。禄山此时侍御侧，金鸡画障当罘罳[13]。绣裀衣裸日屃赑[14]，甘言狡计愈娇痴。诏令上路建甲第，楼通走马如飞翚[15]。大开内府恣供给，玉缶金筐银簸箕。异谋潜炽促归去，临轩赐带盈十围。忠臣张公识逆状，日日切谏上弗疑。汤成召浴果不至，潼关已溢渔阳师。御街一夕无禁鼓，玉辂顺动西南驰。九门回望尘坌多，六龙夜驭兵卫疲。县官无人具军顿，行宫彻屋屠云螭。马嵬驿前驾不发，宰相射杀冤者谁。长眉鬒发[16]作凝血，空有君王潜涕洟[17]。青泥坂上到三蜀，金堤城边止九旗。移文泣祭昔臣墓，度曲悲歌秋雁辞。明年尚父[18]上捷书，洗清观阙收封畿。两君相见望贤顿，君臣鼓舞皆歔欷。

宫中亲呼高骠骑[19]，潜令改葬杨真妃。花肤雪艳不复见，空有香囊和泪滋。銮舆却入华清宫，满山红实垂相思。飞霜殿前月悄悄，迎春亭下风飔飔。雪衣女失玉笼在，长生鹿瘦铜牌垂。象床尘凝罨飒被，画檐虫网颇梨碑。碧菱花覆云母陵，风篁雨菊低离披。真人影帐偏生草，果老药堂空掩扉。鼎湖一日失弓剑[20]，桥山[21]烟草俄霏霏。空闻玉碗入金市[22]，但见铜壶飘翠帷。开元到今逾十纪，当初事迹皆残隳[23]。竹花唯养栖梧凤，水藻周游巢叶龟[24]。会昌御宇斥内典[25]，去留二教分黄缁[26]。庆山污潴石瓮毁，红楼绿阁皆支离。奇松怪柏为樵苏，童山眢谷亡崄巇[27]。烟中壁碎摩诘画，云间字失玄宗诗。石鱼岩底百寻井，银床下卷红绠迟。当时清影荫红叶，一旦飞埃埋素规。韩家烛台倚林杪，千枝灿若山霞摛。昔年光彩夺天月，昨日销镕当路岐。龙宫御榜高可惜，火焚牛挽临崎峗。孔雀松残赤琥珀，鸳鸯瓦碎青琉璃。今我前程能几许，徒有余息筋力羸。逢君话此空洒涕，却忆欢娱无见期。主翁莫泣听我语，宁劳感旧休吁嘻。河清海宴不难睹，我皇已上升平基。湟中[28]土地昔湮没，昨夜收复无疮痍。戎王北走弃青冢[29]，虏马西奔空月支。两逢尧年岂易偶，愿翁颐养丰肤肌。平明酒醒便分首，今夕一樽翁莫违。

【注释】

①款段：马行迟缓貌。②鲐（tái）老：指长寿老人。③为孤儿：汉武帝时，选战死将士的子孙养于羽林，官教以五兵，号曰“羽林孤儿”。此处指加入羽林军。④佽（cì）飞：亦作“佽非”，春秋楚国勇士名，后指代勇士。⑤罝（jū）维：捕兽的网。⑥韣（dú）：弓袋。⑦缨緌（ruí）：谓冠带与冠饰。⑧十家：指诸王。三国：杨贵妃有姊三人，分别封为韩国夫人、虢国夫人、秦国夫人。⑨鹍（kūn）：鹍鸡，古书上指像鹤的一种鸟。⑩窅（yǎo）窱（tiǎo）：同“窈窕”，深远貌。⑪玉蕊峰：骊山峰名。⑫都卢：古国名，国中之人善爬竿之技。寻橦（tóng）：古代百戏之一。据现存汉

画，均系一人头顶长竿，另一至三人缘竿而上，进行表演。⑬罘罳（sī）：古代的一种屏风，设在门外。⑭屃（xì）赑（bì）：有力貌。⑮飞翚（huī）：形容宫室高峻壮丽。⑯鬒（zhěn）发：稠密的黑发。⑰涕洟（yí）：涕泪俱下。⑱尚父：指郭子仪。唐德宗时，赐号子仪“尚父”。⑲高骠骑：指高力士。天宝七载（748），封高力士为骠骑大将军。⑳“鼎湖”句：谓唐玄宗崩。㉑桥山：相传为黄帝葬处。《史记·五帝本纪》：“黄帝崩，葬桥山。”此处借指玄宗泰陵。㉒金市：指长安西市，后泛指繁华的街市。㉓残隳：残败毁坏。㉔巢叶龟：千年龟。《史记·龟策列传》：“龟千岁乃游莲叶之上。”㉕“会昌”句：谓唐武宗会昌年间毁佛事。内典，佛典。㉖二教：道教和佛教。黄缁：道士和僧人。道士戴黄冠，僧人穿缁衣，故名。㉗眢（yuān）谷：干涸的溪谷。崄巇（xī）：险阻崎岖。㉘湟中：古地区名，指今青海湟水两岸。㉙青冢：指汉王昭君墓，在今内蒙古呼和浩特南。

三、万年宫

赠许左丞从驾万年宫①

卢照邻

闻道上之回②，诏跸下蓬莱③。中枢移北斗，左辖去南台④。黄山⑤闻凤笛，清跸侍龙媒⑥。曳日朱旗卷，参云金障⑦开。朝参五城柳，夕宴柏梁杯。汉畤⑧光如月，秦祠⑨听似雷。寂寂芸香阁⑩，离思独悠哉。

【注释】

①许左丞：指许圉师。万年宫：指九成宫。唐高宗时一度改名万年宫，后复原名，故址在今陕西麟游县西。②上之回：乐府《鼓吹曲辞》名。③诏

跸：指高宗下诏行幸万年宫。蓬莱：指万年宫。④左辖：左丞，指许圉师。南台：指尚书省。⑤黄山：又称“黄麓山”，在今陕西兴平市北。⑥龙媒：骏马，指前行开道的骑兵卫队。⑦金障：金色的障扇，帝王临朝或出巡的仪仗。⑧汉畤：汉代帝王祭祀天地五帝之祭坛。⑨秦祠：指秦文公为陈宝所立之祠。⑩芸香阁：秘书省的别称。

第四编·登科中第

酬赵秀才赠新登科诸先辈

白居易

莫羡蓬莱鸾鹤侣[①]，道成羽翼自生身。君看名在丹台者，尽是人间修道人。

【注释】

①蓬莱鸾鹤侣：古人以登仙山喻进士及第，故此处喻指新登科诸先辈。

得湖州崔十八[①]使君书喜与杭越邻郡因成长句代贺兼寄微之

白居易

三郡何因此结缘，贞元科第忝同年。故情欢喜开书后，旧事思量在眼前。越国封疆吞碧海，杭城楼阁入青烟。吴兴卑小君应屈，为是蓬莱最后仙[②]。

【注释】

①崔十八：指崔玄亮，时任湖州刺史。②“为是”句：诗人自注云，“贞元初，同登科，崔君名最在后。当时崔自咏云：‘人间不会云间事，应笑蓬莱最后仙。’”

及第谣

周匡物

水国寒消春日长，燕莺催促花枝忙。风吹金榜落凡世，三十三人[①]名字香。遥望龙墀新得意，九天[②]敕下多狂醉。骅骝一百三十蹄，踏破蓬莱五云地。物经千载出尘埃，从此便为天下瑞。

【注释】

①三十三人：指同时及第之人。②九天：指朝廷。

曲江池上

雍裕之

殷勤春在曲江头，全藉群仙[①]占胜游。何必三山待鸾鹤，年年此地是瀛洲。

【注释】

①藉：借。群仙：指新登科的进士。唐时科举考试中新及第的进士，放榜后在曲江亭举行盛大的欢庆游宴，谓之“曲江会”。

寄殷尧藩

许　浑

直道知难用，经年向水滨。宅从栽竹贵，家为买书贫。就学多新客，登朝尽故人。蓬莱自有路，莫羡武陵春[①]。

【注释】

①武陵春：化用《桃花源记》中武陵渔人发现桃花源典，喻指归隐。

和主司王起

戈　牢[①]

圣乾文德最称贤，自古儒生少比肩。再启龙门将二纪[②]，两司莺谷已三年。蓬山皆美成荣贵，金榜谁知忝后先。正是感恩流涕日，但思旌旆碧峰[③]前。

【注释】

①戈牢：《全唐诗》注，《英华》作左牢。②纪：十二年为一纪，“二纪”为二十四年。③碧峰：指华山。

即席送许□之曹南省兄

李　频

梅烂荷圆六月天，归帆高背虎丘[1]烟。到时自见成行雁，别处休听满树蝉。卖剑为赊吴市[2]酒，携家犹借洞庭船。待看春榜来江外，名占蓬莱第几仙。

【注释】

①虎丘：山名，在今江苏苏州城西北郊。②吴市：吴地之街市，在苏州。

及第后作

袁　皓

金榜高悬姓字真，分明折得一枝春。蓬瀛乍接神仙侣，江海回思耕钓人。九万抟扶排羽翼[1]，十年辛苦涉风尘。升平时节逢公道，不觉龙门是崄[2]津。

【注释】

①“九万”句：《庄子·逍遥游》载，北冥有鱼，其名为鲲，化而为鸟，其名为鹏。“鹏之徙于南冥也，水击三千里，抟扶摇而上者九万里，去以六月息者也。”②崄：同“险”，险要。

纶阁[1]有感

司空图

风涛曾阻化鳞[2]来，谁料蓬瀛路却开。欲去迟迟还自笑，狂才应不是仙才。

【注释】

①纶阁：中书省的代称。诗人在唐僖宗时曾官中书舍人。②化鳞：化用鲤鱼登龙门典，喻科举及第。

故少师从翁隐岩别墅[1]乱后榛芜感旧怆怀遂有追纪

郑 谷

风骚为主人[2]，凡俗仰清尘[3]。密行称闺阃[4]，明诚动搢绅[5]。周旋[6]居显重，内外掌丝纶。妙主蓬壶籍，忠为社稷臣。大仪[7]墙仞峻，东辖[8]纪纲新。闻善常开口，推公岂为身[9]。立朝鸣佩重，归宅典衣贫。半醉看花晚，中餐煮菜春。晴台随鹿上，幽墅结僧邻。理论知清越，生徒得李频。药香沾笔砚，竹色染衣巾。寄鹤眠云叟，骑驴入室宾。近将姚监比，僻与段卿亲。叶积池边路，茶迟雪后薪。所难留著述，谁不秉陶钧[10]。丧乱时多变，追思事已陈。浮华[11]重发作，雅正[12]甚湮沦。宗从今何在，依栖素有因。七松无影响[13]，双泪益悲辛。犹喜于门[14]秀，年来屈复伸。

【注释】

①少师从翁：指郑薰。少师，即太子少师，东宫属官。隐岩别墅：《新唐书·郑薰传》载，“（郑薰）既老，号所居为隐岩，莳松于廷，号‘七松处士’云”。②风骚主人：诗坛大家。风骚，《诗经》中的《国风》与《楚辞》中的《离骚》的并称，代指诗歌。③清尘：对尊贵者的敬称。④密行：审慎公正的行为。闺阃（kǔn）：内室。⑤搢绅：同“缙绅”，旧时官宦的装束，亦作官宦的代称。⑥周旋：盘旋，曲折。指郑薰历经曲折终居高位。⑦大仪：唐代礼部尚书的别称。⑧东辖：左辖，指尚书左丞。⑨“闻善”二句：《汉书·郑当时传》载，“（郑当时）每朝，候上间说，未尝不言天下长者。其推毂士及官属丞史，诚有味其言也。……闻人之善言，进之上，唯恐后”。此处以郑当时比郑薰，言郑薰亦有识才举贤之名。⑩秉陶钧：喻执掌政权。⑪浮华：表面华丽，不切实际。⑫雅正：典雅方正。⑬影响：踪迹。此句谓受战乱影响，七松荡然无存。⑭于门：指汉代于定国一家。《汉书·于定国传》载，于定国，字曼倩。其父于公为县狱史，曾言：“我治狱多阴德，未尝有所冤，子孙必有兴者。”后于定国成为

丞相，永为御史大夫，封侯传世。此处以于公比郑薰，谓郑薰后代必有兴者。

及第过堂[1]日作

韩　偓

早随真侣[2]集蓬瀛，阊阖门开尚见星。龙尾楼台迎晓日，鳌头宫殿入青冥。暗惊凡骨升仙籍，忽讶麻衣谒相庭[3]。百辟敛容[4]开路看，片时辉赫胜图形。

【注释】

①过堂：唐代进士及第后，由主司带领至都堂谒见宰相，称为“过堂”。②真侣：仙侣，此指同榜进士。③麻衣：旧时赴试举子所穿的衣服，借指举子。相庭：宰相办公之处。④敛容：正容，表示肃敬。

依韵次同年张曙先辈见寄之什

杜荀鹤

天上诗名天下传，引来齐列玉皇[1]前。大仙录[2]后头无雪，至药成来灶绝烟。笑蹑紫云金作阙，梦抛尘世铁为船。九华山叟[3]惊凡骨，同到蓬莱岂偶然。

【注释】

①玉皇：此处借喻皇帝。②大仙：喻指张曙。录：录入仙籍，喻登科中第。③九华山叟：诗人自指。

寄示儿孙

翁承赞

力学烧丹[1]二十年，辛勤方得遇真仙。便随羽客归三岛，旋听霓裳适九天。得路[2]自能酬造化，立身何必恋林泉。予家药鼎[3]分明在，好把仙方次第传。

【注释】

①烧丹：犹炼丹，此处喻士人通过学习科举之业以求中第。②得路：得道，指寻得成仙之路，此处喻仕途得志。③药鼎：炼丹所用的炉鼎，此处喻举业。

二月二日宴中贻同年封先辈渭

黄　滔

帝尧城里日衔杯①，每倚嵇康到玉颓②。桂苑③五更听榜后，蓬山二月看花开④。垂名入甲成龙⑤去，列姓如丁作鹤来⑥。同戴大恩何处报，永言交道契陈雷⑦。

【注释】

①帝尧城：指京城。衔杯：口含酒杯，谓饮酒。②玉颓：玉山颓，形容人酒醉欲倒之态。③桂苑：指科举考场。④“蓬山”句：唐进士考试放榜多在二月，故云。⑤入甲：谓科举考试进入甲第。成龙：喻登科中第。⑥“列姓”句：化用丁令威学道成仙典。⑦陈雷：东汉陈重与雷义的并称。

酬杨学士

黄　滔

神仙簿①上愧非夫，诏作疑丹两入炉。诗里几曾吟芍药，花中方得见菖蒲。阳春②唱后应无曲，明月圆来别是珠。莫下蓬山不回首，东风犹待重抟扶。

【注释】

①神仙簿：喻进士榜。②阳春：指阳春白雪，喻高深典雅的文艺作品。

成名[①]后呈同年

黄　滔

业诗攻赋荐乡书[②]，二纪如鸿历九衢。待得至公搜草泽[③]，如从平陆到蓬壶。虽惭锦鲤成穿额[④]，忝获骊龙不寐珠[⑤]。蒙楚数疑休下泣，师刘大喝已为卢[⑥]。人间灰管供红杏，天上烟花应白榆[⑦]。一字连镳巡甲族[⑧]，千般唱罚赏皇都。名推颜柳题金塔[⑨]，饮自燕秦索玉姝[⑩]。退愧单寒终预此，敢将恩岳怠斯须。

【注释】

①成名：指登科中第。②乡书：指乡试中式。③至公：指科举考试的主考官。草泽：指在野之人，平民。④“虽惭”句：《水经注·河水四》载，“鳣，鲔也。出巩穴，三月则上渡龙门，得渡为龙矣。否则，点额而还”。此句喻登科及第。⑤“忝获”句：以探骊得珠典喻及第。⑥为卢：喻及第。⑦白榆：指星星。古乐府《陇西行》：“天上何所有，历历种白榆。”⑧甲族：世家大族。⑨颜柳：指颜真卿和柳公权。题金塔：雁塔题名，古代考中进士的代称。唐神龙以后，新科进士皆题名于慈恩寺塔（大雁塔）。⑩燕秦：指燕馆秦楼。玉姝：美女。

贺容府韦中丞大府贤兄[①]新除黔南经略

陈　陶

蓬瀛簪笏旧联行，紫极[②]差池降宠章。列国山河分雁字[③]，一门金玉尽龙骧[④]。耿家[⑤]符节朝中美，袁氏芝兰阃外[⑥]香。烽戍悠悠限巴越[⑦]，伫听歌咏两甘棠[⑧]。

【注释】

①韦中丞：指韦廑，曾官容管经略使兼容州刺史。贤兄：指韦廑兄韦康，曾任黔南经略使兼黔州刺史。②紫极：帝王宫殿，借指朝廷。③列国：指州郡。雁字：成列飞行的雁群，比喻兄弟。④龙骧：此处指身居高

位。⑤耿家：指东汉耿弇一家。《后汉书·耿弇传》载，西汉末，耿弇随光武帝征战，官拜大将军。“弇兄弟六人皆垂青紫，省侍医药，当代以为荣”，其子侄也多有战功。⑥袁氏：指东汉袁安一族。袁安历任太仆、司空、司徒等职，其子孙世代有声望。芝兰：喻优秀子弟。阃外：京城或朝廷之外。⑦巴越：指韦氏兄弟各自的辖地，黔南古属巴地，容管古属越地。⑧甘棠：《诗经·召南》篇名，后用来称颂官吏的美政。

送刘秀才往东洛

齐　己

羡子去东周①，行行非旅游。烟霄②有兄弟，事业尽曹刘③。洛水清奔夏，嵩云白入秋。来年遂鹏化，一举上瀛洲。

【注释】

①东周：本为朝代名，因其定都洛邑（今河南洛阳），故此处代指洛阳。②烟霄：云霄，喻朝廷。③曹刘：指曹操和刘备。

第五编·山东蓬莱地区

蓬莱镇①

骆宾王

旅客春心断，边城夜望高。野楼疑海气②，白鹭似江涛。结绶疲三入，承冠泣二毛③。将飞怜弱羽，欲济乏轻舠。赖有阳春曲，穷愁且代劳。

【注释】

①蓬莱镇：在今山东蓬莱。汉武帝曾在此望蓬莱山，因筑城，以蓬莱为名。唐置蓬莱县。②“野楼”句：指海市蜃楼。③二毛：头发斑白。

昔　游

杜　甫

昔者与高李①，晚登单父台②。寒芜际碣石，万里风云来。桑柘叶如雨，飞藿③去裴回。清霜大泽④冻，禽兽有余哀。是时仓廪实，洞达寰区⑤开。猛士思灭胡，将帅望三台。君王无所惜，驾驭英雄材。幽燕盛用武⑥，供给亦劳哉。吴门⑦转粟帛，泛海陵蓬莱。肉食⑧三十万，猎射起黄埃。隔河忆长眺，青岁已摧颓。不及少年日，无复故人⑨杯。赋诗独流涕，乱世想贤才。有能市骏骨⑩，莫恨少龙媒。商山议得失，蜀主脱嫌猜。吕尚封国邑，傅说已盐梅。景晏楚山⑪深，水鹤去低回。庞公任本性，携子卧苍苔⑫。

【注释】

①高李：指高适和李白。②晚：岁晚，岁末。单父台：指宓子贱琴台，在今山东单县南。宓子贱为孔子的弟子，曾任单父宰，鸣琴而治。③藿：豆类作物的叶子。④大泽：指孟诸泽，在今河南商丘东北，古为游猎之地。⑤洞达：畅通无阻。寰区：国土之内，天下。⑥“幽燕”句：指安禄山在北边频频用兵。⑦吴门：苏州，泛指江南地区。⑧肉食：指安禄山所部，因其多为胡人，以牛羊肉为食，故称。⑨故人：指高适、李白。

⑩市骏骨:《战国策·燕策一》载,古之君王以千金求千里马,三年不得。涓人"三月得千里马,马已死,买其首五百金"。君王大怒,涓人曰:"死马且买之五白金,况生马乎?天下必以王为能市马,马今至矣。"于是不到一年,君王得千里马三匹。后用以喻求贤若渴。⑪景晏:日暮。楚山:指夔州。⑫"庞公"二句:《后汉书·庞公传》载,"庞公者,南郡襄阳人也。居岘山之南,未尝入城府。夫妻相敬如宾。荆州刺史刘表数延请,不能屈……后遂携其妻子登鹿门山,因采药不反"。

东平蓬莱驿夜宴平卢[①]杨判官醉后赠别姚太守置酒留宴

独孤及

驿楼涨海[②]壖,秋月寒城边。相见自不足,况逢主人贤。夜清酒浓人如玉,一斗何啻直十千[③]。木兰为樽金为杯,江南急管卢女[④]弦。齐童如花解郢曲[⑤],起舞激楚歌采莲[⑥]。固知别多相逢少,乐极哀至心婵娟[⑦]。少留莫辞醉,前路方悠然[⑧]。明日分飞傥相忆,只应遥望西南天。

【注释】

①东平:唐郡名,治所在今山东东平东南。平卢:唐方镇名,治所在今山东青州。②涨海:此指渤海。③何啻:何止,岂止。十千:十千钱,即万钱。④卢女:指乐伎。⑤郢曲:郢中曲,泛指乐曲。⑥激楚:古代歌舞曲名。采莲:《采莲曲》。⑦婵娟:牵挂不舍的样子。⑧悠然:遥远貌。

府试莱城晴日望三山[①]

许　彬

不易识蓬瀛,凭高望有程。盘根[②]出巨浸,远色到孤城[③]。隐隐排云峻,层层就日明。净收残霭尽,浮动嫩岚[④]轻。纵目徒多暇,驰心累发诚。从容更何往,此路彻[⑤]三清。

【注释】

①莱城：指蓬莱城。②盘根：盘根错节，指三山根基牢固。③孤城：指蓬莱城。④嫩岚：形容雾气少、轻薄。⑤彻：通。

第六编·其他

送李端公赴东都①

刘长卿

轩辕征战后，江海别离长。远客归何处，平芜满故乡。夕阳帆杳杳，旧里树苍苍。惆怅蓬山②下，琼枝不可忘。

【注释】

①端公：唐代对侍御史的别称。东都：指洛阳。②蓬山：借指帝都长安。

宿灞上寄侍御玙①弟

王昌龄

独饮灞上亭，寒山青门外。长云骤落日，桑枣寂已晦。古人驱驰②者，宿此凡几代。佐邑由东南，岂不知进退。吾宗秉全璞③，楚得璆琳④最。茅山就一征，柏署起三载。道契⑤非物理，神交无留碍。知我沧溟心⑥，脱略腐儒辈。孟冬⑦銮舆出，阳谷⑧群臣会。半夜驰道喧，五侯拥轩盖⑨。是时燕齐客⑩，献术蓬瀛⑪内。甚悦我皇心，得与王母对。贱臣欲干谒，稽首期殒碎。哲弟感我情，问易⑫穷否泰。良马足尚踠⑬，宝刀光未淬。昨闻羽书飞，兵气连朔塞。诸将多失律⑭，庙堂始追悔。安能召书生，愿得论要害。戎夷非草木，侵逐使狼狈。虽有屠城功，亦有降虏辈。兵粮如山积，恩泽如雨霈。羸卒不可兴，碛⑮地无足爱。若用匹夫策，坐令军围溃。不费黄金资，宁求白璧赉⑯。明主忧既远，边事亦可大。荷宠务推诚⑰，离言深慷慨。霜摇直指草，烛引明光佩。公论日夕阻，朝廷蹉跎会。孤城海门⑱月，万里流光带。不应百尺松，空老钟山霭。

【注释】

①灞上：地名，在今陕西西安东，因地处灞水西高原上得名。侍御玙：指王玙，开元末为太常博士、侍御史。②驱驰：策马急驰，此处指奔

波生计。③吾宗：指王玙。全璞：完整的玉石。④璆（qiú）琳：美玉名。⑤道契：谓彼此思想一致、志趣相投。⑥沧溟心：谓志向高远。沧溟，大海。⑦孟冬：农历十月。⑧阳谷：指旸谷，古代传说中的日出处。此处指骊山温泉宫。⑨轩盖：指达官显贵所乘之车。⑩燕齐客：方士之属。⑪蓬瀛：此处代指骊山温泉宫。⑫问易：请教《周易》，指占卜吉凶。⑬踠（wǎn）：屈，曲。⑭失律：指军事失利。⑮碛：沙漠。⑯赉（lài）：赏赐。⑰推诚：以诚心相待。⑱海门：指长江入海口。

始至云安寄兵部韩侍郎中书白舍人[1]二公近曾远守故有属焉

刘禹锡

天外巴子国[2]，山头白帝城[3]。波清蜀柿尽，云散楚台倾。迅濑下哮吼，两岸势争衡[4]。阴风鬼神过，暴雨蛟龙生。硖[5]断见孤邑，江流照飞甍。蛮军击严鼓[6]，笮马[7]引双旌。望阙遥拜舞，分庭备将迎。铜符一以合，文墨纷来萦。暮色四山起，愁猿数处声。重关群吏散，静室寒灯明。故人青霞意，飞舞集蓬瀛[8]。昔曾在池籞[9]，应知鱼鸟情。

【注释】

①云安：指夔州。韩侍郎：指韩愈。白舍人：指白居易。②巴子国：周国名，在今四川东部和重庆一带。夔州古属巴国地。③白帝城：古城名，在今重庆奉节东白帝山上。④争衡：比试高低。⑤硖（xiá）：通"峡"。⑥严鼓：急促的鼓声，指战鼓。⑦笮马：古代笮地所产的名马。⑧蓬瀛：喻指朝廷。⑨池籞（yù）：指帝王的园林。

送唐舍人出镇闽中

刘禹锡

暂辞鸳鹭出蓬瀛[1]，忽拥貔貅镇粤城[2]。闽岭夏云迎皂盖[3]，建溪④秋树映红旌。山川远地由来好，富贵当年⑤别有情。了却人间婚嫁事，复归朝右⑥作公卿。

【注释】

①蓬瀛：喻指朝廷。②貔貅：猛兽名，喻勇猛的军队。粤城：指福州。③皂盖：黑色车盖，后为州刺史或郡太守的别称。④建溪：今福建闽江。⑤当年：壮年，盛年。⑥朝右：位列朝班之右，指朝廷重臣。

历阳书事七十韵并引

刘禹锡

长庆四年八月，余自夔州转历阳。浮岷江，观洞庭，历夏口，涉浔阳而东。友人崔敦诗罢丞相，镇宛陵，缄书来招曰："必我覿而之藩，不十日饮，不置子。"故余自池州道宛陵，如其素。敦诗出祖于敬亭祠下，由姑孰西渡江，乃吾圉也。至则考图经，参见事，为之诗，俟采风之夜讽者。

一夕为湖地，千年列郡名。霸王迷路处，亚父所封城。汉置东南尉，梁分肘腋兵①。本吴风俗剽，兼楚语音伧②。沸井今无涌，乌江旧有名。土台游柱史，石室隐彭铿③。曹操祠犹在，濡须坞未平。海潮随月大，江水应春生。忆昨深山里，终朝看火耕④。鱼书来北阙⑤，鹢首下南荆。云雨巫山暗，蕙兰湘水清。章华⑥树已失，鄂渚草来迎。庐阜香炉⑦出，湓城粉堞⑧明。雁飞彭蠡⑨暮，鸦噪大雷⑩晴。平野分风⑪使，恬和趁夜程。贵池登陆峻，春谷渡桥鸣。骆驿主人问，悲欢故旧情。几年方一面，卜昼⑫便三更。助喜杯盘盛，忘机笑语訇。管清疑警鹤，弦巧似娇莺。炽炭烘蹲兽⑬，华茵织斗鲸。回裾飘雾雨，急节堕琼英⑭。敛黛凝愁色，施钿耀翠晶。容华本南国，妆束学西京。日落方收鼓，天寒更炙笙⑮。促筵交履舄，痛饮倒簪缨。谑浪容优孟⑯，娇怜许智琼⑰。蔽明添翠帟，命烛拄金茎。坐久罗衣皱，杯频粉面骍[18]。兴来从请曲，意堕即飞觥。令急重须改，欢冯[19]醉尽呈。诘朝还选胜[20]，来日又寻盟。道别殷勤惜，邀筵次第争。唯闻嗟短景，不复有余醒。众散扃朱户，相携话素诚。晤言犹亹亹[21]，残漏自丁丁。出祖千夫拥，行厨五熟[22]烹。离亭临野水，别思入哀筝。接境人情洽，方冬馔具精。中流为界道，隔岸数飞甍。沙浦王浑镇，沧洲谢朓城。望夫人化石，梦帝日环营。半渡趋津吏[23]，缘堤簇郡氓[24]。场黄堆晚稻，篱碧见冬菁。里社[25]争来献，壶浆各自擎。鸱夷倾底写[26]，粔籹[27]斗成□。采石风传柝[28]，新林[29]暮击钲。茧纶牵拨刺[30]，犀焰[31]照澄泓。露冕[32]观原野，前驱抗旆旌。分庭展宾主，望阙拜恩荣。比屋茕嫠[33]辈，连年水旱并。遐思常后已，下令必先庚[34]。远岫低屏列，支流曲带萦。湖鱼香胜肉，官酒重于饧。忆昔泉源变，斯须地轴倾[35]。鸡笼[36]为石颗，龟眼入泥坑。事系人风重，官从物论轻。江春俄澹荡，楼月几亏盈。柳长千丝宛，田塍一线絣[37]。游鱼将婢从，野雉见媒惊。波净攒凫鹊，洲香发杜蘅[38]。一钟菰葑米[39]，千里水葵[40]羹。受谴时方久，分忧[41]政未成。比琼虽碌碌，于铁尚铮铮。早忝登三署[42]，曾闻奏六英。无能甘负弩，不慎在提衡[43]。口语成中遘，毛衣阻上征。时闻关利钝，智亦有聋盲。昔愧山东妙，今惭海内兄。后来登甲乙[44]，早已在蓬瀛[45]。心托秦明镜，才非楚白珩。齿衰亲药物，宦薄傲公卿。捧日皆元老，宣风尽大彭[46]。好令朝集使，结束赴新正[47]。

【注释】

①肘腋兵：比喻亲兵。②伧：粗野。③彭铿：彭祖。④火耕：古时一种耕作方法，烧去杂草，种植作物。⑤鱼书：指鱼符和敕书。北阙：指朝廷。⑥章华：章华台。春秋楚灵王修建的离宫，故址在今湖北监利西北。⑦庐阜：庐山。香炉：指庐山香炉峰。⑧湓城：古城名，在湓水入长江口

处，故址在今江西九江。粉堞：白色女墙。⑨彭蠡：指彭蠡湖，今鄱阳湖。⑩大雷：地名，在今安徽望江。⑪分风：神仙把风分为两个方向。《神仙传·栾巴》："庐山庙有神……能使江湖之中分风举帆，行各相逢。"⑫卜昼：尽情欢乐，昼夜相继。⑬蹲兽：指火炉，其形如兽。⑭急节：急速的乐曲节奏。琼英：美玉，此指舞女发饰。⑮炙笙：烘暖笙中簧片，以便吹奏。⑯谑浪：戏谑放荡。优孟：《史记·滑稽列传》载，"优孟，故楚之乐人也。长八尺，多辩，常以谈笑讽谏"。⑰智琼：仙女名。《艺文类聚》卷七九引《搜神记》载："济北弦超，嘉平中，夜梦神女从之，自称天上玉女，东郡人，姓成公，字智琼，早失母，天帝哀其孤苦，令得下嫁从夫。"后二人结为夫妇。⑱骍（xīng）：赤色。⑲冯：盛貌。⑳选胜：寻访游览名胜。㉑晤言：见面谈话。亹（wěi）亹：形容勤勉不倦。㉒行厨：出行途中烹饪食物。五熟：犹五味，即咸、苦、酸、辣、甜。㉓津吏：古代管理渡口、桥梁的官吏。㉔氓（méng）：百姓。㉕里社：借指乡里。㉖鸱夷：盛酒器。写：同"泻"。㉗粔（jù）籹（nǚ）：古代一种用油炸或煎的面食。㉘柝（tuò）：古代打更用的梆子。㉙新林：古地名，又名"新林浦""新林港"，在今江苏南京西南。㉚纶：钓鱼用的丝线。拨剌：鱼跃声，此处代指鱼。㉛犀焰：犀角燃烧的火焰，旧谓燃犀可照见诸灵怪。㉜露冕：指刺史出行。㉝茕嫠（lí）：孤苦无依的人。㉞先庚：谓颁布命令前先行申述。《周易·巽卦》："先庚三日，后庚三日。"㉟地轴倾：指历阳城陷而为湖。㊱鸡笼：山名，在历阳西北四十里，今安徽马鞍山境内。㊲田塍（chéng）：田埂。絣（bēng）：绳子。㊳杜蘅：多年生草本植物，花紫色，根状茎可入药。㊴菰葑（fèng）米：菰米。㊵水葵：莼菜。㊶分忧：代指郡守之职。㊷登三署：指为郎官。㊸提衡：喻简选官吏。㊹登甲乙：指登第。㊺蓬瀛：喻指朝廷。㊻宣风：宣扬风教德化。大彭：指彭祖，此处代指州郡长官。㊼结束：整理行装。新正：农历正月初一。

送羽衣[1]之京

牟　融

羽衣缥缈拂尘嚣，怅别河梁[2]赠柳条。阆苑云深孤鹤迥，蓬莱[3]天近一身遥。香浮宝辇仙风润，花落瑶坛绛雨[4]消。自是长生林下客，也陪鸳鹭入清朝[5]。

【注释】

①羽衣：道士的代称。②河梁：桥梁，借指赠别之所。③阆苑、蓬莱：均借指帝都。④瑶坛：用美玉砌成的高台，此处指道场。绛雨：喻落花。⑤清朝：清明的朝廷。

题海榴树呈八叔[1]大人

沈亚之

曾在蓬壶[2]伴众仙，文章枝叶五云边[3]。几时奉宴瑶台下，何日移荣玉砌前。染日裁霞深雨露，凌寒送暖占风烟。应笑强如河畔柳，逢波逐浪送张骞[4]。

【注释】

①海榴：石榴，因来自海外，故名。八叔：指沈传师。②蓬壶：此处借指在朝为官。③五云边：指帝王身边。④“应笑”二句：此处诗人以河畔柳自喻，以张骞喻指沈传师。

和淮南李司空同转运员外

罗　隐

层层高阁旧瀛洲[1]，此地须征第一流。丞相近年萦倚望，重才今日喜遨游。荣持健笔金黄贵，恨咽离筵管吹秋。谁继伊皋[2]送行句，梁王[3]诗好郢人愁。

【注释】

①瀛洲：此处喻指淮南节度使府。②伊皋：伊尹，商初大臣；皋陶，舜之大臣。二者并称常用以指良相贤臣。③梁王：汉梁孝王刘武。

衔命[①]还国作

朝　衡

衔命将辞国，非才忝侍臣。天中恋明主[②]，海外[③]忆慈亲。伏奏违[④]金阙，骓骖去玉津[⑤]。蓬莱[⑥]乡路远，若木[⑦]故园林。西望怀恩日，东归感义辰。平生一宝剑，留赠结交人。

【注释】

①衔命：受命，奉命。②天中：指中国。明主：指唐玄宗。③海外：指日本。④伏奏：谓俯伏上奏。违：离别。⑤骓（fēi）骖（cān）：古代指驾在辕马两旁的马。玉津：指京城护城河上的桥。⑥蓬莱：此处代指日本。⑦若木：古代神话中的树名，一说即扶桑，此处亦代指日本。